포갓

For God

FUSION FANTASTIC STORY

포갓 4

취령 퓨전 판타지 소설

초판 1쇄 찍은 날 § 2007년 6월 18일
초판 1쇄 펴낸 날 § 2007년 6월 28일

지은이 § 취령
펴낸이 § 서경석

편집장 § 문혜영
편집책임 § 최하나
편집 § 이재권 · 유경화 · 유혜림

펴낸곳 § 도서출판 청어람
등록번호 § 제1081-1-89호
등록일자 § 1999. 5. 31
어람번호 § 제1-0844호

주소 § 경기도 부천시 원미구 심곡1동 350-1 남성B/D 3F (우) 420-011
전화 § 032-656-4452 팩스 § 032-656-4453
http://www.chungeoram.com
E-mail § eoram99@chollian.net

ⓒ 취령, 2007

ISBN 978-89-251-0763-9 04810
ISBN 978-89-251-0661-8 (세트)

퓨전 판타지 소설
FUSION FANTASTIC STORY

취령

각성(覺醒)

4

포갓
For God

目次

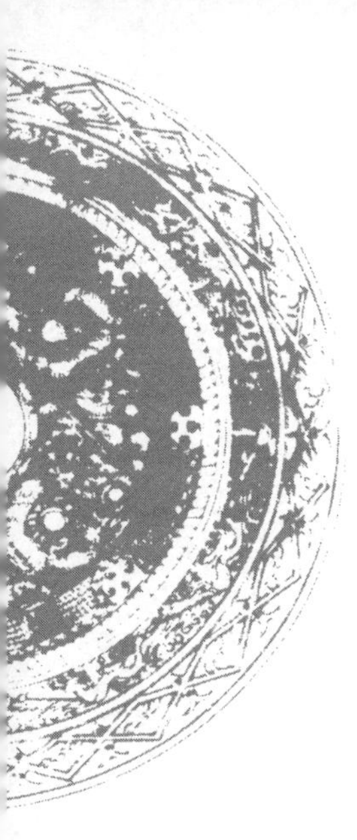

第一章
풍백 단주(風魄團主)

죽은 자의 영혼과 사람의 심혼(心魂)을 다루는 흑마법사 무림에 환생하다!

마왕의 힘을 배워 9클래스의 마법 경지를 넘어서고, 절대의 무공 경지에 들다!

그를 기다리는 건 무림사에 더없을 멸겁의 종말, 새황 오대천의 살혼마신!

유행이 아닌 자유추구
BOOK Publishing ChungEoram
FOR
GOD

“후후, 그래. 혈천, 월천신맥이 끊어졌다는 말이지?”

흑색 장포를 온몸에 두른 사내. 장삼 같은 것으로 얼굴까지 반 이상을 덮고 있어 외모는 알 수 없지만 그의 주위에서 느껴지는 음울한 기운과 스산한 분위기, 그리고 입가에 진 잔주름이 가려진 그의 모습을 짐작케 해준다.

“그렇습니다, 회주님. 월주와 혈주님께서 잘해주었습니다.”

그는 탁자를 손가락으로 두들기며 씨익 웃었다. 소름이 돋는 듯한 서늘한 미소였다.

“잘하긴 무슨. 그것도 못했더라면 나가 죽어야지.”

싸늘한 그의 말에 앞에 고개를 숙인 채 보고를 하고 있던 무사는 아무런 말도 하지 못했다.

"어차피 정해져 있던 수순이긴 하지만 앓던 이가 몇 개 빠지니 속이 시원하긴 하군. 후후. 이거, 나도 한 건 해야 하는데……."

걸걸한 노성(老聲)과 어울리지 않는 내용의 말이었지만 무사는 웃을 수 없었다. 웃기는커녕, 어서 장내를 벗어나고 싶은지 바들바들 떨고 있기까지 했다.

"듣거라."

갑작스런 노인의 말에 무사는 고개를 번쩍 들었다.

"옛, 회주님."

그 모양새에 한차례 실소를 흘린 노인은 말을 이었다.

"사하에게 가서 전하거라."

"하명하십시오."

그리고 노인의 주름진 입가에 또다시 차가운 미소가 걸린다.

"독혈이 완성되는 순간 일을 도모하라 전하면 된다. 그리고 하나 더. 그럴 일은 없겠지만, 실패는 곧 죽음이다. 그 아이도 알고 있을 것이다. 한 번 더 확인시켜 주거라."

말투도, 그 내용도, 하나같이 서늘하기 짝이 없다. 무슨 이야기를 하는 것인지는 알 수 없지만 인간의 것이라고는 생각할 수 없을 만큼 스산한 목소리다. 온기, 감정이라고는 전혀 느껴지지 않는 그런 목소리.

"그, 그리하겠습니다."

그 차가움에 몸서리를 친 무사는 말까지 더듬는다. 어서 이 자리를 빠져나가고 싶다는 생각뿐이리라.

"그래, 가보거라. 그리고 사하에게는 꼭 당부하여야 한다."

기다리던 그 한마디가 노인의 입에서 나오는 순간, 무사는 재빨리 자리에서 일어섰다.

"명을 받들겠습니다."

그는 서둘러 뒤돌았다. 나름대로는 자신의 심정을 숨기려 는 듯했는데, 그의 행동에서 어서 장내를 벗어나고 싶다는 듯 한 느낌은 지울 수가 없다. 그리고 그가 바깥으로 나가려는 순간.

"잠깐, 아직 이야기가 남았다."

무사는 그대로 굳어버렸다. 무슨 사형선고라도 되는 듯 그 의 표정은 정말 제대로 일그러져 있었다.

"하, 하명하십시오."

잠시 뜸을 들인 노인은 천천히 입을 열었다.

"그 마교의 애송이는 어찌 된 겐가? 아직도 잡았다는 소식 이 없어."

조금은 짜증이 어려 있는 듯한 어조. 그와 함께 무사의 표 정은 사색이 되었다. 그로서는 어떻게든 이 위기의 순간을 타 개해야만 한다.

"구, 구취(龜臭) 부교주님을 불러 드리겠… 습니다……."

혹시나 자신이 실수를 한 것은 아닌지 노인의 표정을 살펴보며 무사는 적잖이 긴장을 하고 있었다.

"그럴 필요 없다. 잡았더라면 벌써 내게 보고를 했겠지."

잠시 허공을 응시하며 무언가 생각하던 노인은 다시금 천천히 입을 열었다.

"그저 부교주에게 가서 전하거라."

"하명하십시오."

"투입되었던 인원 중, 살귀대의 일대 대주와 일대의 반수 정도만을 남기고 모조리 소환하라고 해. 이제 할 일이 점점 많아질 게다."

생각보다 쉽게 위기를 타개(?)한 무인은 여전히 떨리는 목소리로 대답했다.

"존명!"

짧게 대답을 한 그는 이번에는 급히 방을 빠져나간다. 또 무슨 이유로 발목을 잡힐지 모르니 그전에 신속히 빠져나간 것이다.

그가 나가는 것을 본 노인의 입가에 슬며시 미소가 떠오른다. 무언가 기분 좋은 일이 있기라도 한 것인지, 그는 입가에 진 미소를 아직도 풀지 못하고 있었다.

"후후, 좋아. 이대로라면 계획이 큰 차질 없이 진행되겠어."

앞에 놓여 있던 차를 한 모금 마신 노인은 한마디 더 중얼거렸다.

"그나저나 마교의 소교주? 대체 그런 애송이 하나 잡는 데 어떻게 그렇게 오래 걸리는 거지? 게다가 이번엔 아주 증발해 버렸다… 라. 허허……."

*   *   *

위지천(尉遲天)은 당황스러웠다.

아니, 당황스럽다는 표현보다는 어이가 없어졌다는 표현이 더 정확할 것이다.

수개월 전 단주가 실종되고 자신이 풍백단의 임시 단주 직을 맡았을 때부터 언젠간 신임단주가 들어올 것이라는 생각은 했었지만 이건 아니었다.

'대체 맹주님께서 왜 저러시지. 어떻게 저런 애송이를 풍백단의 단주 직에…….'

그의 단리철에 대한 신뢰는 맹신이라 할 만한 믿음이었다. 그만큼 무림맹주로서 단리철은 철저하고 완벽했다. 청렴한 것은 물론이요, 일 처리는 군더더기 하나 찾아볼 수 없을 만큼 깔끔하고 확실했다. 그가 하는 일에는 어떤 것이든 이유가 있었던 것이다.

하지만 아무리 생각해도 이 상황은 도무지 이해가 가지를 않는다.

"그러니까 맹주님, 저 소협을 풍백단의 단주 직에 앉히시 겠다는 말씀이십니까?"

다시 한 번 확인하는 위지천. 하지만 물론 단리철의 대답은 같았다.

"그렇다네. 이 아이를 풍백단의 단주로 임명할 생각이라 네."

"……."

잠시간 정적이 흘렀다. 위지천은 기가 막힌 나머지 아무런 말도 할 수 없었다.

"맹주님."

나직한 그의 목소리에 단리철은 빙긋 웃으며 대답했다.

"말씀하시게."

위지천은 한번 크게 심호흡을 하고 말을 이었다.

"죄송하지만, 저는 인정할 수 없습니다. 독고 소협을 단주 로 받아들이는 것은 힘듭니다. 저뿐만이 아닐 것입니다. 단원 들 중 누구도 소협을 달가워하지 않을 것입니다."

무림맹주의 면전이라 소협이라는 호칭을 쓰고 있지만, 그 의 눈에 독고진은 그저 명문가에서 온실 속의 화초처럼 자란 애송이일 뿐이었다.

"허어……."

단리철은 탄식을 했다. 하지만 그의 표정은 변함이 없었다. 충분히 예상했던 결과였기 때문이다.

그는 여전히 미소를 머금은 채 말을 이었다.

"왜 그렇게 생각하는가?"

"……."

그 말에 위지천은 꿀 먹은 벙어리라도 되어버린 듯 아무런 말도 할 수 없었다. 사실 하고 싶은 말이야 충분히 많았지만, 감히 맹주의 면전에서 그의 지인(知人)인 듯 보이는 독고진의 험담을 늘어놓을 수는 없기 때문이었다.

"내 자네의 마음은 충분히 이해를 하고 있네."

"……."

"위지 부단주, 자네의 생각에 풍백단에 필요한 단주는 어떤 무인이어야 할 것 같나?"

계속되는 자신의 말에도 아무런 대답도 하지 않고 묵묵히 듣고만 있던 위지천을 보며 단리철은 다시금 입을 열었다.

"당연한 이야기겠지만, 강하고 뛰어난 단주가 필요하지 않겠나?"

그 말에 처음으로 위지천의 입이 열렸다.

"그럼 맹주님께선 독고 소협이 그 조건에 부합한다 말씀하시고 싶으신 겁니까?"

약간 격해진 목소리로 말하는 위지천. 그럴 만도 한 것이, 자신보다 열댓 살은 어려 보이는 애송이를 단주로 만들려 하는 것도 모자라, 그가 단주 직을 맡을 만큼 충분히 뛰어난 역량을 지니고 있다고 극찬하고 있는 것과 다름없는 발언을 하고 있지를 않은가?

상식적으로 도저히 이해가 가지 않는 소리를 하는 단리철을 보며 여전히 격한 어조로 위지천의 말이 이어졌다.

"무례라는 것은 알지만 한 말씀 올려봅니다. 소인이 아무리 높게 보아도 독고 소협의 나이는 약관에서 크게 벗어나지 못합니다. 그리고 그게 사실일 것이고요. 그렇다면 저나 풍백단의 단원들보다도 최소 십 년은 어리다는 이야기가 되는데, 맹주님께서도 아시다시피 십 년이라는 차이는 그리 간단한 것이 아닙니다. 아무리 독고 소협이 대단한 기재이며 명문무가라는 좋은 환경 속에서 자랐다 하더라도, 저희 또한 상승무공을 꾸준히 수련한 무인입니다. 어찌 저희를 통솔하는 단주 자리를 맡을 정도의 능력이 될 수 있겠습니까?"

일견, 아니, 확실히 맞는 이야기다. 상식선상에서라면 말이다. 하지만 독고진은 그 범주에서 한참 벗어난 인물이라는 것이 문제라면 문제였다.

"흐음. 자네의 이야기는 충분히 알아들었네. 그럼 다른 것은 다 제하고, 이것 하나만 묻겠네."

위지천은 고개를 끄덕였다.

"말씀하십시오."

"자네가 독고 소가주를 단주로 받아들이지 못하는 것은 독고 소가주의 능력을 신뢰할 수 없기 때문인 것인가?"

 FOR GOD

단리철의 물음에 그는 곧바로 대답했다.

"그렇습니다."

그에 단리철은 독고진을 살짝 응시하며 피식 웃었다.

"그렇다면 하등 문제될 것이 없다네. 능력이야 자네들이 보는 앞에서 검증하면 아무런 하자가 없는 것 아닌가?"

위지천의 표정이 다시 어이없다는 듯한 것으로 바뀌었다.

"그렇다면 소가주님의 능력을 저희 앞에서 보이기라도 하시겠단 말씀입니까?"

곧장 이어지는 단리철의 대답.

"그렇다네."

"대체 능력을 어떤 식으로 검증시켜 주실 생각이십니까?"

단리철을 향해 항의하기라도 하듯 질문하는 위지천. 하지만 대답은 다른 곳에서 흘러나왔다.

"무인이 자신의 능력을 증명하는 데 뭐가 필요하겠습니까?"

단리철과 위지천의 시선이 자신에게로 모이자 독고진은 씨익 웃어 보인다.

"제 검(劍)을 보여 드리겠습니다."

"아니, 저 애송이가 단주가 된다고?"

"그렇다니까? 맹주님께서 왜 저러시는지 모르겠어. 단주 시킬 사람이 없어서 저런 꼬맹이를……."

연무장에 모인 풍백단원들은 여기저기서 웅성거렸다. 그도 그럴 것이, 새로 단주를 임명한다 해서 나와봤더니 웬걸, 새파랗게 어린 청년에게 단주 직을 준다고 하지 않는가?

대부분의 웅성거림이 거의 또렷이 다 들리는 독고진으로서는 쓴웃음을 지을 수밖에 없었다. 예상은 했었지만 막상 직접 부딪쳐 보니 씁쓸한 것은 어쩔 수 없는 것이다.

"다들 조용하시게!"

단리철의 일갈에 순식간에 어수선하던 장내는 조용해졌다. 다들 불만이 많은 표정이었지만, 그의 말을 무시할 수 있을 만한 담력을 지닌 사람은 이곳에 없었다.

"모두들 들어서 알고 있겠지만, 여기 독고세가의 소가주인 독고진 소협에게 풍백단의 단주라는 소임을 맡기기 위해 여러분의 동의를 얻고자 이렇게 모이게 하였네."

잠시 심호흡을 한 그는 다시 말을 이었다.

"물론! 자네들이 탐탁지 않아 한다는 사실은 충분히 알고 있으며 납득이 가네. 그래서 독고 소협의 능력을 자네들에게 증명하고자 이 자리에 풍백단 전체를 부른 것일세."

단리철의 말이 끝남과 동시에 장내는 다시 웅성거리기 시작했다.

그리고 누군가가 단리철을 향해 묻는다.

"저기 맹주님, 죄송합니다만 어떤 방식으로 증명하시려는 겁니까?"

 FOR GOD

“그건…….”

단리철이 대답을 하려는 순간, 그보다 먼저 위지천의 입이 열렸다. 무엇이 그리도 못마땅한지 무척이나 퉁명스러운 어조였다.

“비무(比武). 독고 소가주께서 나와 비무를 할 걸세.”

연무장에 모인 풍백단원들의 얼굴이 전부 벙찐 표정으로 변했다. 어이가 없는 것이다.

위지천은 현 풍백단의 일인자다. 비록 전 단주가 명을 달리한 후 임시 단주 직을 맡고 있긴 하지만, 만일 단주가 되더라도 큰 손색이 없을 만큼 뛰어난 능력을 가진 인재였다.

그리고 그 능력에는 무공 또한 당연히 포함된다. 모르긴 몰라도 초절정은 이미 오래전에 넘어섰으며, 어쩌면 무림백대고수에 근접할지도 모른다는 평을 받는 위지천의 무공. 그것을 이제 갓 약관이 된 독고진이 넘어선다는 것은 누가 보더라도 어이없는 것이 당연한 것이다.

“위지 단주의 말이 맞네. 독고 소가주의 능력은 비무로써 증명될 것이네.”

아무도 입을 여는 이가 없었다. 할 말이 없어졌다라기보다는 당혹스러움 때문일 것이었다.

그리고 그 모양을 지켜보며 단리철의 뒤에 서서 방관만 하던 독고진이 처음으로 입을 열었다.

“제가 풍백단의 단주가 되고자 하는 것이 주제넘음은 누구보다도 제 자신이 잘 압니다. 하지만 전 목표가 있어 여러분을 만나뵈러 왔으며, 무엇보다도 제 능력을 시험해 보고자 이 자리에 섰습니다.”

잠시 좌중을 둘러본 그는 천천히 말을 이었다.

“여러분께서 지금 저를 어떻게 생각하시든 저는 상관하지 않겠습니다. 또한 그것이 당연한 것입니다. 하지만 여러분께 부탁 하나만 드리고자 합니다.”

모두의 시선이 그에게로 모아졌다. 겸손한 그의 어투에 반감이 조금은 퇴색되는 모양이다.

“저에 대한 모든 판단은 잠시 후로 미뤄주셨으면 합니다. 결과가 어떻게 나오던, 위지천 임시 단주님과의 비무 후에 저에 대한 평가를 내려주셨으면 합니다.”

여전히 연무장은 쥐 죽은 듯 조용했다. 독고진의 겸손한 언사에 반감이 어느 정도 없어지기는 했지만 아직도 못마땅하다는 생각이 대다수이다. 뭐라 대답할 기분이 들지는 않는 것이다.

그리고 종전보다는 조금은 부드러워진 어투로 위지천이 입을 떼었다.

“긴말할 것 없소. 내게 그대의 검을 보여준다 하지 않았소? 무인은 무(武)로서 말하면 되는 것이오.”

말을 마친 그는 천천히 비무대 위로 올라갔다. 꽤나 커다란 비무대의 정중앙에 선 그는 독고진을 향해 눈짓을 했다. 그리고 독고진 또한 주저없이 비무대 위로 올라갔다.

탁—

위지천은 그의 등에 매어져 있던 도갑을 천천히 풀어 거도(巨刀)를 빼어 들었다. 보기만 해도 소름이 돋을 정도로 흉흉하게 생긴 커다란 도였다.

그런 그를 보며 독고진 또한 천천히 자신의 허리춤에 매여 있는 두 검을 빼어 들었다.

스르릉—

날카로운 소리와 함께 독고진의 검이 시퍼런 예기를 뿜어내었다. 한편 위지천은 다시 한 번 어이가 없다는 표정이 되었다.

'허, 지금 이 녀석이 나랑 장난이라도 하자는 것인가. 쌍검술이라니. 겉멋만 잔뜩 든 애송이였단 말인가?'

그는 양손으로 도를 다잡았다. 독고진이 양손에 검을 든 것은 어이가 없을 정도로 한심했지만, 그렇다고 대충대충 비무를 진행할 생각은 추호도 없었다. 상대가 누구든, 도를 듦에 있어서는 언제나 최선을 다한다는 것이 그의 평소 다짐이었다.

그리고 물론 예외라는 것은 없었다.

독고진은 위지천의 자세가 변하자 기도를 가다듬었다. 그 또한 마찬가지로 대충 할 생각은 조금도 없었다. 이번에 확실히 능력을 보여놓아야 앞으로가 수월해질 것임을 직감했기 때문이다.

"그럼 먼저 가겠습니다, 위지 단주님."

독고진은 선공을 취하기로 했다. 몇 합을 양보해 줘도 결과야 변함이 없겠지만, 이것은 위지천의 자존심에 대한 독고진의 배려라 할 수 있었다.

타탓—

가벼운 발구름과 함께 독고진의 신형이 살짝 허공에 떴다. 그리고 그의 좌수가 위지천을 향해 빠르게 쏘아져 갔다. 묵월신검(墨越迅劍)이 펼쳐지기 시작한 것이다.

"흐읍!"

그 순간, 위지천은 헛바람을 집어삼켰다. 방심한 것은 아니지만 조금은 상대를 경시하는 마음을 가지고 있었던 터, 무시 못할 만큼의 빠른 속력으로 쇄도해 오는 독고진의 검에 당황할 수밖에 없었던 것이다.

족히 이 장여는 되어 보이던 두 사람 사이의 거리가 순식간에 좁혀지고, 두 무구(武具)가 서로 맞물리며 경쾌한 쇳소리가 울려 퍼졌다.

까아앙—

하지만 물론 그것이 끝은 아니었다. 묵빛 검날이 위지천의 도신(刀身)에 막히자마자, 독고진의 좌수에 들려 있던 청사신검에서 희뿌연 빛이 은은히 퍼지기 시작했다.

그리고 마치 환상이라도 되는 양, 독고진의 좌수와 함께 청

사신검이 희미해지더니 순식간에 수많은 잔상을 남기며 위지
천을 압박해 가기 시작했다.

'이, 이런! 말도 안 되는……!'

위지천은 경악했다. 그의 눈앞에서 믿을 수 없는 상황이 펼
쳐지고 있는 것이었다.

물론 독고진의 실력이 예상외로 대단하다는 것도 충분히
놀라운 사실이었다. 하지만 위지천이 가장 이해할 수 없는 상
황은 그것이 아니었다.

'분명 저 묵빛 무공과 이 백색 섬광은 다른 성분의 무공이
다.'

패월쌍무(覇月雙舞). 이것이 그의 눈에 들어온 당황스럽기
그지없는 무공이었다. 그의 상식이라는 범주를 멀찌감치 벗
어나 버린 무공이랄까?

'양손으로 서로 다른 무공을 펼친다'라는 개념. 이는 그로
서는 정말 금시초문인 것이었다.

'어떻게 이런 것이 가능하지?'

그가 당황스러움에 온갖 망상을 하는 동안에도 독고진의
검으로부터 들어오는 압박은 끊길 줄을 몰랐다. 수많은 잔
영(殘影) 중에서 진상(眞像)을 겨우 찾아내어 막아내고 나면,
어느새 묵빛 검이 그의 요혈을 노리고 있었다. 정말 미치는
노릇이었다.

한편 이 모습을 지켜보던 풍백단원들은 멍한 표정이 되어

퀭한 눈으로 비무대를 응시하고 있었다. 너무나도 황당한 광경에 넋을 잃은 것일까? 그들의 동공에는 초점이 없었다. 단리철이 하도 자신있게 독고진의 실력을 증명하겠다 하여서 어느 정도 실력이 있는 후기지수일 것이라고는 예상을 하였지만, 이 정도일 줄은 꿈에도 몰랐다. 직접 대하는 것이 아니며 안목이 부족하여 독고진의 무공이 어떤 것인 줄은 알아채지 못하였지만, 그들의 눈에 보이는 가장 중요한 사실은 위지천이 수세에 몰리고 있다는 것이었다. 순식간에 독고진을 제압해 버릴 줄 알았던 그가 오히려 반격 한번 해보지 못하고 방어에 급급하여 있는 것이었다. 이것도 독고진이 손속에 많은 사정을 두었기에 가능한 일이었지만, 이 정도만으로도 풍백단원들을 당황시키기에는 충분하다 못해 넘쳤다.

"허어……."

단리철의 탄식(?)에 가까운 감탄사였다. 어렴풋이 독고진의 능력을 가늠해 보기는 하였지만, 이 정도일 것이라고는 생각지 않았었다. 그리고 그가 유심히 지켜보고 있는 것은 역시 독고진의 무공이었다. 당연하겠지만, 무림맹주인 그로서도 생전 처음 보는 무공의 형식에 관심이 갈 수밖에 없는 것이다.

'새로운 형태의 무공이군. 독고세가의 숨겨진 상승절학인가? 양손으로 다른 종류의 무공을 구사한다라… 심법과 관련이 있는 것이려나?

잠시 상념에 잠겨 있던 단리철을 깨운 것은 커다란 굉음이
었다.

콰쾅—!

쇠붙이와 쇠붙이가 부대끼며 만들어냈다 하기에는 너무도
둔탁하고 과격한 소리. 오히려 폭발음에 가까운 이 소리는 두
사람의 기파가 충돌하며 만들어낸 굉음이었다.

“헉— 헉—”

그 덕에 잠시 쉴 틈이 생긴 위지천은 비무대 위에 내려서서
거칠게 숨을 몰아쉬었다.

그의 무복은 이미 여기저기 찢겨져 나간 상태였으며 얼굴
은 살짝 그을린 듯도 하여 마치 전쟁터에서 돌아온 패잔병을
연상케 하는 모습이었다.

‘흠. 이제 곧 끝내야 할 때가 되었나? 공수(攻守)만 한번 주
고받고 난 후에 끝내야겠군.’

독고진이 이렇게 시간을 끄는 이유는 위지천이 자신에게
한 번도 공격을 한 적이 없었다는 것이다. 분명 지금까지 보
여준 것만으로도 위지천은 독고진이 자신의 상대가 아니라는
것을 느끼고 있을 것이었다. 하지만 독고진이 원하는 것은 조
금 더 확실한 것이었다. 위지천이 전력을 다해 펼치는 무공까
지 독고진이 철저하게 눌러준다면, 그는 독고진과의 비무에
서 조금의 변명의 여지도 찾아낼 수 없을 터. 이것이 바로 그
가 원하는 것이었다.

"이번엔… 내가 먼저 가겠소."

아니나 다를까, 숨을 고른 위지천이 거도를 다시 들어 올리고는 자세를 바로잡았다. 시종일관 방어에 급급하던 자신의 모습에 화라도 난 것일까? 그의 신형이 빠르게 움직이기 시작했다.

'어차피 승산은 없을 것이다. 그렇다면 내가 가진 모든 것을 한번 퍼부어보고 싶다. 그래야 미련이 덜 남을 것이다.'

생각을 마치자 위지천의 기세가 사뭇 달라지기 시작했다. 그는 양손으로 도를 거칠게 말아 쥐고는 있는 힘껏 몸을 날렸다.

까아아앙— 깡—

독고진은 자신의 정수리를 향해 쇄도해 오는 도를 보며 쌍검을 교차시켰다. 그 공격이 자신에게 심각한 타격을 줄 것이라는 생각 같은 것은 전혀 들지 않았지만, 그래도 충분히 위협적인 도세에 조금이라도 더 충격을 완화시켜 보겠다는 심산에서였다.

그리고 그 생각은 적중했다. 묵직한 도의 무게를 이용한 패도적인 도법이 주를 이루는 위지천의 무공은 일시적으로 충격을 완화시키자 그 파괴력이 현저히 떨어져 버린 것이다.

"크윽—"

자신의 도격(刀擊)에서 역으로 흘러나온 반탄지기 때문에 오히려 내상을 입은 위지천은 천천히 도를 거두었다. 그가 펼칠 수 있는 가장 강한 무공을 펼쳐 보인 것은 아니었지만, 그의 내력은 이미 한계였다. 사실 다리를 꼿꼿하게 하고 서 있는 것조차 힘에 부칠 정도였다.

"내가 졌소이다."

조금은 떨려 나오는 목소리. 하지만 분명한 인정이었다.

자신보다 열댓 살은 어린 독고진에게 처참히 패한 것을 순순히 인정한다는 것은 대단히 무인다운 행동이다. 이렇듯 깔끔하게 인정하는 것이 결코 쉽지 않은 일인 것이다.

"훌륭한 도법이었습니다."

독고진은 살며시 고개를 숙여 보였다. 그는 위지천이라는 인물이 적잖이 마음에 들었다.

뭇 사내라면 이렇듯 분명히 맺고 끊는 것이 있어야 하는 것이다.

"대단한 쌍검술이었소."

조금의 과장도 섞지 않은, 그야말로 패월쌍무에 대한 그의 감상을 간단하게 표현한 것이었다. 그런 그들을 보며 단리철은 천천히 비무대 위로 올라가기 시작했다. 이쯤 해서 그가 중재를 하고 마무리 지어야 할 것이다.

"두 사람의 비무, 잘 감상하였네."

그의 말에 두 사내는 동시에 고개를 숙여 보이며 대답했다.

"과찬이십니다."

"못난 꼴만 보여 드렸을 뿐입니다."

그리고 단리철은 좌중을 훑어보며 다시 입을 열었다.

"그대들은 모두 독고 소가주의 검을 보았을 것이다."

쥐 죽은 듯 조용한 가운데 단리철의 말이 다시 이어졌다.

"위지 부단주의 말대로 독고 소가주는 이제 겨우 약관의 나이이다. 그리고 나로서도 정말 믿기지 않은 사실이지만, 약관이라는 어린 나이에도 불구하고 독고 소가주는 위지 부단주를 압도하였다. 이는 다시 말하면 앞으로의 가능성 또한 무궁무진하다는 말과 진배없다. 이 정도의 인물이라면 그대들의 상관으로서 충분한 자격을 갖췄다 생각지 않는가?"

하지만 단원들의 입에서는 쉬이 대답이 나오지를 않는다. 분명 그들도 독고진의 신위를 바로 앞에서 목도했다. 그리고 단리철의 말처럼 독고진 정도의 실력이라면 풍백단의 단주 직을 맡기에 손색이 없음 또한 분명했다. 하지만 어쩐지 아직도 썩 내키지는 않음이다.

"물론 무공이 다는 아니다. 하지만 무림은 어쩔 수 없는 강자존(强者存)이다. 이런 면에서는 독고 소가주는 풍백단에 있어 최상의 단주가 될 것이라고 나는 생각한다. 게다가 나는 독고 소가주가 무공뿐 아니라 다른 면에서도 충분히 뛰어난 인재라고 생각하기에 적극적으로 소가주를 단주 직에 앉히려 하는 것이다……."

장황하다면 장황한 단리철의 설명이 끝나고 잠시간 연무장은 어수선해졌다. 제각기 자신의 생각에 대해 이야기를 하

 FOR GOD

느라 정신이 없는 것이었다.

독고진의 화려한 무공에 자극을 받은 이는 이 정도라면 충분히 단주 직을 역임할 만하다 주장하기도 하는 반면, 독고진의 어린 나이가 아직도 마음에 걸린다는 단원도 있었지만 대체적으로는 긍정적인 반응들이었다.

그리고 역시나 가장 먼저 자신의 의견을 피력한 것은 내상을 추스른 위지천이었다.

"나는 독고 소가주의 단주 부임에 찬성하는 바요. 물론 나를 이긴다면 단주로 인정해 주겠다는 개인의 약조도 한몫하기는 하였지만, 나는 소가주께 한번 기대를 걸어보고 싶소."

그의 말이 끝나자 여기저기서 찬성의 목소리가 들려왔다.

"나도 찬성이오. 어린 나이가 흠이 될 수도 있지만, 후일을 기약하자면 오히려 더 가능성있는 요소가 될 수 있는 것이외다."

"동연(同然), 나도 찬성이오."

잠시간 여러 단원들의 의견이 피력되었고, 그것을 지켜보던 단리철의 입이 떨어졌다.

"자, 이제 모두들 조용히 하시오."

장내가 다시 잠잠해지고 단리철의 말이 이어진다.

"이 단리모가 여러분이 지금까지 말씀하신 것을 들어보매, 독고 소가주의 단주 직 역임은 모두들 찬성하는 것으로 생각되오."

독고진을 슬쩍 응시한 단리철은 흡족한 미소를 지으며 말을 이어갔다.

"그에 나는 오늘부로 독고 소가주를 풍백단주에 임명하는 바이오. 단주가 나이가 어리다고 해서 깔보거나 무시하는 등, 하극상(下剋上)을 벌이는 단원이 있다면 엄히 다스릴 것이니 그리들 아시오."

일사천리로 독고진의 단주 위임이 진행되고 있었다. 따로 형식을 차린 것은 아니었지만, 이 이상의 무언가가 필요한 것은 아니었다.

"풍백단주, 이 앞으로 나와보시오."

독고진이 조금 어리둥절한 표정으로 앞으로 나오자 단리철은 빙긋 웃는다.

"이제 단주가 한 말씀 해보시게. 따로 직위식 같은 것은 하지 않았지만, 그래도 단원들을 이렇게 처음 만난 자리에서 한마디 정도는 해야 하지 않겠는가?"

그에 독고진은 마주 웃어 보이며 단원들 쪽으로 방향을 바꿔 섰다.

"풍백단원 여러분, 여러분 또한 아시다시피 나는 독고세가의 소가주인 독고진입니다."

좌중을 한번 훑어본 그는 천천히 입을 열었다.

"비무 전 언급했던 것처럼, 나는 내가 대단한 사람이라는 생각은 해본 일이 없습니다. 하지만 할 일이 있어 이 자리에

섰으며 무례하게도 강호에 있어서 선배님들이랄 수 있는 여러분들의 윗자리에 앉게 되었습니다. 하지만 전 하나는 분명히 할 수 있습니다.”

잠시 숨을 고른 그는 말을 이었다.

“전 제 자신에 대해 한 치의 의심도 하지 않습니다. 제 능력을 믿는다기보다는 제 가능성을 믿기 때문입니다. 마찬가지로 여러분 또한 제가 진행하는 일에 있어서 일말의 의심조차 있어서는 안 될 것입니다.”

목이 타는지 독고진은 살짝 침을 삼켰다. 긴장한 탓일 것이다.

“현 무림은 격동하고 있습니다. 지금까지의 평화로웠던 나날들과는 사뭇 다른 사건들이 진행될 것입니다. 또한 이는 제 주관적인 견해가 아닌 충분한 증거와 자료들을 바탕으로 예상한 것이니 의심할 여지가 없습니다. 게다가 제가 하려고 하는 일의 속성상, 우리 풍백단은 무림에 일게 될 풍파에 더욱 빠르게 빠져 들어갈 것입니다.”

어느새 연무장의 인물들은 전부 독고진의 연설 아닌 연설을 귀 기울여 듣고 있었다. 과거 잠시나마 만인지상의 위치에 있었던 그의 진중한 분위기에 단원들은 매료되는 것을 느끼고 있었다.

“이렇게 말하면 너무 거창한 이야기가 될는지도 모르겠습니다만, 우리가 이제부터 해야 할 일은 분명 무림의 평화와

안녕을 위한 것입니다. 풍백단의 모든 단원들이 풍백단에 소속되어 있다는 것에 자랑스러움을 느낄 수 있도록 내가 만들 것입니다.”

그리고 자신의 연설에 심취했는지 독고진의 입꼬리가 살짝 말려 올라갔다.

“오늘부로 풍백단은 다시 태어난 것입니다. 그리고……”

그는 씨익 웃어 보였다.

“우리가 하는 일은 곧 정의가 될 것입니다.”

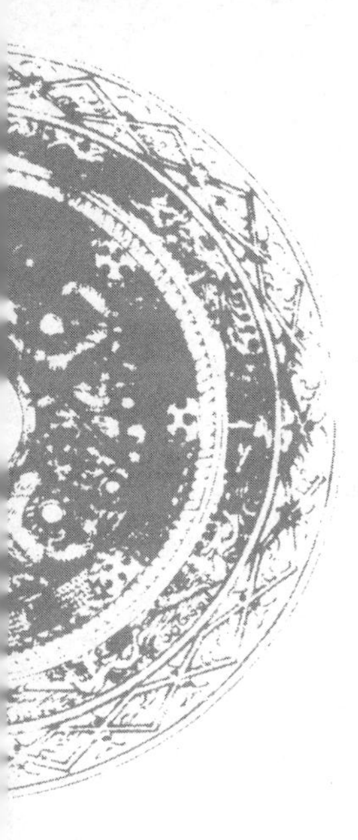

第二章
봉변(?)

죽은 자의 영혼과 사람의 심혼(心魂)을 다루는 흑마법사 무림에 환생하다!

마왕의 힘을 배워 9클래스의 마법 경지를 넘어서고, 절대의 무공 경지에 들다!

그를 기다리는 건 무림사에 더없을 멸겁의 종말, 새황 오대천의 살혼마신!

유행이 아닌 자유추구
BOOK Publishing ChungEoram
FOR
GOD

“대체 왜 막아서는 것이오?”

“무림맹은 잡상인이 출입할 수 있도록 허가된 곳이 아니외다. 이렇게 큰 행렬을 수용할 만한 장소도 물론 없고…….”

무림맹의 정문. 두 무사가 옥신각신하며 실랑이를 벌이고 있었다.

종종 있는 광경이라 그다지 새로울 것도 없는 모습이었지만, 한 가지 흥미로운 점은 두 무인 중 하나가 입고 있는 무복이 금의위복이라는 것이며, 보기 드문 큰 행렬이라는 것이었다.

“아니, 이 커다란 곳에 이만한 일행도 수용할 장소가 없다는 것이 말이 되오?"

"그러니까 신분을 제시하라 하지 않소? 나로서는 어쩔 수 없는 노릇이오."

사실 무림맹의 정문위사의 말에는 약간의 어폐가 있었다. 행렬이 꽤나 큰 것은 사실이었지만, 무림맹의 규모라면 충분히 수용하고도 남음이 있었다. 하지만 신분이 확인되지 않은 행렬을 이렇게나 많이 들여보낼 수는 없는 것이었다.

"감히! 이분이 뉘신 줄 알고 그런 말을 하는 것이냐!"

금의위사인 듯 보이는 무인이 흥분한 듯 소리 지르자, 마차에 씌워져 있던 휘장이 살짝 걷혔다. 그리고 그 안에서 면사로 얼굴을 가린 여인이 머리를 빼꼼히 내밀었다.

"그냥 나 혼자 들어가겠어요. 그대들은 다시 황궁으로 돌아가세요."

그녀의 말에 실랑이를 벌이던 위사는 그녀를 향해 돌아서며 과하다 싶을 정도의 몸짓을 보였다.

"아니 되옵니다, 마마! 어찌……."

말을 하던 도중 그는 황급히 입을 다물었다. 뭔가 말실수를 한 듯하다.

그리고 그는 물론, 그와 실랑이를 벌이던 무림맹의 정문위사의 얼굴이 급속도로 굳었다.

"마마? 그럼 저 아가씨가 명 황실의 공주님이라도 된다는……?"

　혼잣말을 가장한 질문. 어찌할 줄을 몰라 하던 금의위사는 결국 될 대로 되라는 듯 금의위패를 꺼내어 보이며 호통을 쳤다.

　"감히 공주마마께 이 무슨 무례인 것이냐! 어서 사죄드리지 못할까?!"

　버젓이 황기(黃旗)를 휘날리며 무림맹의 정문 앞에서 실랑이를 벌이던 이 일행은 다름 아닌 주혜명의 행렬이었다.

　그녀는 금의위사들을 대동하고 가마에는 버젓이 황기가 꽂혀 있는데 어처구니없게도 신분을 속일 생각을 했던 모양인지 살짝 얼굴을 찌푸렸다.

　주혜명은 손짓으로 가마를 내려놓으라 한 뒤 천천히 안에서 걸어나왔다. 그녀는 말실수를 한 무사를 살짝 째려본 뒤 천천히 앞으로 걸어나갔다. 그리고 그녀가 한 발짝씩 다가올 때마다 정문위사는 찔끔했다.

　"내가 주혜명이에요. 혹시 그대는 명 황실의 공녀를 출입시키지 말라는 명이라도 받은 일이 있나요?"

　그녀의 나직한 물음에 무사는 우물쭈물하며 대답했다.

　"그, 그럴 리가 있겠습니까. 다, 다만……."

　주혜명은 고소를 지으며 다시금 물었다.

　"무림맹의 정문은 누구에게나 열려 있다고 들었어요. 그렇지 않나요?"

　"그렇… 습니다."

당황한 표정이 되어 어쩔 줄을 몰라 하는 그를 보며 주혜명은 빙긋 웃어 보였다. 물론 면사에 가려 타인에게 보이지는 않았지만 그녀는 뭐가 그리 재밌는지 실소를 머금었다.

"그렇다면 그대는 분명 내게 잘못을 했군요?"

주혜명의 장난스런 물음. 하지만 그에 무사의 표정은 사색이 되었다.

"죄, 죄송합니다, 공주마마!"

"푸훗."

그의 하는 양이 우스웠는지 주혜명은 참고 있던 웃음을 터뜨리고 말았다.

"내가 한 가지 부탁을 좀 하겠어요. 내게 잘못을 했다면 그 정도는 들어줄 수 있겠지요?"

그녀의 물음에 무사는 재빨리 대답했다.

"무, 물론입니다!"

지나치게 힘찬 그의 대답에 주혜명은 다시 나오려는 웃음을 겨우 집어삼키고는 말을 이었다.

"흑비객(黑飛客)을 만나야겠어요."

"맹주님!"

독고진의 풍백단주 위임식을 무사히(?) 끝마치고 맹주 집무실로 돌아가던 단리철은 자신을 부르는 목소리에 뒤를 돌아봐야 했다.

 FOR GOD

"왜 그러는가?"

허겁지겁 달려온 무사의 모습을 보며 단리철은 고개를 갸우뚱했다. 그의 기억으론 이렇듯 급하게 자신에게 전달되어져야 할 일이 없었기 때문이다.

"명 황실의 셋째 공녀님께서 지금 무림맹에 오셨습니다. 금의위사들을 대동하긴 했지만, 황실의 영향력있는 인물들은 하나도 대동 않고 혼자서 오신 듯합니다. 게다가……."

말을 들으며 단리철은 어이없다는 표정이 되었다. 아니, 명 황실의 공녀가 대체 무림맹을 왜 온다는 말인가? 그것도 혼자서. 아무리 생각해도 '심심해서'라는 결론밖에는 도출이 되지를 않는다.

"게다가?"

말하기를 재촉하는 단리철의 반문에 무사는 숨을 고르며 말을 이었다.

"다짜고짜 흑비객을 만나게 해달랍니다."

순간 단리철의 표정은 멍해졌고 무사는 다시 입을 열었다.

"흑비객을 왜 무림맹에서 찾는답니까? 혹시 맹주님께선 흑비객이 누군지 아십니까? 일반인이라면 호통이라도 쳐서 돌려보내겠는데 공녀께서 그러시니 어찌해야 할 줄을 모르겠습니다."

단리철은 분명 흑비객을 잘 알고 있었다. 애초에 그의 명이 없었더라면 탄생하지조차 않았을 별호가 바로 흑비객인데 그가 모를 리가 있겠는가?

"허험, 이거 참 골치 아프게 됐구만……."

단리철은 잠시 상념에 잠기었다. 이 난제를 어찌 타개해야 할지 고심하는 것이었다.

물론 독고진의 정체를 폭로하면 그뿐이기는 했다. 하지만 독고진이 담휘경을 죽인 후 괜히 신분을 숨긴 것이 아니었다. 독고진 자신이 강호에 알려지는 것을 싫어하는 것도 하나의 이유가 될 수 있겠지만, 더욱 중요한 이유는 그가 앞으로 해야 할 일의 속성이었다.

풍백단의 단주로서 독고진이 해야 할 일들은 암묵적으로 신비 세력의 배후를 캐는 일.

대외적으로 알려지는 것이 달가울 리 없었다.

"일단 공주마마께 내가 뵙고 싶다 한다고, 맹주 집무실로 좀 오시라 전해 드리게. 후는 내가 알아서 하겠네."

그제야 한시름 덜었다는 듯 무사의 얼굴이 다소 펴졌다.

"그럼 그렇게 하도록 하겠습니다."

살짝 고개를 숙여 보인 그는 서둘러 왔던 길을 되돌아갔다. 얼른 주혜명에게 단리철의 말을 전하려는 것이다. 그것이 자신의 죄(?)를 조금이라도 줄이는 길이라 믿는 듯도 했다.

"모두들 반갑습니다."

어색한 침묵 속에 독고진의 한마디가 울려 퍼졌다. 하지만

 FOR GOD

그 한마디로는 뭔가 부족한 듯 아직까지도 분위기는 어색할 뿐이다.

"이젠 저도 이곳의 식구입니다. 좀 친해져야 하지 않겠습니까? 언제까지 이렇게 서로 어색하게 지낼 수는 없지 않습니까."

그제야 그나마 독고진과 몇 마디 해본 위지천이 처음으로 입을 열었다.

"처음이라 다들 어색해서 그러는 겁니다, 단주. 차차 나아질 테니 괘념치 마시길 바랍니다."

그의 말에 독고진은 고개를 끄덕이며 대답했다.

"물론 그렇긴 합니다만… 불편해서 그러지요."

잠시 무언가 생각을 하는 듯 뒷머리를 긁적이던 그는 다시금 입을 열었다.

"본래부터 사람들이 친해지기 위해서는 서로 아는 것이 많아야 하는 법입니다. 혹, 신임단주에게 궁금한 점이 있다면 기탄없이 이 자리에서 말씀해 보시길 바랍니다."

정확히 마흔일곱의 풍백단원. 풍백단의 연무장 한가운데 빼곡히 모여 있는 그들을 향해 독고진의 말이 이어진다.

"어떤 질문이든 상관없습니다. 무어라도 물어봐 주십시오."

그제야 서로서로 머뭇거리며 질문하기를 꺼리던 풍백단원들 중 한 사람이 슬며시 손을 들어 보인다.

"질문있습니다, 단주."

그에 독고진은 반가운 표정으로 대답했다.

"얼른 물어보십시오. 제게 궁금한 것이 무업니까?"

잠시 주춤하던 단원의 입이 천천히 다시 떨어진다.

"죄송하지만, 단주님께서 쓰시는 무공이 뭔지 알 수 있을까요? 단주님 나이 대에 그만한 성취를 얻을 수 있다는 것이 아직까지도 믿기지 않아서 말입니다."

독고진은 난처한 표정이 되었다. 패월쌍무에 대해 말하기가 여간 껄끄럽지 않았기 때문이다. 패월쌍무는 독고진 자신이 직접 창안한 무공이다. 그렇다고 그것을 사실 그대로 발설했다가는 더욱 심한 논란(?)의 한복판에 갇히게 될 것이었다. 그냥 적당히 얼버무리는 것이 나을 듯했다.

"크흐음. 제 무공은 패월쌍무라는 무공입니다. 본 가의 상승절기 중 하나죠."

그 답에 뭔가 찜찜한 듯 그는 고개를 살짝 갸웃했지만 독고진은 못 본 척하며 말을 돌렸다.

"아, 그나저나 위지 부단주."

"예, 단주님."

자신보다 십여 년 이상 어린 청년에게 꼬박꼬박 존대를 하자니 거부감이 드는 것은 아직도 어쩔 수 없었지만, 이제는 불만은 없는 듯 보였다. 그는 무인으로서 독고진에게 깨끗하게 패한 것이다. 미련이 남을 리 없었다.

"오늘 내로 단원들의 현재 신상명세를 다 알아다 주시면 고맙겠습니다. 저도 단원들에 대해 알아야 할 것들이 많습니다."

"알겠습니다, 단주님."

다시 고개를 돌려 단원들을 향해 앉은 독고진은 입을 떼었다.

"다른 단원 분들은 제게 궁금한 것이 없습니까?"

하지만 장내는 조용하기 그지없다. 그 누구도 질문하는 이가 없었다.

"크흠. 이것 참… 어색해서 원……."

독고진은 멋쩍은 웃음을 지어 보였다. 앞으로 풍백단에 적응하는 것이 그리 쉽지만은 않을 듯싶었다.

"안녕하십니까, 공주마마. 제가 백도무림맹의 맹주인 단리철입니다."

집무실에 도착한 단리철은 미리 와 앉아 있는 주혜명을 보고는, 깍듯이 인사했다. 그만큼 명 황실의 공녀라는 신분은 대단한 것이었다.

"반갑습니다. 제가 주혜명입니다."

주혜명이라는 말에 단리철은 약간의 호기심이 생긴다. 주혜명이라면 그의 기억으로는 중원오미 중에서도 미모로서 제일이라 평받는 여인이었기 때문이다. 면사로 살며시 가려져

있는 그녀의 옥용이 괜스레 단리철의 호기심을 더욱 유발한
다.

"그런데 공주마마께서는 무림맹에 어쩐 일로 오셨습니
까?"

주혜명은 빙긋 웃으며 답했다.

"정문위사에게 전해 듣지 않으셨습니까? 저는 흑비객을 만
나고 싶어 왔습니다."

그녀의 말처럼 이미 전해 들었던 말이지만 확인차 다시 듣
고자 한 것이었다.

'그런데 대체 독고진 녀석이 여기 있다는 건 어떻게 안 거
지?'

흑비객이 대단한 무인이라서 무턱대고 백도무림의 최고
단체인 무림맹에 그가 있을 것이다, 라는 극단적인 일반화를
통해 유추했을 리는 없었다. 그렇다면 독고진이 자신의 소재
에 대한 단서를 조금이라도 남겼다는 이야기가 되는 것인
데… 생각할수록 골치만 아파지는 단리철이었다.

결국 단리철은 궁금함을 참지 못했는지 주혜명에게 묻는
다.

"마마, 마마께선 어째서 흑비객이 본 맹에 있다 생각하십
니까?"

주혜명은 면사 위로 이마를 살짝 긁적이며 대답했다.

"흑비객이 담휘경을 죽이고 나서, 무림맹 소재라는 것을

얼핏 밝힌 듯해서요. 아마 흑비객은 금의위들의 반발, 그러니까 뒷일이 어떻게 되는지 모르니 자신의 소재를 밝혔던 듯싶네요. 뭐, 그가 거짓말을 한 것이 아니라면 말이죠.”

주혜명의 말이 맞다면, 흑비객이 무림맹의 인물이라는 사실은 조만간 전 무림에 퍼지게 될 것이다. 하지만 자신만 침묵하면 그만인 것.

그러나 주혜명은 달랐다. 명 황실의 공녀씩이나 되는 인물이 직접 찾아왔는데 모른다고 발뺌만 할 수는 없는 노릇이었다.

‘그래. 다짐을 받아놓는 거다. 설마 이리저리 입소문이야 퍼뜨리겠어?’

결국 단리철의 선택은 독고진을 만나게 해주자는 것이었다. 솔직히 주혜명 하나가 그 사실을 안다 해서 달라지는 것은 없기 때문이었다.

“흐음… 공주님의 말씀이 맞습니다. 흑비객은 현재 이곳에 있지요.”

그의 말에 주혜명의 표정은 눈에 띄게 밝아졌다.

“정말인가요? 그를 만나게 해주세요.”

하지만 역시 그전에 몇 가지 확인해야 할 것이 있었다. 주혜명이 어째서 독고진을 만나려는지, 그리고 주혜명 혼자만 알고 있어달라는 부탁에 대한 확답.

“제게 몇 가지 약조를 해주신다면 만나실 수 있게 해드리겠습니다.”

그에 주혜명은 조금은 불쾌해졌는지 퉁명스런 어조로 반문했다.

“그개 뭔데요?”

“일단, 흑비객의 정체에 대해서는 침묵해 주셔야 합니다. 제가 알려 드리더라도, 공주님 혼자만 알고 계시라는 말씀입니다. 가능하시겠습니까?”

조금의 지체도 없이 주혜명의 고개가 끄덕여진다.

“그리고 한 가지 더. 흑비객을 만나시려는 이유가 무엇인지 말씀해 주셔야겠습니다.”

그 말에 주혜명은 잠시 멈칫한다. 하지만 그녀가 흑비객을 만나려는 이유는 역시 하나뿐이었다.

“꼭 한번 다시 만나서 고맙다는 말을 전해주고 싶었어요. 그는… 어찌 되었든 제 은인이나 다름없거든요. 그가 아니었다면 전 담휘경, 그 배교의 전인이라는 사악한 인간과 혼인해야 했을지도 모르니까요.”

“아……..”

그제야 단리철은 상황이 조금씩 이해되기 시작했다. 솔직히 처음에 주혜명이 독고진을 만나고 싶다 했을 땐, 아무리 생각해도 그 연유를 알 수 없었던 것이다.

“그렇군요. 그렇다면 알려 드려야지요. 다만 저와 하신 약조. 그것만은 꼭 지켜주시길 부탁드리겠습니다.”

재차 강조하는 단리철의 모습에 주혜명은 고개를 끄덕이며 대답했다.

"물론이에요. 제 입이 그렇게 가벼워 보이나요?"

단리철은 멋쩍은 표정을 지으며 대답했다.

"그렇다기보다도, 흑비객의 정체가 알려지게 된다면 골치 아픈 일이 한두 가지 생기는 게 아니기 때문에… 죄송합니다."

주혜명은 빙긋 웃으며 대답했다.

"아니에요, 죄송하실 필요까지는 없어요. 그럼 이제 흑비객의 소재를 알려주세요. 흑비객이 누구죠?"

단리철은 슬쩍 입맛을 다시며 대답했다. 왠지 찝찝한 기분이었다.

"혹시 무림세가 중에 독고세가라는 곳을 아십니까?"

단리철의 물음에 그녀는 잠시 생각에 잠겼다. 분명 어디선가 들어본 이름이기 때문이었다.

"음……."

하지만 정확히는 기억이 나지 않는지 그녀는 작게 웃었다.

"모르겠네요. 분명 들어본 기억은 있는데… 제가 이런 쪽으로는 지식이 일천해서요."

그럴 줄 알았다는 듯 단리철의 말이 곧장 이어졌다.

"독고세가는 무림세가 중에 하나로 현 강호에서 손가락에 꼽을 만큼 커다란 세가입니다. 그리고 흑비객은 그곳의 소가주이죠."

주혜명은 적잖이 놀랐다. 그녀가 아무리 무림에 대해서는 문외한이라 하여도, 독고진이 당시 보여줬던 신위가 얼마나 대단한 것인지는 어렴풋이 짐작을 할 수 있었다. 그런데 그런 엄청난 검술을 구사하던 독고진이 겨우 일개 세가의 소가주라니. 정말 이해할 수가 없었다.

"소가주라면… 나이도 많지 않겠군요?"

"저도 정확히는 모릅니다만, 아마 약관 정도 되었을 것입니다."

그녀는 더욱 경악했다. 목소리가 앳되다는 생각은 했었지만, 복면으로 얼굴을 가리고 있었으며 결정적으로 엄청난 무공 덕에 그렇게 어릴 것이라는 것은 상상조차 하지 못했기 때문이었다.

"어쨌든 지금 그를 이곳으로 불러줄 수 있나요?"

놀랍던 놀랍지 않던, 주혜명은 결국 무공에는 별 흥미가 없는 여인일 뿐이었다. 무림에 조금이라도 몸을 담았던 이라면 독고진의 무공에 대해 꼬치꼬치 캐물었겠지만, 주혜명은 놀랍다, 혹은 대단하다라는 생각만을 하고 넘어갈 뿐이었다.

"음, 잠시만 기다리십시오. 금방 불러오겠습니다."

말을 하며 자리에서 일어나는 단리철을 향해 주혜명은 웃으며 대답했다.

"고마워요."

*   *   *

　"후후, 여 부교주. 내가 왜 불렀는지에 대해 짐작 가는 것이 있나?"

　여느 때와 다를 바 없이 음산한 목소리로 말을 꺼내는 교주를 보며 이제는 적응이 좀 된 듯 여상추(呂象酋)는 속으로 한숨을 쉬었다.

　교룡참편(蛟龍斬鞭)이라는 멋들어진 별호도 가지고 있는 그이건만, 교주의 앞에만 서면 한없이 작아지는 기분이 든다.

　"잘 모르겠습니다, 교주님."

　그 말에 말없이 웃음만을 흘리던 교주의 입이 천천히 떨어졌다.

　"후훗, 이제 때가 되었네. 살귀이대의 전력은 완벽히 복구가 되었나?"

　교주의 입에서 나오는 오랜만의 희소식. 여상추의 표정이 눈에 띄게 밝아졌다.

　"물론입니다! 전체적으로 보자면 오히려 이전보다 더 나아졌다 할 수 있을 정돕니다."

　"호오, 그래?"

　씨익 웃어 보이는 그를 보며 여상추는 왠지 오한이 드는 것을 느낀다.

잠시 무언가를 생각하는지 골똘한 표정으로 눈을 감고 있
던 교주가 천천히 입을 열었다.

"여 부교주는 사천지부에 가서 대기하고 있게. 이제 곧 검
날에 피를 묻힐 날이 올 것이니 긴장 풀지 말고 수련에 더욱
박차를 가해야 할 것일세."

그에 여상추는 힘차게 대답했다.

"존명!"

"아, 그리고……."

그는 손가락을 빙글빙글 돌리며 여상추를 응시했다.

"구취 부교주는 이미 감숙지부로 보내놓았네. 사천지부로
가는 길에 잠시 들러서 정보라도 교환하는 것이 좋겠지."

"그리하겠습니다."

할 말을 다 했다는 듯, 교주는 푹신해 보이는 등받이에 상
체를 누이고는 눈을 감았다.

"그럼 준비하고 출발하시게."

*   *   *

"오랜만입니다."

집무실에 들어선 독고진은 주혜명을 향해 빙긋 웃어 보였
다.

"그래요. 오랜만이네요."

그녀는 독고진을 보고는 다시 한 번 놀라는 중이었다. 생각했었던 모습과는 영 딴판인 독고진의 면모 때문이었다.

"이제는 존대를 하시는군요?"

이제 서로의 신분을 아는 상태에서 만나는 것. 아무리 독고진이라 해도 계속 하대를 하기는 부담스러웠다.

"하핫, 뭐 어쩔 수 없네요. 공주마마께 반말이나 찍찍 할 수는 없지 않겠습니까?"

그녀는 어이가 없다는 듯한 표정이 되었다. 왠지 모르게 기분이 나쁘지는 않았지만, 그의 장난스런 어투에 은근히 자존심이 상한다.

"정말 배짱 한번 두둑하군요. 명 황실의 공녀에게 그런 어투로 말할 수 있는 사람이란 황제 폐하 외에는 없다는 것 알아요?"

그녀의 말에 독고진은 피식 웃었다. 하는 양이 귀여웠기 때문이다.

"그런 것 난 모릅니다. 그나저나 이곳에는 왜 찾아온 것입니까?"

동문서답을 하는 그를 보며 주혜명은 포기했다는 듯 나직이 한숨을 내쉬었다.

"당신을 다시 한 번 만나보고 싶었어요. 어찌 되었든 당신은 내 은인이나 다름없는 사람이니까요. 고맙다는 말, 꼭 해주고 싶었어요."

"뭐, 그거야……."

독고진은 멋쩍은 표정이 되었다. 주혜명의 표정에서 정말 진심이 느껴졌기 때문이다.

할 말이 없어진 그는 빙긋 웃으며 말을 이었다.

"요리 값이라 생각해 두십시오. 하핫."

처음에는 무슨 말인 줄 이해하지 못하고 어리둥절해 있던 그녀는 이내 마주 웃었다. 자신이 해주었던 요리가 생각났기 때문이었다.

"확실히 명 황실의 공주가 직접 만든 음식이란, 값어치가 좀 있긴 하죠. 그런데 제가 한 음식이 맛있었나요? 소협만 괜찮으시다면 한번 정도는 더 해드릴 용의도 있어요."

"나중에 생각이 난다면 한 번 더 부탁하겠습니다. 공주마마께서 해주는 음식을 거절할 수는 없지요."

독고진은 그녀와 대화를 함에 있어서 그다지 불편하다거나 하는 것이 느껴지지 않았다. 그리고 그것은 다른 이유에서가 아니었다. 그저 주혜명이 자신보다 어리다는 것이 이유인 것이다.

독고진이 과거 생활했던 차원 또한 계급 체계가 매우 뚜렷하고 철저히 되어 있었다. 그래서 계급 간의 분별 또한 엄격했지만, 독고진은 만인지상의 자리에 있었던지라 그것에 대한 부담은 조금도 느껴본 적이 없었다. 주혜명으로서는 조금 어이없는 독고진일는지는 몰라도, 그것이 유일한 이유였다.

 FOR GOD

"그런데 정말 저를 보러 여기까지 오신 겁니까? 아니면 다른 볼일이 있으셔서 오시는 김에 절 찾으신 겁니까?"

사실은 독고진을 만나기 위해 이곳까지 발걸음을 한 그녀였다. 하지만 괜스레 자존심이 상하는지 둘러대는 그녀였다.

"뭐, 무림맹이라는 곳이 궁금하기도 했고요. 독고 소협께 고맙단 인사 드리고 싶었던 것이 가장 큰 이유이기는 하지만요."

"아, 예……."

잠시간 아무런 말 없이 서로를 응시하던 두 사람.

주혜명의 입이 먼저 열렸다.

"그런데 정말 놀랐어요."

"뭐가 말입니까?"

"소협 말이에요. 최소 이립은 될 줄 알았거든요. 무공을 잘 모르는 제가 봐도 대단한 실력이셨는데… 이렇게 어리실 줄은 몰랐지요."

무어라 대답을 해야 할지 몰라 어물쩡거리던 독고진의 입이 천천히 떨어진다.

"뭐, 그럴 수도 있는 거지요."

그 모습이 우스웠는지 주혜명의 입에서 작게 웃음이 흘러나왔다. 한동안 웃음을 잃었었던 그녀였지만, 그녀 역시 나뭇잎 굴러가는 모양을 보고도 꺄르르 웃음이 나올 만큼 천진한 소녀의 나이.

해맑게 웃는 그녀를 보며 독고진은 어리둥절한 표정을 지었다.

"뭐가 그렇게 우스우십니까?"

"아니, 그냥요. 후훗."

여전히 웃음을 지우지 못하는 주혜명. 그런 그녀의 모습에 독고진은 뒷머리를 긁적일 뿐이었다.

*　　　*　　　*

"아이고 두야……."

당진천은 머리가 깨질 듯이 아파왔다. 사천의 이곳저곳에서 수상한 조짐이 보이기 시작한 때문이었다. 수년째 평화롭기 그지없던 사천이기에 그의 혼란스러움은 더했다.

"청홍단주, 아미(峨嵋)와 청성(靑城)에는 다녀왔는가?"

"청성에는 다녀왔지만 아미에는 사람만 보내놓았습니다. 이제 곧 당도할 것입니다."

그의 말을 들은 진천은 한숨을 푹푹 내쉬며 말을 이었다.

"후우, 그래. 청성의 장문께선 뭐라시던가? 그분께서도 골치를 많이 썩고 계실 터인데……."

사천에는 당문만 있는 것이 아니다. 진천에 의해 언급된 청성과 아미 또한 사천의 한자리를 차지하고 있는 거대한 문파인 것이다. 청성과 아미, 그리고 당문 모두 사천의 중심인 성도(成都), 혹은 더 중원에 가까운 내부에 위치하고 있지만 지부는 그렇지 않았다. 사천 곳곳에 깔려 있는 세 거대 단체들의 지부들이 괴인들에 의해 위협을 받고 있는 것이다.

"빠른 시일 내에 사천무림맹이 집회를 소집하였으면 한다 하셨습니다."

사천무림맹의 집회란, 사천에 자리하는 모든 중소, 거대문파들의 수장들이 모여 회의 비슷한 것을 여는 것이었다. 이는 큰일이 없다면 보통 열리지 않는 집회였지만, 청성의 장문이 집회를 열어야 한다고 판단한 이유는 아마 삭초제근(削草除根)일 것이다. 이렇듯 자잘한 분란이 결국 종래에는 커다란 재앙으로 다가오는 것을 그는 수없이 보아왔다.

그리고 그 생각은 당진천이라고 크게 다르지 않았다.

진천은 자신의 인장이 찍힌 종이 한 장을 건네며 입을 열었다.

"역시 그렇군. 자네는 이 길로 돌아가 전서구를 띄우시게. 나 또한 장문의 말씀에 찬성한다라는 내용으로 보내면 될 것이야."

청홍단주는 고개를 숙이고는 빠르게 집무실을 벗어났다. 신속히 행동하지 않으면 진천의 눈총을 받을 것이 뻔했기 때문이었다.

"크흐음. 분명 별일이 아닐 텐데… 아닐 게야. 그렇고말고."

뒤이어 그의 입에서는 한숨 비슷한 것이 터져 나온다.

"후우… 그런데 왜 이리도 불안한 게지? 뭔가 크게 잘못되어 가고 있어. 정말이지 크게… 말이야."

*   *   *

끄덕—

연무장의 구석. 의자에 앉은 독고진은 안 하던 하품까지 하며 등받이에 기대어 졸고 있었다. 잠이란 것은 자지 않아도 상관없는 육신이었지만, 수일 만의 수면이어서 그런지 그 달콤함은 여전했다.

"핫— 하앗!"

등천각의 열기는 여느 때처럼 식을 줄을 몰랐다. 아직 개관 초기여서 그런지 몰라도 모든 학도들이 열과 성을 다해 무(武)에 전념하고 있었다.

이런 분위기에서 졸고 있는 독고진의 모습은 무언가 부자연스러워 보이기도 하고 어색하기도 하였다.

그래도 평소에는 이곳저곳 돌아다니며 학도들의 기수식이라던가 발검 자세 등을 봐주곤 했었지만, 계속 무시(?)당하는 듯하자 이내 구석에 앉아 잠을 청하는 것이다.

'대체 저 새끼는 어떻게 교두가 된 거지?'

한창 검을 휘두르던 모용광은 독고진을 응시하며 눈살을

있는 대로 찌푸렸다. 그의 눈에는 독고진의 저런 모습이 못마땅하기 그지없는 것이었다.

이는 비단 그뿐만이 아니었다. 학관의 학도들 중 대부분이 독고진을 못마땅하게 생각하는 눈치였다.

"제길……."

모용광은 투덜대며 다시 검을 잡았다. 그는 제룡회 당시 소령에게 참패를 당한 이후, 말은 쉽게 쉽게 했지만 내심 커다란 충격을 받은 상태였다. 최근 수련에 박차를 가하고 있는 이유도 그 때문이었다.

'독고진… 운 좋은 녀석…….'

그는 최근 들어 기회를 엿보고 있었다. 그의 말을 빌리자면 '독고진을 밟아줄 기회'를. 하지만 그 기회는 좀처럼 찾아오지 않았다. 하루 날을 잡아놓으면 어김없이 그날은 독고진이 등천각에 나타나지조차 않는 것이었다. 모용광으로서는 속이 타지 않을 수 없는 것이다.

'한번 면판에다가 지풍이라도 날려볼까?

혼자 기분 좋은 상상을 하며 손가락을 만지작거리는 모용광. 하지만 그런 것이 가능할 리 없었다. 연무장 안에는 그보다 뛰어난 고수들이 한두 명 있는 것이 아니었다. 게다가 결정적으로 현성 대사(賢成大師)가 단상 위에 자리하고 있었다. 독고진에게 지풍을 쏘았다가는 바로 발각, 저지됨은 물론, 적지 않은 처벌을 받을 터였다.

‘후우, 하지만 오늘은 기필코······.’

그는 벼르고 있었다. 오늘 수업이 끝날 때까지만 독고진이 자리를 지키고 있어준다면 독고진을 그의 손으로 피떡을 만들어줄 수 있을 것이었다. 적어도 그는 그리 생각했다.

“제발··· 오늘만은······.”

자신도 모르는 사이에 입 밖으로 중얼거리는 그였다.

＊　　　＊　　　＊

“······.”

몇 번이나 구겼던지, 누렇게 뜬 양피지 종이를 쥐고 있는 여인의 손이 부르르 떨린다.

화가 난 것일까? 아니면 다른 무슨 이유 때문일까?

여인은 종이를 폈다가도 그 안에 적힌 무언가를 읽다 말고 구겨 버리기를 반복한다.

“흑··· 흐윽······.”

무슨 이유에서인지 그녀는 종이를 탁자 위에 떨구고는 그 위에 엎어져 흐느끼기 시작했다.

“언젠가··· 언젠가는 이런 날이 올 줄 알았지만······.”

탄식에 가까운 한마디를 중얼거린 그녀는 천천히 고개를 들었다. 초점 없이 퀭해진 눈, 눈물로 얼룩진 얼굴이 마치 실성한 사람의 모습 같았다.

"그래. 난 어쩔 수 없는 거야. 이렇게 될 줄 알고 시작한 거 잖아? 이게 원래 내 목적이었잖아⋯⋯."

무엇인지 알 수 없는 소리를 횡설수설한 그녀는 종이를 들어 올리더니 그대로 산화시켜 버린다. 놀랍도록 자연스러운 삼매진화의 수법이었다.

"그래⋯ 나는 제갈가의 사람이지."

의미심장한 한마디를 중얼거린 그녀는 어디론가 천천히 사라졌다. 무언가에 홀리기라도 한 듯, 몽롱한 그녀의 뒷모습만이 장내에 남아 있을 뿐이었다.

＊　　　＊　　　＊

독고진은 천천히 걷고 있었다. 그 모양만을 본다면 무척이나 한가로워 보이는 모습이었지만 실상은 달랐다.

"제오윤(第五潤), 종리청(鍾離淸), 종정무영(宗政貿影), 좌구한(左丘邯)⋯⋯."

누군가의 이름인 듯한 문구들을 중얼거리며 되뇌고 있는 독고진.

"야율상(耶律象)⋯⋯."

그는 풍백단 단원들의 이름을 외우느라 머리에 쥐가 다 날 지경이었다.

"푸후. 아직도 스무 명은 더⋯⋯."

풍백단의 단원은 모두 마흔일곱으로 구성되어 있었다. 이름 하나하나야 금방 외워 버린 그였지만, 이름과 인물이 머릿속에서 잘 연결이 되지 않는 독고진이었다.

"으으. 그냥 외우지 말까? 어차피 이름만은 다 외웠고, 차차 다 알게 되겠지……."

자기 합리화를 시키며 종이를 접어 품속에 집어넣어 버리는 독고진.

그리고 그는 속이 다 시원한 듯 기지개를 켰다.

"후우. 그래, 어떻게든 되겠지."

무책임한 말을 중얼거리며 그는 발걸음을 옮겼다.

최근 풍백단의 일 덕에 해야 할 일이 태산 같아진 그였지만 시종일관 여유롭기는 매한가지였다. 본인의 주장에 따르면 편히 생각하고 해야지 모든 일이 잘된다고 하지만, 주변 사람들이 보기에 그의 생활은 될 대로 되라는 식이었다. 오히려 소소가 그보다 더 바쁘게 생활하는 것이 실정이었다.

"으음……?"

길을 걷던 독고진의 입에서 나지막한 신음성이 흘러나온다.

'날 따라오는 건가?'

벌써 반 시진 전부터 자신의 뒤를 쫓고 있는 하나의 기운. 이전까지는 사람이 북적대는 등천각의 관내였기에 별 신경을 쓰지 않았었지만, 인적이 드물어졌는데도 자신의 뒤를 밟는 기운이 있다는 것은 수상하기 짝이 없었다.

'에이, 모른 척하자. 볼일이 있다면 알아서 나타나겠지.'

편하게 생각해 버린 그는 발걸음을 빨리하기 시작했다. 어찌 되었든 누군가 뒤를 밟는다는 것이 기분이 좋을 리 없었기 때문이다.

그에 당황한 건 모용광이었다.

'저 자식이! 설마 눈치 챈 건가?'

역시나 그의 뒤를 쫓는 것은 모용광이었다. 오늘만큼은 기필코 독고진에게 응징을 가할 것이라 별렀기에, 독고진의 돌발 행동이 적잖이 당황스러웠다.

'아니지, 저 자식이 무슨 수로 내 은신을 눈치 채? 그리고 만일 눈치 챈 것이라 하여도 달라질 건 없지.'

모용광은 재빨리 독고진과의 거리를 좁혀가기 시작했다. 그리고 순식간에 둘 사이의 거리는 이 장 정도뿐이 남지를 않았다.

'이런 기회가 언제 또 올지 모른다.'

생각을 정리한 그는 주먹을 쓰다듬었다. 그는 자신의 무구인 검조차 들고 나오지 않은 것이다. 독고진의 몸에 증거가 남을 만한 상처를 입히지 않기 위함(?)인 것이다.

나름대로는 완전범죄를 꿈꾸고 있는 그였다.

스륵—

한편 독고진은 이제 거의 지척으로 다가온 모용광을 모른

체하고 있었다. 이제는 기운의 정체가 모용광이라는 사실 또
한 알아버린 독고진. 모용광은 언제 한번 혼쭐을 내줘야겠다
는 생각을 하고 있었던 그였기에 작금의 상황이 오히려 반갑
기만 했다.

'후후. 네놈이 드디어 실성한 게로구나.'

다시 느려진 독고진의 걸음을 보며 모용광은 실소했다. 먹
이가 자신의 아가리 안으로 고개를 들이민 것이라 생각했기
때문이었다.

실상이 어떻든 상상이야 자유인 것이다.

'어떻게 요리해야 후회가 남지 않을까?'

김칫국부터 먼저 마시고 있는 모용광. 자신의 주위를 배회
하며 주위의 동태를 살피고 있는 모용광을 보며 독고진은 웃
음이 나오는 것을 억지로 참고 있었다.

'이 녀석, 어딘가 모자란 게 아닐까?'

독고진은 일부러 경로를 바꿔서 인적이 드문 곳으로 걸음
을 향하고 있었다. 그리고 장난 삼아 자신이 그의 존재를 알
고 있다는 것을 알려주고자 그가 있는 위치를 여러 번 쳐다보
기도 하였다.

'허, 이 녀석. 대체… 자신의 실력에 대한 맹신이 너무도
큰 것인지, 아니면 나를 개무시하는 건지. 도무지 알 수가 없
구만.'

슬슬 장난기가 발동한 독고진은 모용광이 지척에 다가왔

 FOR
GOD

을 때 은근슬쩍 침을 뱉었다. 교묘한 각도 때문인지, 예상치 못한 변고(?)이기 때문인지, 모용광은 독고진의 타액을 고스란히 이마로 받아주었다.

씨익 웃어 보이며 다시 발걸음을 옮기는 독고진. 이제는 알아채고 포기하겠지라며 속으로 실소를 흘리는 독고진의 예상을 모용광은 완벽히 깨어버렸다. 어느새 이마를 닦은 그는 빠른 속도로 자신의 뒤를 쫓고 있었던 것이다.

'이런, 둘 다였군.'

자신의 실력을 맹신할 뿐만 아니라 독고진을 삼류 파락호 취급하는 것이 모용광이었던 것이다.

'그래도 그렇지. 침을 맞춘 것까지 우연으로 생각할 수가 있다니…….'

이제 측은한 마음까지 드는 독고진이다.

독고진은 잠시 생각하는 척하며 걸음을 멈추었다. 어느새 인적 없는 뒷골목(?)까지 온 그였다.

그리고 모용광이 그 기회를 놓칠 리가 없었다.

스륵―

그는 은신을 풀고는 독고진의 앞에 나타났다. 적잖이 놀랄 독고진의 모습을 기대하는 듯하였다.

하지만 독고진이 놀랄 리 없었다. 그저 시큰둥한 표정으로 모용광을 응시할 뿐이었다.

"여기는 무슨 일인 게냐?"

대놓고 말을 내리는 독고진. 모용광은 적잖이 흥분했는지 얼굴이 붉으락푸르락해졌다. 사실 등천각의 전임 교두씩이나 되는 독고진이 모용광에게 존대를 해야 할 이유는 없는 것이지만, 그를 벌레 취급하는 모용광으로서는 자존심이 상하지 않을 수 없는 일이었다.

"네놈이 겁을 상실하였구나. 네놈도 보다시피 여기는 우리 둘 외에 그 누구도 없다. 이곳에서까지 전임 교두 행세를 할 셈이냐!?"

주위를 둘러보고는 사기충천해진 모용광이 독고진을 윽박질렀다. 하지만 독고진의 눈에 그는 한심 그 자체일 뿐이었다.

"쯧쯧. 이마나 다시 한 번 닦고 오거라. 내가 뱉은 침이 아직도 묻어 있구만……."

결정타!

독고진의 이 한마디는 비수가 되어 모용광의 가슴에 틀어박혔다. 심리적 타격이 적지 않았는지 모용광의 안색은 한층 더 붉어졌다.

"네, 네놈이……!"

흥분해서일까? 모용광은 독고진이 자신에게 뱉은 침이 고의적이었다는 것은 자각하지도 못하고 있었다.

"오늘 내가 네놈을 곤죽을 만들어놓지 못한다면 혀를 깨물고 죽어버리겠다!"

하지만 성난 악귀마냥 달려들 자세를 잡는 모용광에게 돌아오는 건 독고진의 냉소일 뿐이었다.

"허어, 참. 그럼 나는 오늘 모용 학도가 혀를 깨무는 광경을 보게 되겠구만."

팅—

어디선가 모용광의 인내심의 한계선이 끊어지는 소리가 들려오는 듯하다. 이에 그는 가까스로 붙잡고 있던 이성의 끈마저 놓아버렸다.

타탓!

열이 오를 대로 오른 모용광은 밑도 끝도 없는 자세로 독고진에게 몸통 박치기를 시도한다.

쾅—!

하지만 독고진이 몸을 대주지 않는 이상 맞을 리 없는 공격.

삼류 파락호도 피할 법하기는 하지만, 나름 필살의 공격을 감행한 모용광은 그대로 바닥에 처박혀 장렬히 산화하였다.

물론 관성의 법칙에 의해서만은 아니었다. 독고진이 장난을 조금 친 것이다.

어쨌든 적지 않은 심리적 타격과 물리적 충격을 동시에 입은 모용광은 그대로 정신을 잃었다. 독고진으로서는 혀를 깨물지 않게 하기 위한 나름의 배려(?)였다.

잠시 바닥에 우스꽝스런 모양으로 엎어져 있는 그를 측은

한 눈빛으로 바라보던 독고진은 조용히 자리를 떴다. 사실 그
의 처사가 더 잔인하다 볼 수도 있는 것이었지만, 독고진이
그런 것을 생각해 줄 리 없었다.

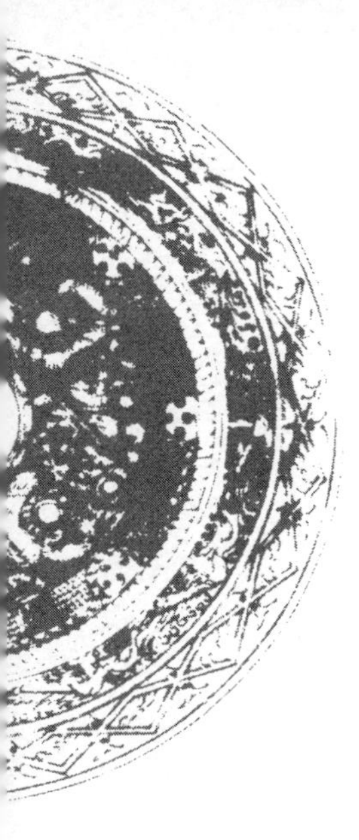

第三章
임무(任務)

죽은 자의 영혼과 사람의 심혼(心魂)을 다루는 흑마법사 무림에 환생하다!

마왕의 힘을 배워 9클래스의 마법 경지를 넘어서고, 절대의 무공 경지에 들다!

그를 기다리는 건 무림사에 더없을 멸겁의 종말, 새황 오대천의 살혼마신!

유행이 아닌 자유추구
BOOK Publishing ChungEoram

FOR
GOD

　　독고진의 무림맹에서의 생활은 나름대로 분주했다. 등천각, 혹은 풍백단 연무장으로의 출근(?), 맹의 정보각에서 발췌한 정보들을 조합, 파멸록과 연관시켜 단서를 잡는 일 등, 그가 할 일은 태산같이 많았다.

　　오늘도 독고진은 여느 때처럼 연무장으로 걸음을 옮긴다.

　　연무장을 둘러보던 독고진은 무언가를 발견했는지 다시금 발을 떼었다.

　　한창 수련에 열을 올리고 있는 위지천에게로 다가간 독고진은 조심스레 물었다.

　　"부단주, 괜찮다면 내가 부단주의 도법을 한번 봐도 괜찮겠습니까?"

독고진으로서는 위지천을 돕고자 하는 말이었지만, 자신의 무공을 누군가에게 보인다는 것은 누구나 꺼리지 않을 수 없는 일. 조심스러운 것이 당연한 것이었다.

"아, 단주님 오셨군요."

독고진이 기척을 죽이고 온 까닭도 있었지만, 어찌나 수련에 열중을 하였는지 독고진이 부르기 전에는 알아채지조차 못했었던 모양이다.

"예. 오늘은 등천각에 나가지 않아도 되는 날입니다. 그런데… 실례가 될지도 모르겠습니다만, 위지 부단주의 도법을 한번 자세히 보고 싶은데… 괜찮겠습니까? 혹시 제가 도움이 되어드릴 수 있을 만한 것이 있나 해서 말입니다."

그의 말에 잠시 생각하던 위지천은 이내 머리를 긁적이며 대답했다.

"뭐, 그렇게 하십시오."

그다지 기대는 않지만 마지못해 도를 들어 올리고 자세를 잡는 그였다.

"방금 전까지 수련하던 그 도법, 한번 보고 싶습니다."

독고진의 주문에 살짝 고개를 끄덕여 보인 위지천은 발도 자세를 취하며 말하였다.

"파운도법(破雲刀法) 말씀하시는 게 맞습니까?"

독고진은 고개를 끄덕인다.

"풍백단 전체가 사용하던 도법의 명칭이 그것이 맞다면, 제가 원하는 것이 맞습니다."

위지천이 고개를 주억거리며 도를 다시 들어 올렸고, 그를 보며 독고진은 한마디를 더했다.

"다른 것은 필요없습니다. 초식의 형(形)만을 보여주십시오."

"그리하도록 하겠습니다."

대답을 한 위지천은 자세를 다잡았다.

"하앗!"

힘차게 기합을 넣은 그는 도법을 전개하기 시작했다.

후웅— 훅— 훅—

거대한 도가 휘둘러질 때마다 공기를 가르는 묵직한 소리가 사방으로 울려 퍼진다. 내력이 들어가 있지 않은, 형(形)을 보여주기 위한 도법이어서 특별히 위력이 있다거나 하지는 않았지만 그 초식의 정교함만은 더욱 부각이 되는 모습이었다.

잠시간 이어지던 위지천의 검무가 끝나고, 그는 독고진에게 물었다.

"이것이 방금 전까지 제가 수련하던 초식의 형(形)입니다. 단주께서 해주실 말씀이 있다면 기탄없이 해주십시오. 경청하겠습니다."

공손하기 그지없는 위지천의 태도. 이것은 그의 성향에서 비롯된 것이었다.

그의 성품은 남다르다 할 수 있었다. 자신이 옳지 않다 생각하는 것에는 일말의 타협의 여지도 주지 않지만, 반대로 자신이 한번 옳다 여긴 것은 끝까지 밀고 나가는 성격이었다.

그리고 이 성격은 독고진에 대한 태도에도 영향을 미쳤다.

독고진의 능력이 자신의 예상을 월등히 상회함을 느끼고 경험한 그는 이제 한번 독고진을 인정하기로 한 이상, 어지간해서 번복은 없을 것이었다.

"훌륭한 초식입니다. 군더더기없이 깔끔하면서도 파괴력을 지닌 초식이라 할 수 있겠군요."

잠시 위지천을 응시하던 독고진은 나직한 목소리로 그를 불렀다.

"부단주님."

"예?"

"부단주님은 이러한 초식의 특성을 조금 더 살릴 필요가 있습니다. 아니, 부단주님뿐만 아닙니다. 모든 풍백단원들의 문제점이지요."

독고진의 조언. 의외였을까? 위지천은 모르겠다는 듯한 표정으로 물었다.

"무슨 말씀이신지? 자세히 설명해 주시면 감사하겠습니다."

그에 독고진은 고개를 끄덕이며 말을 이었다.

"물론 알고 계시겠지만, 파운도식의 장점은 간결함으로 인한 위력적인 일도(一刀), 일식(一式)에 담겨 있다 할 수 있습니다. 하지만 이 장점으로 인해 생기는 단점이 하나 있지요."

잠시 숨을 고른 그는 말을 이었다.

"바로, 너무 정직하다는 것입니다. 부단주께서도 느끼고 계시겠지만, 도세가 너무 정직한 나머지 상대에게 읽히기가 쉽죠. 이상적인 검로임에도 불구하고 문제가 생기는 이유는 여기 있습니다."

위지천은 자세 하나 흩뜨리지 않고 독고진의 말을 경청하고 있었다. 파운도식에 대한 새로운 방향의 지적이 꽤나 흥미로운 것도 한몫했으리라. 문제점이라는 것은 누구나 느끼고 있는 것을 지적하는 것이어서 그다지 감흥이 없었지만, 처음 말했던 '군더더기없는 깔끔함을 더욱 살려야 한다' 라는 이야기가 구체적으로 무엇을 말하는 것인지 궁금했던 것이다.

"이 문제점은 무예에 조금이라도 조예가 있는 사람이라면 누구나 인지할 수 있는 겁니다. 그래서 이 도식을 사용하는 여러분은 무의식중에 초식에 변화를 가하고 있죠."

위지천은 적잖이 공감됨을 느꼈다. 독고진의 말처럼 파운도법은 대단히 깔끔하고 훌륭한 초식이다. 하지만 그 정직성 때문에 생기는 문제점, 그것을 자각하게 되면 자신도 모르는 사이에 도식을 살짝살짝 변형하여 펼치게 되는 것이었다.

위지천은 독고진의 통찰력에 순수하게 놀랐다. 몇 번 어깨

너머로 본 도식들과 방금 자신이 잠깐 보여준 형태만으로 이만큼이나 유추해 낼 수 있다는 것이 쉽지 않은 일이었기 때문이다.

"하지만 이는 잘못된 판단이자 행동입니다. 변칙적인 초식의 변형은 파운도법의 흐름을 깨어놓고 있습니다."

파격적인 언사. 독고진의 말에 위지천은 어안이 벙벙해짐을 느낀다. 지금까지 그 누구도 독고진과 같은 이야기를 한 사람은 없었다. 단원들끼리 초식의 화려함의 부재에 대한 논의는 해본 일이 있어도 그것이 잘못되었다는 이야기를 들은 적은 없었던 것이다.

"그렇다면 단주님께서 하고 싶으신 말씀은 본래의 더욱 간결한 파운도법의 도세가 낫다는 말씀이십니까?"

독고진은 대답 대신 연무장의 벽면에 꽂혀 있던 도 하나를 격공섭물의 수법으로 빼내었다.

착—

도를 받아 쥔 독고진은 위지천을 향해 눈짓을 하며 말한다.

"지금부터 내가 펼치는 파운도법을 잘 보십시오."

독고진은 대답은 듣지도 않은 채 허공으로 도를 겨누었다. 파운도법을 펼쳐 보이기라도 하려는 것일까? 위지천은 어이가 없었다. 간단한 도법이라 하지만 도를 무구로 이용하는 풍백단원 대부분이 사용할 만큼 뛰어난 무공인 파운도법을 한 번 본 것만으로 재현하려 하다니, 그로서는 당황스러울 따름이었다.

후웅—

독고진의 도가 움직이기 시작하였다.

스르릉—

그리고 놀랍게도 그의 도식은 위지천이 펼쳐 보였던 파운도법과 크게 다르지 않았다. 형태뿐이기는 하지만 놀랍도록 비슷하게 재현한 것이었다.

"아……."

위지천의 입에서 감탄사가 터져 나왔다. 하지만 그의 감탄사는 비슷하게 자신을 흉내 내었다는 것에 대한 감탄이 아니었다. 미묘하게 다른 독고진의 도식이 더욱 자연스럽게 이어지는 것을 보고 나오는 감탄사였던 것이다.

"이것이 제가 느낀, 그리고 생각하는 파운도식의 본래 모습일 겁니다. 그렇다 생각하지 않으시는지요?"

독고진의 물음, 위지천은 뭐라 대답을 해야 할지 모르겠는지 벙찐 얼굴로 가만히 있었다.

"위지 부단주의 도식에서의 문제점은 부자연스러움에 있었던 겁니다. 초식의 정직함과 간결함으로 인한 빈틈과 그 빈틈 때문에 생긴 불안감이 부단주님도 모르는 사이에 초식이 변형되어 버리게 만들고, 그 변화로 인해 초식의 조화가 깨져 버린 겁니다. 당장은 그것이 덜 위험해 보일는지 몰라도 빈틈을 메워주기는커녕 균형이 깨짐으로써 오히려 공격력마저 갉

아먹는 것입니다."

무언가를 곰곰이 생각하는 듯 아무 말 없는 그를 향해 독고
진은 한마디를 더했다.

"파운도법의 단점을 메우려면, 도를 더욱 빠르게 휘두르는
방법이 가장 이상적일 겁니다."

위지천은 독고진을 향해 포권을 취했다.

"조언, 감사드립니다."

진심 어린 감사의 표시였다.

"하핫. 도움이 되셨다니 다행입니다."

독고진은 멋쩍어하며 웃어 보였다. 자신의 조언을 못마땅
해하지나 않을까 걱정하고 있었는데, 이렇듯 감사의 인사까
지 들으니 기분이 좋아진 것이었다.

"단주님!"

독고진의 귓가에 멀리서부터 자신을 부르는 목소리가 들
려왔다.

그리고 독고진과 위지천은 소리가 들려오는 방향으로 고
개를 돌렸다.

급히 달려오는 그를 보며 위지천은 어리둥절한 표정으로
물었다.

"청이 자네가 여긴 웬일인가?"

그리고 그 모양새를 보던 독고진은 잠시 무언가 생각하는
듯하더니 손뼉을 딱 치며 말했다.

"아, 자네 이름이 종리청(鍾離淸)이었나?"

독고진에게 종리청이라 불린 사내는 고개를 숙여 보이며 대답했다.

"그렇습니다, 단주님."

"그런데 무슨 일인가? 급한 일이라도 있는 겐가?"

위지천의 물음에 종리청은 고개를 끄덕여 보이고는 독고진을 향해 말했다.

"맹주님께서 단주님을 급히 찾으십니다. 맹주님 안색으로 보아 중요한 일인 듯싶었습니다."

그 말에 독고진의 표정이 순식간에 굳어졌다.

"으음. 일이 터진 건가?"

그의 중얼거림에 위지천이 의아한 표정으로 물었다.

"일… 이라니요?"

하지만 독고진은 곤란한 표정을 지어 보였다.

"으음… 지금 설명드리기는 좀 힘들군요. 맹주님께 다녀와서 말씀드리겠습니다."

그리고 발걸음을 돌리려던 독고진은 무언가 생각이 났는지 위지천을 향해 한마디 더했다.

"제 예상이 맞다면 풍백단에 임무가 맡겨질 수도 있습니다. 부단주께선 객관적으로 단에서 가장 뛰어난 단원 다섯만 뽑아서 제가 돌아오기 전까지 대기시켜 주십시오."

갑작스런 그의 말에 위지천은 어리둥절한 표정을 지었다.

“저까지 포함 다섯입니까?”

잠시 생각하던 독고진은 고개를 끄덕였다.

“그렇습니다. 부단주님까지 포함, 다섯이 필요합니다.”

“알겠습니다. 오시기 전까지 대기하고 있겠습니다.”

그의 확답에 독고진은 만족스런 표정으로 고개를 끄덕이고는 걸음을 돌렸다.

아니, 정확히 말하자면 걸음을 돌리는가 싶더니 어느새 사라져 버렸다. 가공할 속도의 신법이었다.

“드디어 꼬리를 잡은 건가? 오대천… 오대천이라…….”

*   *   *

대부분 습도가 높고 칙칙한 사천(四川)의 기후. 초여름에 접어드는 지금, 사천의 불쾌지수는 정말 최악이라 할 수 있었다.

촤락—

습기로 인한 기분 나쁜 끈적거림. 허공에 검을 휘둘러도 파공성마저 습기를 머금고 있는 듯한 소리가 난다.

“제길.”

분주히 발을 놀리며 경공을 전개하는 사내의 입에서 씹어 뱉듯 한마디가 흘러나온다. 밀림이라 하기에 손색이 없을 만큼 울창한 숲이건만, 사내는 앞을 가로막는 나뭇가지, 풀숲을 검으로 쳐내며 쉴 새 없이 달리고 있었다.

누구에게 쫓기고 있기라도 한 것일까? 그의 모습은 대단히 긴장되어 보였다.

쎄에엑—!

다급히 발을 옮기고 있는 그의 귓전으로 날카로운 파공음이 스쳐 지나간다.

'이런……!'

금방 그의 귓가를 스쳐 지나간 날카로운 소리는 분명 쇠붙이가 허공을 가르는 소리였다. 누군가 비도술을 이용하여 그를 노리기라도 하고 있는 것일까?

'최대한 빨리 여길 빠져나가야 한다! 가주께 이 사실을 알려야 해!'

푸른 사내의 무복 등짝에 묵빛으로 수놓아진 한 글자는 그의 신분을 누구나 쉽게 알 수 있게 해준다.

唐.

그는 당문(唐門)의 최정예 무인 집단이라 할 수 있는 청홍단 소속 무인인 것이었다.

"흐읍……!"

앞길을 가로막는 나뭇가지들을 검으로 쳐내며 빠른 속도로 질주하던 그의 앞으로 붉은 빛의 그림자가 스쳐 지나간다.

"안……."

무슨 말을 하려 했던 것일까? 그의 정신은 점점 희미해져

갔다. 그리고 그의 왼쪽 가슴팍엔 세 가닥의 선명한 붉은 혈
선이 그어져 있었다.

*　　　*　　　*

"맹주님, 접니다."
집무실에 도착한 독고진은 안으로 기별을 넣었다.
"어서 드시게."
단리철의 목소리가 흘러나오고 독고진은 지체없이 문을
열고 안으로 들어갔다.
"단서가… 잡힌 겁니까?"
그의 물음에 단리철은 살짝 고개를 끄덕여 보였다.
"그렇다네. 오대천이라는 조직인지는 아직 불분명하지만,
감숙성과 청해성의 경계 부근에서 정체불명의 세력을 발견했
다네. 정찰조장이 말하기를 행색이나 차림새로 보아 혈교일지
도 모른다는 이야기도 하였지만 내 생각은 다르다네. 배교의
마정을 손에 넣지 못한 혈교 따위가 미치지 않고서는 발호(跋
扈)할 생각을 할 리가 없네."
"듣고 보니 그렇군요."
독고진은 조금씩 흥분됨을 느꼈다. 이제껏 그렇게 찾고자
노력했던 오대천의 단서가 약간이나마 잡혔다고 생각하니 기
분이 묘한 것이다.

"하지만, 자네도 알다시피 그 정도의 미약한 근거만을 가지고 본 맹의 주력 부대가 움직이기는 이르다네. 그래서 내 자네를 부른 것일세."

단리철의 말이 두리뭉실하기는 하였지만 독고진은 그가 하고자 하는 말을 정확히 이해하였다.

"제가 단원 몇몇을 대동하고 그쪽으로 가보겠습니다."

단리철은 흡족한 표정을 지으며 말을 이었다.

"그렇게 해주시겠는가?"

"물론입니다."

"고맙네. 내 자네만 믿겠네."

독고진은 고개를 살짝 숙여 보였다.

"최선을 다하겠습니다."

"후후……."

단리철은 기분 좋은 웃음을 지었다. 왠지 모르게 독고진이 듬직한 것이었다.

그는 서랍을 열어 종이를 한 장 꺼내어 독고진에게 건네었다.

"자, 받게나."

"이게 뭡니까?"

"청해성 경계부의 지도일세. 딱히 복잡한 곳은 아니지만, 사천성과도 인접해 있는 곳에는 나무가 빼곡한 숲이 하나 있어서 말이지. 정찰조의 말을 들어보니 밀림이 따로 없다

더군."

독고진은 지도를 품속에 챙겨 넣으며 대답했다.

"감사합니다."

"내가 자네에게 고맙지."

단리철의 말에 멋쩍은 웃음을 지어 보인 독고진은 검병을 만지작거리며 입을 열었다.

"그럼 이 길로 출발하면 되는 것입니까?"

"빠를수록 좋겠지."

"알겠습니다. 꼬리가 잡힌 녀석들이 오대천이었으면 좋겠군요."

그 말에 단리철은 웃었다. 어딘지 모르게 싸늘한 웃음이었다.

"어떤 이름을 가진 단체이든 상관없네. 혜아를 해친 녀석들이 걸려들었기를 바랄 따름이지. 지금까지의 정황들을 종합해 보자면 혜아를 죽인 흉수가 오대천이 분명하지만 말이야."

약간 흥분한 듯한 그의 모습에 독고진은 씁쓸한 어조로 한마디를 던진다.

"아직까지도 힘드신가 보군요."

의연한 척하기는 하지만 단리철도 사람이다. 어찌 자신의 목숨과도 같은 딸아이의 죽음, 그리고 그로 인한 슬픔을 그리도 쉽게 이겨낼 수 있겠는가?

그 슬픔은 최근 그와 가장 많은 시간을 보낸 독고진에게 숨기기는 힘든 크기였다.

"후후. 어버이는 돌아가시면 묘에 묻지만, 자식은 죽으면 가슴에 묻는다 하였네. 나는 힘들지만, 내 가슴속의 혜아는 편히 쉬고 있을 것이니 걱정할 것 없다네."

단리철은 힘겹게 미소를 지어 보였다. 어딘지 모르게 마음 한구석이 찡해지는 독고진이었다.

"예? 어딜 가신다구요?"

풍백단의 연무장으로 돌아가기 전, 독고진이 들른 곳은 등천각이었다. 물론 소소를 만나기 위함이었다.

"맹주님의 명으로 청해성을 가게 되었다고."

그의 말에 소소는 어리둥절한 표정으로 되물었다.

"그 먼 곳까지는 왜요? 무슨 일이라도 터졌나요?"

청해성은 사천과도 가까운 곳이다. 사천의 정중앙이랄 수 있는 곳에 자리한 당문과는 어느 정도 거리가 있기는 했지만, 청해라는 이야기를 들으며 절로 자신의 본 가가 떠오르는 건 어쩔 수 없었다.

"음. 꼬리를 잡았거든."

"무슨 꼬리요?"

"오대천. 그러니까 단리 소저를 해한 것이 유력한 단체라고 해야 할까?"

소소의 안색은 순식간에 창백해졌다. 독고진의 말을 듣자 마자 당시의 악몽이 떠오른 것이었다.

"하아, 정말인가요?"

"아직 확실한 건 아니야. 그럴지도 모른다는 얘기지."

"후우……."

소소는 크게 한숨을 내쉬었다. 은근슬쩍 독고진이 걱정되기 시작한다.

물론 그녀는 독고진의 무위가 대단하다는 것을 누구보다 잘 알고 있다. 하지만 상대가 문제였다. 당시 그녀가 경험했던 공포는 상상을 초월하는 것이었기 때문이다.

단리혜를 죽였던 그 여인. 모르긴 몰라도 가공할 만한 고수임에는 틀림이 없었다.

"조심하셔야 해요."

걱정 어린 그녀의 말에 독고진은 씨익 웃어 보였다.

"알겠어. 걱정하지 마. 위험할 만한 일은 없을 거야."

언제나처럼 자신만만한 독고진. 하지만 소소는 왠지 모르게 걱정이 되는 것을 느낀다.

"아무쪼록… 조심히 잘 다녀오세요."

"오셨습니까?"

어느새 연무장으로 돌아온 독고진은 대기하고 있는 단원들의 면면을 하나하나 살펴본다. 다행히도(?) 안면이 어느 정도 있는 단원들이었다.

"이렇게 되면, 저와 부단주님까지 여섯이군요. 딱 좋습니다."

잠시 무언가를 생각하던 그는 천천히 입을 열었다.

"왼쪽부터 야율상, 종리청, 문인환량(聞人還量), 좌구한… 맞나?"

독고진의 물음에 네 사내는 동시에 고개를 끄덕였다.

"그런데 단주님."

"왜 그러십니까?"

위지천의 부름에 독고진의 시선이 옮겨졌다.

"이제 제게도 말을 낮추십시오. 환량이나 한이의 경우에는 저와 배분으로 보아도 별 차이가 없는 녀석들인데 그들에게는 하대를 하시고, 부단주라는 이유만으로 제게 공대를 하시니 불편합니다."

조금은 의외의 요구에 의아한 독고진이었지만 그로서도 나쁠 것이 없었다. 어쨌든 수하라 할 수 있는 사람에게 존대를 한다는 건 불편한 일이기 때문이었다.

"그럼, 그렇게 하겠네. 그런데 부단주."

"말씀하십시오."

"단 내에서 가장 막내가 누군가? 아, 나는 제외하고. 후후."

그의 말에 위지천은 멋쩍게 웃어 보였다. 막내라 봤자, 독고진보다 나이가 많은 이였기 때문이었다.

"무영이일 겁니다. 종정무영. 기억나십니까?"

"아, 대충 기억이 나는군. 그에게 한 가지 시킬 일이 있어. 부단주가 좀 전해주시겠나?"

"말씀하십시오."

독고진은 품속에서 한 장의 서찰을 꺼내어 보이며 말을 이었다.

"이 서찰을 본 가에 좀 전해달라 하시게. 사적인 일이 아니고 이번 일과 관련된 것이니 빨리 좀 부탁한다 전해주시고. 그리 멀지 않은 곳이니 서두른다면 금방 갈 수 있을 것이라고."

"알겠습니다."

다시 한 번 좌중을 둘러본 독고진은 손뼉을 치며 말했다.

"모두 채비를 해서 반 시진쯤 후에 다시 이곳으로 모인다. 다 모이면 곧바로 출발할 것이며, 빠르게 이동할 것이니 마음들 단단히 먹고……."

"옛!"

"알겠습니다!"

동시에 대답하는 그들을 보며 독고진은 흡족한 미소를 지었다. 풍백단에서의 적응은 예상했던 것보다 훨씬 순조롭다고 생각하는 그였다.

"맹주, 어인 일로 빈승을 다 부르시었소?"

어기적거리며 집무실에 들어온 현성 대사는 귀찮다는 듯한 어조로 단리철에게 물었다.

배분상으로 현성 대사가 훨씬 높기는 하지만, 맹주에게 이렇듯 불량스런(?) 태도를 보이는 것은 과장해서 하극상이라 할 수도 있는 것이었지만, 항상 보아오던 모습이기에 그다지 감흥은 없는 단리철이다.

"대사께 여쭙고 싶은 일이 있어섭니다."

그의 말에 현성은 의아하다는 듯한 표정이 되어 단리철을 쳐다보았다.

"내게 묻고 싶으신 것이 있다 하시었소?"

"그렇습니다."

"그렇다면 얼른 물어보시구려. 빈도는 수많은 제자들을 양성하느라 얼른 각에 돌아가 보아야 하오. 요즘은 아주 머리털이 다 빠질 지경이구려."

수많은 제자들이란 등천각의 학도들을 의미함일 것이었지만, 머리털이 빠진다는 말에 단리철은 웃음을 흘릴 뻔했다. 번쩍번쩍 빛나는 두피를 가진 현성 대사가 빠질 머리가 당최 있을 리 없었기 때문이다.

"그전에 우선 대사께 언질해 드릴 것이 있습니다."

단리철의 태도가 더욱 진지하게 변하자 현성 또한 사태의 심각성(?)을 깨닫고는 태도를 달리했다.

"말씀해 보시구려."

잠시 몇 가지 문서를 뒤적이던 단리철은 고개를 끄덕이더니 말을 이었다.

"맹의 정찰조들의 보고에 의하면 숭산에서 그리 멀지 않은 곳에서 위험한 무리들을 발견했다 합니다."

"의문의 무인이라? 규모가 컸소? 솔직히 허리춤에 칼을 찬 녀석들이야 한둘이 아니질 않소?"

현성의 우려는 지극히 당연한 것이었다. 별별 시답잖은 녀석들도 검만 차면 무림인인 것인데, 함부로 단정짓는 것은 좋지 않기 때문이었다.

"규모라기보다는… 정찰조들이 한결같이 확인한 것이 있습니다."

"그것이 무엇이오?"

잠시 뜸을 들인 단리철은 천천히 대답하였다.

"바로 혈교의 문양입니다. 위장일는지는 몰라도 그들은 분명 혈교의 문양이 새겨진 혈포를 두르고 있었으며 그 규모도 꽤나 컸다 합니다."

"혈교?!"

이제껏 표정에 별 변화가 없던 현성의 노안이 살짝 굳어진다. 혈교의 힘이 많이 쇠했다고는 하나, 무시할 수 있을 만한 것은 분명 아니었기 때문이다.

"그렇습니다. 정확히 말씀드리자면, 정주(鄭州) 근처입니다."

정주는 하남성의 수도라 할 수 있는 곳이자, 숭산에서 얼마 떨어져 있지 않은 대도시였다. 정주 근처, 숭산과 가까운 곳이라면 정말 지척이라 할 수 있는 거리였다.

"흐으음, 이것 참. 그렇게 가까운 곳에 혈교의 무리들이 있었다면, 소림에서는 왜 연락이 오지 않았을꼬……."

혼잣말을 가장한 현성의 물음에 단리철이 친절히 대답해 줬다.

"당시 정황으로 보아 그들은 어디론가 이동하고 있는 듯 보였습니다. 오래 머물지 않았다면 소림에서 모르는 것이 당연한 겁니다."

"크음… 그럴 수도 있겠소. 그럼 빈승을 부른 이유는?"

누가 급한 성격 아니랄까 봐 재촉하는 현성 대사를 보며 단리철은 속으로 웃음 지었다.

"소림에서 그 근방을 지나간 혈교의 무리들에 대해 조사를 해주셨으면 해서 말입니다. 본 맹은 지금 오대천의 조사에 전력을 투입하고 있기에 혈교까지 신경 쓸 여력이 없어서 그렇습니다."

"물론이오. 그런 일이라면 소림에서 나서야 하는 것이 당연한 것. 맹주께선 잘 말씀하신 거요."

단리철은 웃으며 대답한다.

"감사합니다, 대사님."

“핫!”

등천각의 연무장은 기합 소리가 멈추는 일이 거의 없다.

개관 초기라서 그런지는 몰라도, 새벽마저 몇몇은 꼭 수련을 하고 있는 것이다.

그리고 이렇듯 학구열에 불타오르는 학도들 사이에는 소령 또한 포함되어 있었다.

“푸후우…….”

한창 검을 휘두르던 소령은 이마에 흐르는 땀을 닦아내며 연무장의 구석에 놓여 있는 의자에 걸터앉았다. 의자라 칭하기 민망할 정도로 무성의하게 제작된 나무토막이었지만, 쉬는 데 지장이 없기 때문에 별문제는 없었다.

그리고 그녀의 옆으로 세 사람이 더 걸터앉는다.

“소령 소저는 오늘도 열심이십니다. 힘들지 않으십니까?”

세 사내는 다름 아닌 소운과 능사운, 그리고 청운이었다. 본래 그다지 친분이 있는 사이는 아니었지만, 제룡회의 결승전까지 함께 올라갔었던 추억(?)을 연결 고리로 등천각 내에서 친분이 쌓인 것이었다.

“뭐, 그러는 남궁 소협도 이제껏 검을 휘두르지 않으셨습니까?”

웃으며 말하는 그녀를 보며 소운은 멋쩍게 웃었다.

“뭐, 그렇긴 하지만… 하핫. 그러고 보면 등천각 내에서 요즘 열심히 하지 않는 학도가 어디 있겠습니까? 분위기 자체가 열성적인 분위기인데 말입니다."

그의 말에 네 사람 모두 웃음 지었다. 훈훈한 이야기가 아닐 수 없었다.

"그나저나, 혹시 모용 소협이 어쩌다 그런 몰골이 되었는지 아시는 분 계십니까?"

소운의 물음에 모두들 궁금하다는 표정이 되었다. 얼마 전 한쪽 눈을 시퍼런 멍으로 장식하고 등천각에 출두한 모용광은 한동안 장안의 화제(?)였다. 눈 주위로 정말 진하게 물들여진 묵빛 얼룩은 모두로 하여금 대나무에 매달려 있는 판다 곰을 상상케 하기도 하였다.

"글쎄요. 저도 궁금하기는 마찬가집니다. 하지만 애석하게도 아는 분은 없으신가 보군요."

청운의 아쉽다는 듯한 말에 소운이 조심스레 추측을 해본다.

"혹시 모용 소협, 독고 형에게 해코지하려다가 당한 것 아닐까요? 얼마 전에 모용 소협이 혼잣말로 독고 형을 벼르고 있는 것을 보았는데……."

무척이나 그럴듯한, 그리고 정확한 추측에 모두는 공감하였다.

"정말 그럴지도 모르지요. 하지만 그렇게 불쌍하지는 않네요."

이미 소소에게 뼛속까지 세뇌당한(?) 소령으로서는 모용광에게 일말의 측은지심도 느껴지지 않는다.

"그런데 소협들은 요즘 성취가 조금 보이기는 하시는지요. 저나 소소 언니는 요즘 정체기인지, 도무지 길이 보이지를 않습니다. 막막하기 그지없어요."

소령의 푸념에 능사운이 동조했다.

"뭐, 저도 그렇습니다. 가면 갈수록 나아갈 길이 요원해지더군요. 최근에는 소저의 말씀처럼 정말 길이 보이지를 않는 것 같습니다."

형겊으로 검신을 닦고 있던 청운이 그를 거들었다.

"다 그런 것 아니겠습니까? 진보하면 할수록 더 힘들어지는 것이 무공이라는 것이야, 누구나 다 아는 것이지요."

"뭐, 알긴 하지만 힘든 건 어쩔 수 없나 봅니다."

무예를 연마하는 무인이라면 누구나 공감할 이야기. 세 남자는 모두 고개를 주억거린다.

"그런데 능 소협, 최근 독고 형이 보이질 않는 듯싶소. 혹시 소협은 본 일이 있소?"

소운의 물음에 능사운은 뒷머리를 긁적인다. 그로서도 며칠 전, 잠깐 모습을 비춘 후로 독고진이 등천각에 오는 것을 본 일이 없었기 때문이다.

"그러게 말입니다. 독고 형은 뭐가 그리 바쁘신지… 교두 업무도 그다지 하시는 것 같지는 않은데……."

그의 중얼거림에 청운이 퉁명스러운 어조로 말한다.

"내가 듣기로는 교두 업무 외에, 맹주께서 시키신 일이 있다 들었소. 언제 한번 비무 신청이라도 하려 했더니…쩝……."

"하하, 언제든 기회가 있지를 않겠소. 그리 조급해하실 것 없소이다, 소협."

그들의 대화를 듣고만 있던 소령이 슬쩍 끼어들었다.

"오라버니는 지금 청해성에 가셨어요."

"청해성이라면… 대략… 이곳에서 본산까지의 거리에 두 배는 넘을 것인데… 그렇게 먼 곳에는 왜 가신 것인지 혹시 아시오?"

능사운이 말하는 본산은 바로 화산이다. 섬서에서 화산까지의 거리도 절대 가깝다 할 수 없는 거리인데 그 두 배라고 하면 말 다한 것이었다.

"그건 저도 잘 모르죠."

바로 어제 소소에게서 들은 이야기였다. 그냥 독고진이 청해성에 갔다는 이야기만을 들었을 뿐인 그녀로서는 독고진이 왜 그곳에 갔는지 알 턱이 없었다.

쉴 만큼 쉬었는지 소령은 다시 자리에서 일어났다. 그러자 나머지 세 사람도 덩달아 일어났다.

"자, 이제 다시 시작해 보죠?"

*　　　*　　　*

"후아. 주군께선 얼굴이라도 비추고 가시지, 그렇게 서찰한 장만 보내놓고 가시면……."

묵비령은 바닥에 널브러져 푸념을 늘어놓았다. 그 원인은 다름 아닌 며칠 전에 도착한 독고진의 서찰 한 장이었다.

내용은 나름 장황했지만 요약하자면 대략 이러한 내용이었다.

[제룡회 참사 당시 자리에 있었던 인물들 중, 신맥(神脈)일 가능성이 있는 인물들을 조사하여 알려달라.]

덧붙이자면, 독고진 자신의 생각에 대한 근거가 조금 더 들어가 있을 뿐이었다.

"어쨌든 소가주님께서 시키신 일이니 해야 하잖아요? 푸념 그만 하시고 즐겁게 즐겁게 하세요."

나연의 핀잔에 묵비령은 더욱 뚱한 표정이 되었다.

"후우. 나도 그냥 막가 녀석처럼 수련한답시고 연무동에나 처박혀 있을 걸 그랬소. 이렇게 귀찮은 일을 맡게 되다니……."

'막가' 란 막부동을 칭함이었다. 서찰이 오기 며칠 전, 광무도법(廣茂刀法)을 칠성으로 끌어올릴 가능성이 보인다며 연무동으로 들어가 버린 막부동이 이렇게 부러울 수가 없었다.

"묵 소협, 이번 일은 중요한 일이에요. 소가주님의 말씀이 전부 사실이라면 적지 않은 정보를 찾아낼 수도 있어요. 어쩌

면 오대천의 꼬리를 잡아낼 수 있을지도 모르죠. 그렇게 하기
싫으시면 그만두세요. 차라리 저 혼자 하겠어요. 그런 마음가
짐으로 조사하다가는 오히려 역효과가 날지도 모르겠네요."

그 말에 묵비령은 과장된 손짓을 하며 변명을 했다.

"뭐, 말이 그렇다는 겁니다. 열심히 할 테니 걱정일랑 마시
오."

"후훗, 잘 생각하셨어요."

나연은 빙긋 웃었다. 조금은 유치하지만, 이렇게 묵비령이
랑 말장난을 하는 것에서 은근한 재미를 느끼는 그녀였다.

*   *   *

"이랴!"

독고진이 말고삐를 잡아당기자, 뒤이어 따라오던 다섯의
사내들도 연이어 멈추어 섰다.

"이곳에서 묵는 것입니까?"

말을 하는 좌구한의 얼굴에는 조금씩 생기가 돌기 시작한
다. 본래 활달하기 그지없는 성격이던 그가 이렇게 조용한 것
은 정말 오랜만이랄 수 있었다.

수일 동안의 강행군에 적잖이 피로했던 모양인지, 객잔 앞에
독고진이 멈춰 서자 모두들 얼굴색부터가 눈에 띄게 밝아진다.

"그렇네. 모두들 여정을 풀고 이곳에서 하룻밤 푹 쉬도록

한다.”

독고진의 말이 끝나기가 무섭게 모두들 말의 안장에서 내려섰다.

“으윽.”

너무 오래 앉아 있어서인지 엉덩이 뼈에 무리마저 오는 듯, 야율상은 신음마저 흘렸다.

“후후. 하지만 쉬기 전에 먼저 할 일이 있다. 방에 짐을 풀어놓고 바로 내 처소로들 모이시게. 그대들에게 설명할 것이 있다네.”

그에 모두의 면면이 다시 시무룩해졌다. 하지만 그래도 일단 말에서 내렸다는 것에 만족하는 그들이었다.

“알겠습니다.”

좁은 처소 안, 독고진을 비롯한 여섯 사내가 빙 둘러앉았다.

“지금부터 내가 하는 말을 모두들 잘 새겨들어야 할 것이다.”

좌중을 둘러보며 독고진은 입을 떼었다. 가장 어린 독고진을 중심으로 사람들이 모여 있는 것을 보자니 무언가 어색하다는 느낌도 들지만, 분위기 자체는 매우 진지했다.

“일단, 지금부터 우리가 캐어내야 할 배후들에 대하여 설명하겠다.”

잠시 장내를 둘러본 그는 말을 이었다.

“우리가 조사해야 할 단체는 오대천이라는 곳이다. 얼마 전, 화산의 능 소협과 중원오미의 일인인 단리 소저를 해한 단체가 바로 이곳이지.”

그의 말에 모두는 놀란 표정이 되었다. 처음 듣는 이야기인 것은 물론이거니와 두 사건의 배후가 공통되어 있다는 것을 확실시하는 독고진의 어투에 놀란 것이다.

“증거가 있습니까?”

위지천의 질문에 독고진은 고개를 끄덕였다.

“오대천의 무공이 남기는 흔적들로 알 수 있었다. 어느 정도는 심중도 한몫한 것이지만, 구 할 구 푼 이상의 확률로 맞을 것이라는 것이 내 생각이고.”

“그러면 지금 우리가 배후를 캐려 하는 것이 그 오대천이라는 단체입니까?”

종리청의 물음에 독고진은 고개를 끄덕이며 대답했다.

“그렇네. 철저히 어둠 속에 가려진 이 오대천이라는 단체를 최대한 끌어내어야 하는 것이 우리의 역할이라 할 수 있지.”

“그렇다면 그렇게 어려운 일도 아니지 않습니까?”

이번에는 다시 위지천의 물음이었다. 하지만 독고진은 고개를 절레절레 저었다.

“절대 그렇지가 않네. 그대들은 잘 모르겠지만, 오대천은 절대로 무시해서는 안 되는 단체다. 일단 지금까지의 정황으로 보아 엄청난 고수들도 보유하고 있을 것으로 추측되며, 특

히 가장 위험한 것이 우리가 그들에 대해 아는 것이 별로 없
다는 것이지."

"흐음… 그렇다면 어찌해야 합니까?"

야율상의 물음에 모두의 시선이 독고진에게로 모였다. 지
금 그들에게 가장 중요한 것이 바로 이 문제였기 때문이다.

"우리가 가장 먼저 해야 될 것은 정보 수집이다. 모든 활동
과 전투에 우선시 될 것은 정보. 상대에 대해 아는 것이 없다
면 백전 백패일 뿐이니."

잠시 숨을 고른 독고진은 말을 이었다.

"야율상, 종리청은 내일 이 객잔을 나서자마자 맹주께서
말씀하신 지역의 정보에 대한 조사를 하러 떠나게. 아무리 사
소한 것이라도 최대한 많이 알아내겠다는 생각을 가지고 해
야 할 걸세."

"알겠습니다, 단주."

독고진은 두 사람을 제외한 나머지 셋을 보며 말을 이었다.

"그리고 나와 나머지 단원들은 후방에 있다가 괴인들의 존
재가 확인되는 즉시, 침투하여 한 사람 정도를 생포해야 하
네. 상황을 봐서 만만하다면 쓸어버리고 한둘을 생포하는 것
도 괜찮겠지. 이것까지만 성공한다면 꽤나 수월하게 일을 진
행할 수가 있을 것이네."

'쓸어버린다' 라는 독고진의 말에 단원들의 표정에는 조금
의 흥분이 어린다.

“으음. 하지만 단주, 생포한 녀석이 죽음을 각오하고 말문
을 열지 않으면 어떻게 합니까? 혹은 사악한 수법에 현혹되어
있어 내부의 일에 대한 발설이 불가능하다면…….”

충분히 일리있는 말이었다. 가능성있는 이야기인 것이다.

하지만 독고진은 빙긋 웃어 보였다.

“걱정 마시게. 그것은 내가 알아서 할 터.”

독고진이 자신만만한 이유는 다른 것이 아니었다. 그가 믿
고 있는 것은 바로 흑마법. 마법에 대한 개념이 전무한 이곳
에서 자신이 펼치는 흑마법의 대법을 정신력으로 이겨낼 수
있는 것이란 존재하지 않는다고 자신하는 그였다.

“그럼, 모두들 돌아가 쉬시게. 내일부터는 다시 강행군의
시작일 것이니…….”

                    *   *   *

“분타주님, 소인 강이옵니다.”

숨을 고르고 있는 듯 조금은 거칠게 느껴지는 목소리.

“들어오시게.”

드르륵—

문을 열고 들어선 사내는 곧장 포권지례를 취하며 입을 열
었다.

“당가의 무사는 추살했습니다. 이곳이 외부에 노출될 일은

없을 겁니다."

그 말에 분타주라 불린 사내의 입꼬리가 살짝 말려 올라갔
다.

"수고했네. 하나 긴장을 늦춰서는 아니 될 게야. 문창이 병
신 같은 녀석이 내가 자리를 비운 동안에도 경계를 철저히 하
라 했건만… 보초 하나 관리 못하고 당가 무사에게 발각이나
됐어. 이렇게 된 이상 안심할 수 없다. 이곳을 발견한 다른 정
찰조가 있을지도 모른다."

그에 무사의 고개가 다시 한 번 숙여진다.

"걱정하지 마십시오. 경계를 철저히 하라 명하겠습니다."

"후후, 그래. 가능하다면 자네가 직접 관리토록 하게."

"존명!"

그리고 창밖으로 시선을 돌린 사내는 슬며시 웃어 보였다.

"이거, 조만간 자리를 옮겨야 하나? 하지만 발각되었을 확
률도 그다지 없고 그렇다 하더라도 우리를 어찌할 수 있을 만
한 세력이 그리 쉽게 동원될 것 같지는 않은데……."

살짝 눈살을 찌푸려 보인 사내는 뒷머리를 긁적였다.

"일단 자네는 나가보게. 나는 좀 쉬어야겠어."

*   *   *

"후후, 오랜만이오, 구(構) 회주."

"교주도 오랜만이오."

중년으로 보이는 한 사내와 백발이 성성한 노인 하나가 서로 포권을 취한다.

"그나저나 교주, 시작은 사천(四川)인 것이오? 확정되었소?"

중년인의 물음에 노인은 비릿한 미소를 지어 보였다.

"그렇게 되었소. 천주께서도 원하시거니와 내 생각에도 이쪽이 그나마 편하구려."

그에 중년인은 고개를 주억거리며 동조한다.

"그렇겠지. 뭐, 아미가 이미 우리 손안에 있으니 사천 땅이야 금세 장악할 수 있지 않겠소?"

"후후……."

두 사람은 마주 보며 웃었다.

"일단 본인이 청해성 분타 쪽으로 시선을 모아두었으니 아마 당문이나 청성은 그쪽으로 움직일 것이외다. 그 정도 도발을 했는데도 못 알아채었으면 말이 안 되지."

중년인의 말을 듣던 노인은 피식 웃으며 핀잔을 주었다.

"도발이랄 만한 것을 하긴 했소?"

그에 중년인은 실소를 흘렸다.

"보일 듯 말 듯. 난 그들의 능력에 맞추어준 것뿐이외다."

第四章
전투(戰鬪)

죽은 자의 영혼과 사람의 심혼(心魂)을 다루는 흑마법사 무림에 환생하다!

마왕의 힘을 배워 9클래스의 마법 경지를 넘어서고, 절대의 무공 경지에 들다!

그를 기다리는 건 무림사에 더없을 멸겁의 종말, 새황 오대천의 살혼마신!

유행이 아닌 자유추구
BOOK Publishing ChungEoram

FOR
GOD

조심스레 숲을 헤집으며 걸어나가는 야율상의 이마에는 식은땀이 비 오듯 흘러내리고 있었다. 습도 높고 더운 기후도 문제이긴 하겠지만 긴장된 것이 가장 큰 이유일 것이었다.

"쉿."

바로 옆에 있는 종리청도 겨우 들릴 만한 작은 소리를 내며 그는 입에 손을 가져다 대었다.

"뭐라도 발견한 겐가?"

종리청의 전음에 야율상은 고개를 끄덕여 보인다.

"의외로 쉽게 찾았다. 운이 따르기도 했지만, 뭔가 찜찜한 데⋯⋯."

그 말에 종리청 또한 야율상의 시선이 향한 곳을 바라본다.
그리고 그곳에는 놀랍게도 꽤나 커다란 규모의 산채가 있었
다.

"찜찜하기는… 운이 좋았을 뿐이다. 네가 인분(人糞)을 밟
은 것이 주효했어."

한 시진쯤 전, 야율상은 배설된 지 얼마 되지 않은 듯한(?)
인분을 밟아 미끄러질 뻔했었다. 지도에 대략적으로 표시되
어 있는 위치는 조금 더 뒤쪽. 인분과 함께 찾은 사람의 발자
국이 아니었더라면, 그들은 이렇듯 쉽게 이곳을 찾지 못했을
것이었다.

"그건 그렇지. 하긴 누가 우리를 이곳까지 유인하려고 미
리 똥을 싸놨겠어?"

둘은 서로를 마주 보며 고개를 끄덕였다. 이제 독고진에게
로 최대한 빨리 돌아가야 한다.

*　　　*　　　*

"그래, 찾았나?"

생각 외로 금방 돌아온 두 사람을 보며 독고진은 흡족한 표
정을 지었다.

"예. 숲 속에 자리하고 있는 산채치고는 정말 커다란 규모
였습니다."

야율상의 말에 위지천이 묻는다.

"혹시 녹림 산적들의 산채는 아니더냐?"

그는 고개를 저었고 대신 종리청이 대답하였다.

"녹림도는 확실히 아니었습니다."

그리고 모두의 시선이 독고진에게로 모아진다.

"흐음. 규모가 정확히 얼마 정도나 되는가?"

"어림잡아 이삼백? 적게 잡아도 백오륙십 명은 거할 수 있을 만한 산채였습니다."

독고진은 고개를 끄덕이고 잠시 생각에 잠겼다.

'이 기회에 이들 다섯의 능력을 재점검하는 것도 괜찮으려나?'

독고진이 이러한 생각을 할 수 있는 데는 근거가 있었다. 산채의 규모를 확인할 수 있을 만큼 두 사람이 가까이 갔음에도 불구하고 그들은 전혀 발각되지 않고 무사히 돌아왔다. 이는 그들의 능력이 그다지 뛰어나지 않다는 이야기와 일맥상통했다.

"모두들 그곳으로 간다. 가봐야 알겠지만 아마 전투를 치러야 할 터. 마음의 준비 정도는 해놓는 것이 좋을 것이다."

그에 다섯은 일제히 대답하였다.

"알겠습니다, 단주."

과연 산채는 그다지 멀지 않은 곳에 자리하고 있었다. 인근에 도달한 독고진은 잠시 일행을 대기시켰다.

"잠시 이곳에서 대기한다."

말을 마친 독고진은 대답을 들을 틈조차 없이 신형을 날렸다.

'음. 이 정도면 예상을 조금은 상회하는 전력인데?'

대략적으로 산채를 훑어본 독고진은 생각에 잠겼다. 이 정도라면 해볼 만은 했다.

'오히려 너무 쉬운 것보다는 이 정도가 적당하겠군. 풍백단의 능력을 시험해 봐야겠어.'

생각을 마친 독고진은 재빨리 일행에게로 돌아왔다.

돌아오는 독고진을 본 위지천이 궁금한 표정으로 물었다.

"어떻습니까, 단주님. 어찌하실 생각이십니까?"

그 물음에 씨익 웃어 보인 독고진은 일행을 훑어보며 나직이 말하였다.

"전부, 쓸어버린다."

착—

말을 하며 쌍검을 빼어 드는 그를 보며 일행은 모두 천천히 일어섰다.

"해볼 만한가 봅니다?"

문인환량의 물음에 독고진은 고개를 끄덕였다.

"정신 바싹 차리면 아무런 희생 없이 치를 수 있는 전투가 될 것이다."

그리고 좌구한은 그의 무구인 거도를 빼어 들며 만족스러운 표정을 지어 보였다.

"이걸 원했소이다, 단주."

모두를 다시 한 번 둘러본 독고진은 한차례 고개를 끄덕이고는 입을 뗴었다.

"다른 것 볼 것 없다. 그냥 이대로 습격한다. 속전속결이다. 저들이 대형을 갖추기 전에 초전 박살이 가장 효율적 전투가 될 것이다."

그에 모두들 고개를 끄덕여 보였다.

"알겠습니다."

위지천의 대답과 동시에 독고진은 신형을 날렸다. 그리고 그 뒤로 다섯 사람 모두 몸을 날렸다. 모두들 자신들의 애병을 손에 거머쥔 상태였다.

타탓―

독고진은 바위 위에서 가볍게 도약하여 순식간에 산채의 목책까지 다다랐다.

서격―

그의 일검에 목책의 귀퉁이가 그대로 잘려 나가고,

쿵―

묵직한 땅울림을 신호로 전투가 시작되었다.

"적이다! 모두들 전투 채비!"

호각을 불며 적의 등장을 알리던 보초는 말을 끝까지 잇지 못했다. 어느새 독고진의 검이 그의 목을 관통한 것이었다.

"적이다!"

뿌우우우—

이곳저곳에서 흙먼지가 일어났다. 독고진을 선두로 한 일행은 넘어진 목책을 밟고 산채의 안쪽으로 도약했다.

"적이 허둥지둥할 때에 최대한 많이 베어 넘긴다. 인정사정 볼 것 없다. 적을 죽이지 못하면 내가 죽는 것이다."

독고진의 말이 끝나기가 무섭게 다섯 사람은 일제히 돌진하였다. 그리고 그 모습을 본 독고진은 흡족한 미소를 지으며 전장으로 뛰어들었다.

과거 흑마법을 익혀 복수를 하겠다고 처음 날뛰던 때가 생각나는 그였다.

"차핫!"

독고진은 만만한 상대라고 적당히 봐줄 생각이 없었다. 조금 전 정탐했던 결과 이곳 산채 무인들 중에 어느 정도 고수라 불릴 만한 이들도 있었기 때문이다. 그 혼자라면 상관이 없었지만 다섯의 수하들이 있다. 그들은 안전하다 할 수 없었다.

촤아악—!

독고진의 쌍검이 각각 희뿌연 빛깔과 묵빛으로 빛났다.

"으아악!"

백색 섬광이 독고진의 주위로 피어올랐다. 다수를 상대로

한 전투에서는 아무래도 화려한 백월린검이 효과적인 것이
다.

희뿌연 빛은 두 갈래, 세 갈래로 나뉘더니 순식간에 수십
갈래가 되어 장내를 가득 메웠다.

"끄아아악!"

찰나지간에 네댓 명을 베어 넘긴 독고진은 시선을 돌렸다.
어차피 목적은 이들 전부를 도륙하고자 하는 것이 아니었다.
풍백단에서 가장 뛰어나다는 다섯의 능력을 보고자 함인 것
이다.

"푸하핫, 이 녀석들! 어르신의 일도를 받아보겠느냐?!"

가장 먼저 독고진의 눈에 들어온 사람은 좌구한이었다. 그
는 커다란 덩치에 걸맞게 보기에도 묵직해 보이는 거도를 이
리저리 휘두르며 산채의 무인들을 상대하고 있었다.

챙— 챙— 까아앙—!

그의 도에 맞서던 무인의 검이 몇 합 견뎌보지도 못하고 부
러져 버린다.

촤악—!

그리고 곧바로 그의 몸통은 두 동강이 났다.

'정말 무식하리만치 패도적인 도법이군. 막는 검을 아예
부러뜨려 버린다. 타고난 신력인가?'

생각을 하며 독고진은 이리저리 움직였다. 그가 할 일은 도
륙이 아니었다. 다섯 사람의 전투를 지켜보며 이리저리 한번

씩 찔러주어 균형을 유지하는 것이었다.

"하아압!"

다음으로 그의 눈에 들어온 것은 위지천이었다. 역시나 위지천의 무위는 다섯 중에서 단연 돋보였다. 겉으로 보기에는 좌구한의 무식한 도법이 더 강력해 보일지 모르나 위지천의 절제된 도법은 군더더기없는 초식으로 순식간에 여럿의 무인들을 눕히고 있었다.

"이게 어찌 된 일인가?!"

산채의 안쪽에서 한 사내가 달려나온다. 온 얼굴이 시뻘게진 그는 정신없이 소란스러운 상황에 어찌할 줄을 몰랐다.

'저 녀석이 우두머리인가 보군. 나름대로 이들보다는 월등히 강해 보이고. 내가 상대해야 하나?'

독고진이 갈등을 하고 있을 때, 그에게로 달려드는 신형이 하나 있었다.

"네놈이 채주인가 보구나!"

종리청은 날렵한 동작으로 순식간에 그의 지척으로 검을 찔러갔고, 독고진은 그 모습을 흥미롭게 지켜보았다. 그가 객관적으로 보기에는 사내가 종리청보다 분명 한 수 위의 능력을 가지고 있었다. 하지만 실전에는 여러 가지 변수가 작용하는 법이었다.

챙— 채앵—!

갑작스런 공격에 당황한 사내는 수세에 몰리기 시작하였

다. 종리청 또한 처음부터 이것을 노린 것인지, 쉴 새 없이 검격을 날리며 밀고 나가고 있었다.

'종리청은 쾌검수였군. 전투의 정황도 읽을 줄 알고. 실전에 있어서 강하겠어.'

잠시 멈춰 그 종리청의 전투를 지켜보던 독고진의 뒤통수로 검 한 자루가 날아온다.

"죽여달라 발악을 하는구나."

검을 쳐낸 독고진은 중얼거리며 좌수를 휘둘렀다.

쐐애애액—

발검하는가 싶더니, 어느새 사내의 심장을 뚫어버린 지독한 쾌검. 묵월신검이었다.

독고진이 무인 몇몇을 죽이는 동안에도 종리청과 우두머리의 전투는 계속되고 있었다. 아직까지는 종리청이 밀어붙이며 우세를 점하고 있었지만 어느 정도 비등해진 상태였다. 시간을 조금 더 끈다면 사내가 우세할 것이 분명했다.

"애송이, 여기가 어디라고 다섯이서 습격하다니. 배짱 한번 두둑하구나!"

어느 정도 여유가 생겼는지 한마디를 내뱉으며 검을 찔러가는 사내. 그에 질세라 종리청의 검이 더욱 빨라진다.

'더 보고 있으면 위험하겠어. 이쯤에서 끝을……!'

독고진이 종리청을 도우려 생각하는 찰나, 한 무인이 종리청의 등짝을 향해 비도를 던졌다.

채애앵—!

순간, 검을 던져 비도를 쳐낸 독고진은 그 기세를 몰아 종리청이 상대하고 있는 사내를 향해 몸을 날렸다.

퍽— 퍽—

독고진이 몸을 날리는 것을 보고는 살짝 뒤로 몸을 뺀 종리청은 의외의 광경에 눈을 크게 떴다. 독고진의 검과 사내의 검이 부딪치는 것을 상상했던 그의 예상과는 달리, 어느새 좌수의 검을 검집에 꽂은 독고진의 주먹이 사내의 복부에 틀어박힌 것이었다.

"끄어억!"

고통에 찬 신음을 흘리는 그의 턱으로 독고진은 손가락을 가져다 대었다.

팟—

아혈과 마혈을 동시에 짚어버린 독고진은 사내를 바닥으로 내팽개치고는 다시 검을 뽑아 들었다.

"자네는 이제 이 녀석을 지키고 있게. 힘겹다 싶으면 이 녀석 목에 검을 대게나. 수월할 걸세."

종리청에게 사내를 맡긴 독고진은 대답도 듣지 않고는 전장의 반대편을 향해 도약했다. 최대한 빨리 움직여 다른 단원들을 도와야 하기 때문이었다.

착지하자마자 또다시 둘의 무인을 베어 넘긴 독고진은 전투의 양상을 살피었다.

예견했던 일이기는 했지만, 이제 온전한 상태로 서 있는 무인들은 얼마 남지 않았다. 단원들도 적잖이 힘든 모습이었지만, 피해는 없는 듯하였다.

"흐아압!"

문인환량의 검이 일거에 한 무인의 심장을 꿰뚫는다. 조금 무리이다 싶을 만큼 방어를 무시해 버린 공격적인 초식이었다.

'이 녀석도 쾌검이군……'

잠시 환량의 검술을 살피던 독고진의 눈에 살짝 이채가 어린다.

'그런데 대부분이 찌르기 초식이네? 검이 원래 찌르는 초식이 많은 편이긴 하지만 이건 완전 찌르기만으로 이루어진 검식이라 해도 과언이 아니겠어.'

검은 날을 이용하여 베는 동작보다 검극을 이용하여 상대를 찌르는 동작이 훨씬 위협적이라 할 수 있었다. 다만 이것을 그리 자주 이용하지 않는 것은 자신도 커다란 위험 부담이 따르기 때문이라 할 수 있었다. 보통 찌르기는 이번에 검을 내질렀을 때, 적어도 '상대에게 어느 정도의 상처는 입힐 수 있겠다' 라고 하는 생각을 가지고 시전하는 것이었다.

하지만 계속적으로 검을 내지르면서도 효율적으로 찌르기 초식을 이용하는 환량의 검술을 보며, 독고진은 속으로 중얼거렸다.

‘저런 식의 검술을 만나면 상대는 적잖이 곤혹스럽겠군.’

대략적으로 단원 다섯의 무공에 녹아 있는 특징이나, 그 수준을 파악한 독고진은 천천히 쌍검을 치켜들었다. 이제 끝낼 때가 된 것이었다.

“하압!”

기합성을 내지른 독고진은 마지막 남은 열댓 명 정도의 무인들과 좌구한, 위지천, 환량이 난전을 펼치고 있는 곳으로 뛰어들었다.

독고진의 쌍검에 예의 그 기운이 맺히기 시작했다.

“이제 끝이다.”

작게 중얼거린 독고진은 양팔을 움직이기 시작했다. 그리고 이미 지칠 대로 지쳐 있던 무인들이 독고진의 패월쌍무를 조금이라도 당해낼 재간이 있을 리 없었다.

“끄아악!”

단말마의 비명성만을 남기며 순식간에 열댓의 무인들이 모두 쓰러지고 전투는 끝이 났다.

중간에 도주한 몇몇만을 제외한다면, 백여 명을 훨씬 상회하는 무인들을 고작 다섯으로 모두 도륙 내버린 것이었다. 독고진이 조금 돕기는 하였지만, 실상 다섯의 힘이 크다 할 수 있었다.

‘어쨌든 결과는 좋군. 오랜만에 맡는 피 냄새가 썩 좋지는 않지만… 후후…….’

다섯으로 이런 대단한 성과가 가능했던 것은 바로 기세 덕택이었다. 목책을 검으로 베어 넘기며 기습하여 순식간에 십여 명을 도륙하고 파죽지세로 달려드는 독고진 일행을 보며 이미 무인들은 전의를 상실해 버린 것이었다.

대형을 갖추기는커녕, 제대로 된 싸움조차 가능했을 리 없었다.

피 비린내가 진동하는 산채에 두 발을 딛고 서 있는 사람은 단 다섯 사람뿐이었다.

*   *   *

"하아암. 지루해……."

주혜명은 기지개를 켠다. 외양과는 전혀 부합하지 않게 하품을 찍찍 해대던 주혜명은 자리에서 천천히 일어났다.

"흐으응. 이제 황궁으로 돌아가야 할 텐데. 독고진 이 사람은 대체 왜 보이지를 않는 거야?"

뭐가 그리도 불만인지, 주혜명은 툴툴거리며 또다시 하품을 했다.

전신 거울 앞에 앉은 그녀는 옷매무새를 다듬고 머리를 빗었다. 화장까지는 않더라도 타인에 대한 최소한의 배려(?) 정도는 하고자 하는 그녀였다. 하지만 어떤 모습으로 다닌다고 하여도 그녀를 보며 얼굴을 찌푸릴 사내란 없을 것이었다.

“오늘은 뭘 하지? 어제를 기해서 이제 무림맹은 안 가본 곳이 없고…….”

잠시 중얼거리던 그녀는 뭔가 생각이 났는지, 탁 하며 손뼉을 친다.

“아, 맞다. 그 사람의 나보다 예쁘다던 마누라나 찾아볼까? 얼마나 예쁜지 궁금한걸?”

뭔가 대단한 관심거리가 생겼다는 듯 주혜명의 표정은 눈에 띄게 밝아졌다.

“좋아. 일단 맹주 집무실에 가서 물어봐야겠어. 독고진의 아내가 누군지는 알아야 찾아가지.”

주혜명의 중얼거림. 왠지 그녀의 말을 듣고 있자면, 맹주 집무실이 어느새 그녀의 놀이터로 전락해 버린 듯도 싶다.

*　　　*　　　*

독고진 일행은 짐을 풀어놓았었던 객잔으로 돌아왔다. 이번에는 인원이 하나 더 늘었지만, 그는 독고진이 자신의 처소에 함께 둘 생각인 듯했다.

“단주님, 이 녀석은 어떻게 하실 겁니까?”

생포한 산채의 채주를 툭툭 건드리며 위지천이 묻는다.

“이제 이 녀석에게서 정보를 빼내어야지.”

사내는 입에 재갈을 물고 혼절해 있는 상태이다.

“이 녀석이 입을 열까요?”

환량의 물음에 독고진은 살짝 웃어 보인다.

“열게 만들어야지. 후후…….”

“어떻게 말입니까?”

“다 방법이 있으니 걱정 말게나.”

흑마법을 쓴다고 말을 할 수는 없는 노릇이었다. 얼른 이들을 쫓아내고(?) 사내와 오붓한 시간을 보내고 싶은 독고진이다.

한차례 기지개를 켠 독고진은 다시 입을 열었다.

“자네들은 피곤할 텐데 처소로 돌아가서 푹 쉬게나. 이 녀석이 깨어나면 정보는 내가 알아서 빼낼 것이네.”

그의 말에 다섯 사람은 고개를 숙여 보인 후 독고진의 처소에서 나왔다. 그런 그들을 보며 독고진은 빙긋 웃는다.

“어느 정도 적응이 되어가나…….”

처음에는 말을 놓는 것도, 주종 관계에서 대화를 나누는 것도 무척이나 어색했었다. 나이에 어울리지 않게 것이네, 하시게 등의 어투를 사용하는 것도 처음에는 우스웠지만 이제는 제법 자연스러워진 그였다.

“그건 그렇고… 이 녀석에게서 정보를 빼내어야겠지?”

단원들의 기척이 사라진 것을 느낀 독고진은 씨익 웃어 보이며 혼절하여 쓰러져 있는 사내의 등 뒤에 손을 가져다 대었다.

사내를 깨울 필요도 없었다. 그저 혼령만을 제압하면 되는 것이었다. 정신력의 세기에 따라 혼령을 제압하기 어려운 경우도 더러 있지만, 정신력 수련을 독고진만큼 한 인간이란 존재치 않을 것이었다.

"흐으읍!"

한동안 사내의 등에 손을 대고 있던 독고진이 손을 떼자 사내의 두 눈이 번쩍 떠진다.

"후후, 그럼 어디…….."

사내는 천천히 일어났다. 초점 없는 눈동자와 쾡한 표정. 그리고 그는 독고진을 향하여 돌아선다.

"그대는 누구인가?"

독고진의 분위기가 바뀌었다. 간단한 종류의 마법들 중 하나이기는 하였지만, 집중력만큼은 여느 마법들보다도 많이 필요한 수법. 집중을 하지 않는다면 심령술이 깨질 우려가 있기 때문이었다.

"내 이름은 궐… 사문(闕思蚊)."

이에 독고진은 흡족한 표정을 지었다.

"되었군. 어디 한번 본격적으로 시작해 보실까?"

중얼거린 독고진은 다시금 입을 떼었다.

"네가 하는 일은 무엇인가?"

무척이나 광범위한 질문.

"나는… 사람을 죽… 인다."

하지만 예상보다 너무도 간단한 답변에 잠시 당황한 독고
진은 뒷머리를 긁적였다. 최소 어디에 속해 있다거나 구체적
으로 어떤 일을 수행하고 있다라는 정도의 답변을 원했던 듯
했다.

"그대가 수하들을 이끌고 이곳에 주둔해 있던 이유는 무엇
인가?"

혹시나, 이번에도 사람을 죽이기 위해서라는 등의 김빠지
는 답변이 나오지는 않을까 조마조마하며 독고진은 사내의
입이 떨어지기를 기다린다.

"시선을… 끌기 위해서……."

정말 의외의, 그리고 흥미로운 답변. 독고진의 표정이 상기
되기 시작하였다.

"누구로부터 시선을 끌기 위함인가?"

독고진은 적잖이 긴장한 상태였다. 최대한 많은 것을 뽑아
내어야 하는데, 혹시 사내에게 금제 같은 것이 걸려 있지 않
을까 걱정되는 것이었다.

평범한 금제 같은 것은 상관이 없었다. 심혼을 직접 조종하
는 심령술에 금제가 통할 리 없으니까. 하지만 특정 단어나
범위에 걸린 금제라면 이야기가 달라진다.

예를 들어 어떠한 단어를 이야기하면 그 즉시 심장이 터진
다거나 하는 금제가 걸려 있다면, 그것은 독고진으로서도 어
쩔 수 없는 것이었다.

“당가… 그리고 청성파……”

당문과 청성의 시선을 끌기 위함이다? 독고진은 사내의 말을 듣는 순간 얼굴색이 달라졌다. 이건 그의 예상보다 훨씬 심각한 일이었기 때문이다.

“왜 시선을 끌지? 청성과 당문의 병력을 이쪽으로 모으기라도 하려는 수작인가?”

사내의 대답은 바로 이어졌다.

“그렇다.”

독고진은 당황했다. 사내가 생각보다 훨씬 많은 것을 알고 있기 때문이기도 했지만, 그의 대답이 문제였다. 청성과 당문, 아미를 제외한 사천의 주요 세력들의 병력을 이 부근으로 모은다는 것은 적지 않은 것을 의미하고 있기 때문이었다.

‘청성과 당문의 세력을 이 북쪽으로 모아놓고, 남쪽으로 들어와 두 곳을 빈집털이라도 하겠다는 건가?’

충분히 타당성이 있는 추론이었다. 또한 엄청나게 위험한 추론이기도 하였다.

‘그렇다면 주모자를 잡아 죽이면 수월해지겠군.’

속으로 중얼거린 독고진은 다시금 사내를 향해 질문을 하였다.

“그대에게 이 일을 시킨 자는 지금 어디에 있는가?”

“운남(雲南)… 려강(麗江)……”

독고진의 예상대로였다. 심혼이 제압당한 이가 거짓을 말할 리는 없을 터. 북쪽으로 시선을 끌어놓고는 남쪽으로 들어와 순식간에 청성과 당문을 장악할 속셈인 듯했다.

'제길, 일이 꼬이는군!'

독고진은 침을 꿀꺽 삼키며 천천히 입을 뗴었다. 가장 중요하달 수 있는 것을 물어보려 함이었다.

"그대에게 이 일을 시킨 자는 누구인가?"

그리고 얼마 지나지 않아 사내의 입이 천천히 열렸다.

"혈천회주……."

털썩—

말을 하던 도중, 사내의 신형이 갑자기 풀썩 쓰러졌다.

"이, 이런……!"

독고진은 기겁을 하였다. 그의 예상대로 금제가 가해져 있었던 것이다.

'하지만 어떠한 기의 흐름도 느껴지지 않았는데?'

금제를 걸어놓으면 그것이 발동되기까지 조금이라도 기의 움직임이 있어야 했다. 하지만 독고진의 감각에는 어떠한 기도 잡히지 않았던 것이었다.

"기라도 느껴졌다면 어떻게든 막아보려 했건만……."

중얼거리며 독고진은 바닥에 엎어져 있는 사내의 신체를 살짝 밀었다. 그리고 그와 함께 사내는 바닥에 대(大) 자로 뻗는다.

"허억!"

그 모양을 본 독고진은 기겁을 하였다. 사내의 왼쪽 가슴 부분이 어느새 뚫려 있는 것이었다. 그리고 그곳에서는 흉측하게 생긴 벌레 한 마리가 꿈틀거리며 기어나오고 있었다.

"고독! 그래, 고독(蠱毒)이었구나! 그러니 감각에도 잡히지를 않지……."

고독은 벌레를 이용한 독이라 할 수 있는데 지금의 경우처럼 타인을 복종시키기 위해 사용되는 경우가 적지 않았다.

술법을 이용해 자아를 앗은 유충을 타인의 심장에 심어 그가 자신의 의지에 반하는 행동을 하게 되면 심장을 갉아먹게끔 만드는 잔혹한 수법이었다.

"그래도 얻은 것이 적지 않다. 일단 이 녀석들은 미끼였다?"

당문과 청성의 주력 부대를 이곳으로 유인하기 위한 미끼. 사내가 토해낸 말들을 종합하여 보면, 그들의 손에 죽어나간 이들은 그저 미끼였을 뿐인 것이었다.

"그렇다면 이제 확실하다. 내 생각대로 누군가 당문과 청성을 치려 하는 것……."

그리고 그의 뇌리로 마지막 사내의 입에서 나왔던 한마디가 떠오른다.

"혈천회주? 그에게 이 일을 시킨 이가 혈천회주라… 분명 어디선가 들어봤는데……?"

분명 귀에 익은 이름이다. 기억의 한구석에 분명 자리 잡고 있는 단어였다.

"아! 파멸록!"

오대천에 대한 기록이 적혀 있던 책자, 파멸록. 그는 이 책자에서 혈천회라는 단어를 보았던 것이었다. 그것도 오대천 중 하나의 이름으로.

"오대천! 오대천이었어. 혈천회주라… 그렇다면 이거 정말 급하잖아?"

독고진의 안색이 창백해졌다.

그는 무림맹의 정찰조를 통해 이곳의 존재 여부를 보고받고 왔다. 무림맹의 시야에 잡힌 곳이라면, 더욱 가까이 본산이 있는 청성이나, 그보다 더 가까운 당문에서 이곳을 눈치채지 못했을 리가 없다.

그렇다면 사내는 목적을 달성한 것이나 다름없었다. 당문과 청성의 시선을 끌어주는 것. 이것은 이미 달성된 것이나 무방하기 때문이었다.

"젠장! 최대한 빨리 가봐야겠다."

독고진은 마음이 급해졌다. 빠르다면 하루, 이틀 내로 사천으로 오대천의 병력이 들어올지도 모른다.

성급한 판단이라 여겨질지도 모르지만, 절대 성급한 판단이 아니다. 최근 당문과 청성은 사천 곳곳에서 일어나는 심상치 않은 움직임들 때문에 극도로 예민해져 있는 상태였다. 그런 상황에서 이런 적지 않은 규모의 병력이 사천의 외곽에

머무르고 있다는 정보를 접한다면 어떠한 반응을 보일까? 아마도 곧장 무사들을 이끌고 움직일 것이었다. 이 기회에 사천의 불순분자들을 전부 쓸어버리고자, 어쩌면 가주가 직접 나설지도 몰랐다. 그렇게 되면 운남에서 사태의 추이를 지켜보던 오대천의 무리들은 곧장 사천 한복판으로 이동할 것이 분명했다.

사천성은 넓다. 사천성의 거의 정중앙에 자리하고 있는 당문에서 주력 부대들이 출정을 함과 동시에 남쪽에서 오대천의 무인들이 침투한다면 그것이 출정 부대에 전달되기까지 얼마의 시간이 걸릴까?

쉼없이 북진하는 출정대, 남쪽에서 오대천 무인들의 등장을 알아챈 정찰조가 출정대에 도달하기까지 걸리는 시간 동안 오대천은 충분히 당문에 도달하고도 남는다.

넉넉잡더라도 정찰조에 들키기까지의 시간, 북진하던 당문의 무인들이 돌아오기까지의 시간을 계산한다면 정말 시간은 널널하다 할 수 있었다.

정말 말도 나오지 않을 정도로 급작스러운 상황을 접한 독고진은 그저 황당할 뿐이었다. 뭐부터 먼저 해야 할지 감도 오지 않는다.

"오랜만에 켈리어스라도 불러서 도와달라 해볼까?"

켈리어스의 능력이라면 직접적인 물리적 도움을 줄 수야 없을지는 몰라도 정보 면에서 충분히 많은 역할을 해줄 수 있

 FOR GOD

을 것이다.

중얼거린 독고진은 켈리어스를 부른다.

'켈리어스!'

그는 속으로 켈리어스의 이름을 다급히 외쳤다. 한시가 부족한 것이 현 상황이기 때문이었다.

'켈리어스!'

하지만 켈리어스가 나타나기는커녕 아무런 답변도 들려오지 않는 것이었다.

"제길!"

절로 상소리가 튀어나오는 독고진이다. 본 지 꽤나 오래되기는 하였지만, 몇 달 전까지는 부르면 꼬박꼬박 잘 나타나던 켈리어스가 아니던가?

독고진은 서둘러 바깥으로 뛰쳐나갔다. 피범벅이 되어 바닥에 쓰러져 있는 사내는 지금 중요치 않았다. 한시가 급한 것이다.

"일단 부단주에게 몇 가지 시켜놓고 나 혼자라도 가야겠어."

그가 가능한 한 최대한의 속력으로 경공을 펼친다면, 풍백단 다섯을 데리고 가는 것은 무리라 할 수 있었다. 수배 이상 늦게 도착할 것이 분명한 것이다. 우선 혼자라도 가서 최대한 피해를 줄여보아야 했다.

우당탕—!

순식간에 옆 건물의 위지천이 거하는 처소로 뛰어들어 간 독고진은 놀란 위지천이 뭐라 말을 하기도 전에 쉴 새 없이 말을 쏟아내었다.

"부단주, 정말 급한 일이 생겼다. 당문이 위험해."

정확히 말하자면 당문과 청성이지만, 청성은 그나마 북쪽에 있다. 비교적 남쪽에 자리한 당문이 더욱 위험한 것이다.

"갑자기 무슨 말씀이십니까?"

"오대천이 발호할 것 같다. 아니, 이미 발호했다 보아도 무방하다! 부단주는 지금 즉시 단원들과 함께 맹에 돌아가서 풍백단 전원을 이끌고 사천으로 이동해 온다."

"예에?!"

당혹스러운 표정으로 되묻는 그를 싹 무시하고 독고진은 다시 입을 열었다.

"일단 무림맹에 도착하면 맹주님께 먼저 가서 이 사실을 알려라. 이곳은 미끼였노라고. 그리고 운남에서 오대천이 발호할 것이라고."

말을 마친 그는 순식간에 자리에서 사라졌다. 다른 채비 같은 것 필요없이 검 두 자루만을 찬 채로 곧장 사천으로 내달리는 듯했다.

그리고 장내에는 뭐가 뭔지 모르겠다는 듯한 표정으로 휑하니 서 있는 위지천만이 남았다.

"이게 대체 무슨 일이지… 어쨌든 급한 일인 듯하니……."

독고진만큼은 아니지만, 위지천 또한 분주히 움직이기 시작했다.

그의 뇌리에서도 경고성이 울려 퍼지기 시작했다. 왠지 모를 불안감이었다.

＊　　　＊　　　＊

"단주들은 듣거라."

당진천의 얼굴에는 생기가 돌고 있었다. 오랜만에 희소식을 접했기 때문이었다.

'그동안 잡힐 듯 말 듯 이곳저곳에서 애만 썩히더니, 드디어 잡혔구나!'

청해성과 사천성의 경계 부근에서 발견된 적지 않은 규모의 산채.

이 보고를 접한 순간, 그는 이미 마음을 정했다.

"출정이다. 유엽단을 제외하고는 모두 북으로 간다."

그의 파격적인 선언, 각 단주들은 놀란 표정으로 가주를 바라보았다.

"가주님, 너무 많은 인원이 빠져나가는 것 아닙니까? 최근 혈교의 움직임도 심상치 않다는 이야기가 있던데……."

한 단주의 우려 어린 이야기에도 당진천의 생각에는 변함이 없었다.

"걱정할 것 없네. 어차피 혈교는 분타를 비롯해서, 총단까지 전부 청해성 쪽에 자리하고 있지. 그들이 도발한다 해도 하등 걱정할 것 없어. 아예 이 기회에 사천성의 물을 흐리는 미꾸라지들을 다 잡아 족쳐야겠다."

그의 호기 어린 말에 단주들은 동조하는 분위기가 되었다. 그들 또한 사천성 이곳저곳에서 날뛰는 미꾸라지들은 짜증나기 그지없었기 때문이다.

"좋은 생각이십니다. 가주, 제 생각에도 혈교는 걱정할 필요가 없을 듯합니다. 사천의 북서쪽에는 청성이라는 든든한 방패막이도 있고, 북으로 더 올라가면 공동도 버티고 있지를 않습니까? 만일 혈교에서 도발해 온다면 그들의 힘을 빌어 이 기회에 혈교까지 쓸어버릴 수도 있을 겁니다!"

공동산은 사천이 아닌 감숙에 있다. 하지만 공동산의 위치는 거의 사천이라고 봐도 좋을 정도로 두 지역의 경계에 맞물려 있다. 이 정도라면 충분히 도움이 될 만한 거리인 것이었다.

"좋다. 이제는 망설일 하등의 이유도 없다. 제장들은 이 길로 처소로 돌아가 채비를 하고 내 명을 기다리면 되겠다. 늦어도 자시 안에는 출정한다. 본 가에 남아 있는 유엽단은 한천이의 통솔에 따라주길 바란다."

독고진이 우려하던 사태가 현실이 되어버렸다. 오히려 더욱 심한 사태가 된 것이나 마찬가지였다. 끽해야 정예 무사

두 개 단 정도만 동원될 줄로 짐작했던 독고진의 예상이 완전히 빗나간 것이었다.

이대로라면 당문은 완전히 빈집이나 다름이 없다.

하지만 그렇다고 진천의 판단이 잘못된 것은 아니었다. 다만, 정보가 부족했을 뿐.

어느 누가 십 리만 벗어나도 기후가 달라진다는[十里不同天] 불모지에 가까운 운남 땅에서 제이의 세력이 발호할 것이라 상상이나 했겠는가?

게다가 운남의 대리(大理)에는 점창산이 있다. 운남은 당문에게 어떠한 위협 요소도 없는 곳이었던 것이다.

어찌 되었든 이미 패는 던져졌다.

사천의 하늘에 흑운이 들어서기 시작했다.

第五章
엇갈림

죽은 자의 영혼과 사람의 심혼(心魂)을 다루는 흑마법사 무림에 환생하다!

마왕의 힘을 배워 9클래스의 마법 경지를 넘어서고, 절대의 무공 경지에 들다!

그를 기다리는 건 무림사에 더없을 멸겁의 종말, 새황 오대천의 살혼마신!

FOR
GOD

"그럼 어디……."

주혜명은 독고진의 처소 앞에 도착했다.

정확히 말하자면, 당소소와 독고진의 거처 앞에 도착한 그녀는 무언가를 생각하고 있는 듯 가만히 서 있었다.

'음. 뭐라 말을 하면 좋으려나? '당신이 어떻게 생겼는지 궁금해서 왔어요' 라고 할 수는 없는 노릇이고…….'

주혜명이 이곳에 온 이유는 별게 아니었다. 단지 독고진이 얘기했던, 그녀보다 훨씬 아름다운 마누라의 실체를 보기 위함인 것이다.

하지만 당소소에게까지 이 이야기를 그대로 할 수는 없었다. 무언가 핑곗거리를 찾아야 했다.

'흐웅. 어차피 이제 황궁으로 돌아가야 하는데 독고진에게 고맙다는 이야기를 전해주러 왔다가 만나지 못해 대신 전해 주고 가려 왔다고 할까?'

머리를 열심히 굴리던 주혜명이 도출해 낸 결론은 결국 이 것이었다.

'그래. 그러지 뭐.'

생각을 정리한 그녀는 안쪽을 향해 기별을 넣는다.

"안에 계시나요?"

시각은 거의 자시가 다 되어가는 한밤중. 잠들어 있지 않는 한 당소소의 대답이 들려올 것이었다.

"누구시죠?"

역시나 들려오는 여인의 목소리. 하지만 주혜명은 당황할 수밖에 없었다.

'허억. 이걸 생각 못했네. 내가 누군지 숨길 생각이야 없지 만, 무작정 내가 명 황실의 공주 주혜명이다 할 수는 없는 노 릇이잖아?'

살짝 당황했던 그녀는 결국 어쩔 수 없다 합리화시키며 단 리철의 이름을 팔기로 결정하였다.

"맹주님께 물어 왔어요. 잠시 이야기 좀 할 수 있을까요?"

단리철에게 물어보고 이곳에 왔다라는 말. 분명 거짓은 없 다. 하지만 주혜명이 적당히 얼버무려 말한 관계로 이는 단리철이 시켜서 왔다라는 말로까지 곡해가 되어버리는 것이다.

그리고 그 효과는 바로 나타났다.

"예? 어서 들어오세요."

드르륵—

주혜명은 문을 열고 천천히 안으로 들어갔다. 그리고 자신이 머물고 있는 방보다 넓은 방의 크기 때문에 괜히 질투(?)가 나기도 한다.

일단 방 안에 들어온 주혜명은 당소소와 눈이 마주쳤다. 그리고 당소소는 적잖이 놀란 눈치였다.

"헛—"

헛바람까지 집어삼키는 소소를 보며 주혜명은 실소했다. 소소의 그런 모습이 귀여워 보였던 것이었다.

'제법 이쁜데? 허풍인 줄만 알았더니… 그건 아니었어.'

하지만 자신이 처진다는 생각은 절대 않는 주혜명이다.

"나는 주혜명이라고 해요. 그쪽은 당소소, 맞나요?"

초면치고 상당히 건방진 어투. 하지만 이는 주혜명으로서는 매우 공손히 물어본 것이었다. 어찌 되었든 그녀는 명 황실의 공주인 것이었다.

그에 잠깐 당황했던 소소는 멈칫하다가 이내 얼굴 표정이 바뀌었다. 주혜명이라는 이름 때문인 것이다. 명 제국에 주(朱)라는 성씨를 가진 핏줄은 단 하나뿐이 없었다.

"공주… 마마?"

＊　　　＊　　　＊

"드디어 시작인가?"

뭐가 그리 좋은지 중얼대는 중년인의 얼굴은 눈에 띄게 밝은 표정이었다.

"그래, 이제 시작이네. 이 사천 땅을 발판으로 중원을 고립시켜 가야지."

그 옆에 있던 노인은 싸늘한 미소를 지어 보였다. 하지만 그 또한 어딘가 모르게 만족스러운 듯한 표정이었다.

"그런데 우리, 너무 빨리 출정하는 건 아닌가? 반응이 나왔다 하더라도 당문과 청성이 움직이려면 조금의 시간은 필요할 텐데?"

노인의 물음에 중년인은 고개를 설레설레 저었다.

"그건 전혀 아니오. 우리가 발발했다는 것을 그쪽에서 알아채는 시간도 있거니와 정찰조가 그쪽 본대와 맞물리는 시간까지만 해도 적지 않은 시간이 남아 있소. 이 정도면 충분하고 남지."

그리고 잠시 뜸을 들인 그는 씨익 웃어 보이며 한마디 더했다.

"그리고 우리 생각대로 되지 않더라도 별상관은 없지를 않소? 어차피 그냥 전부 쓸어버리면 그만인 것을⋯⋯."

                    *   *   *

　"제가 황족을 이렇게 가까이서 보게 될 수 있을 줄은 정말
몰랐어요."

　또르르륵—

　찻잔을 채우며 소소는 중얼거리듯 주혜명에게 말했다.

　"뭐, 나도 내가 무림맹이라는 곳에 오게 될 날이 올 줄은 몰
랐군요. 몇 달 전까지만 해도 이런 곳이 있는 줄도 모르고 살
았었으니……."

　잠시 주혜명을 응시하며 찻잔을 홀짝이던 소소가 천천히
입을 떼었다.

　"그런데 공주마마께선 저를 왜 찾으신 거예요? 절 따로 볼
일이 있으실 리는 없을 테고……."

　그 말에 주혜명은 피식 웃음을 흘렸다. 사실 소소에게 볼일
이 있어서(?) 온 것이 맞는 말이기 때문이었다.

　"당 소저도 알는지는 모르겠지만 나는 얼마 전 황궁에서
독고 소협에게 도움을 받았어요."

　그제야 소소의 표정은 대충 알겠다는 듯한 것으로 바뀐다.
그녀 또한 독고진에게서 이야기를 들었기 때문이다.

　"그래서 독고 소협에게 고맙단 말이라도 전하려고 왔는데,
그는 바쁜 일이 있는지 맹에 없네요. 나는 이제 며칠 후면 황

궁으로 돌아가야 하고. 그래서 소저에게라도 대신 전하려고
온 거죠.”

“아…….”

소소는 빙긋 웃었다. 황족이라면 우월감에 젖어 있으며, 아
랫사람들은 무시하는 족속들이라는 생각이 머릿속에 박혀 있
던 그녀로서는 주혜명이 마음에 들었던 것이다.

사실, 주혜명 또한 그런 생각을 아주 가지고 있지 않은 것
은 아니다. 하지만 그녀는 그동안 너무도 고통에 시달려 살아
오며 자신이 황족이라는 것에 대한 자부심이라던가 하는 것
을 전혀 느끼지 못했고, 무엇보다도 독고진에 대한 고마운 마
음이 너무도 크기 때문에 이러한 태도가 나오는 것이었다.

“가가께는 잘 전해 드릴게요. 공주님은 걱정하지 마세요.”

“호호, 그럼 부탁할게요.”

그리고 차를 한 모금 음미한 주혜명은 방을 둘러보더니, 벽
장에 걸려 있는 무구들을 보고 무언가 생각난 듯 소소에게 물
었다.

“그런데 소저, 무예가 재미있나요? 무공 배우는 거 재미있
어요?”

조금은 의외의 질문에 소소는 살짝 멈칫했다. 하지만 금방
대답은 나왔다.

“물론 재미있어요. 공주님도 해보고 싶으신가요?”

농담조로 묻는 소소에게 주혜명은 웃으며 대답한다.

"아니, 사양할래요. 나는 그런 것과는 거리가 먼 사람이에
요."

처음에는 정말 소소의 얼굴만 확인(?)하고, 고맙다는 인사
만 전하고는 휑하니 나올 생각이었지만, 의외로 그녀와 수다
를 떠는 것이 재미있는지 꽤나 오랜 시간 소소와 대화를 나누
는 주혜명이다. 처음 본 사이인데 말을 할 거리가 무에 그렇
게 많은지 두 사람은 시간 가는 줄 모르고 웃고 떠들었다.

"이제 밤이 늦었네요. 나는 이제 처소로 돌아가서 자고 일
어나면 황궁으로 돌아가요."

"아아, 그렇군요. 저는 내일도 등천각에 가서 수련이나 해
야죠 뭐."

그새 많이 편해진 모양인지 주혜명과 서슴없이 이야기하
는 소소이다.

"그럼 가볼게요. 늦게까지 못 자게 해서 미안해요. 나는 이
만 처소로 가야겠어요."

주혜명의 인사에 소소는 빙긋 웃으며 고개를 숙여 보였다.

"그런 말씀 마세요. 안 그래도 무료했었는데, 공주님 덕에
즐거웠어요."

인사를 나눈 주혜명은 기분 좋은 표정으로 소소의 처소를
빠져나왔다. 이대로 황궁에 돌아가기는 뭔가 아쉬웠었는데,
이로써 그 아쉬움이 조금이나마 희석된 기분이었다.

＊　　　＊　　　＊

　독고진은 머릿속이 복잡했다. 너무도 심각한 일이 터진 것이 주원인이었지만, 그 외에도 여러 가지 일련의 사태들이 그의 머릿속을 헝클어뜨려 놓았다.

　"제길……."

　연신 구시렁거리면서도 쉴 새 없이 달리는 독고진이다.

　'청성에는 들러야 하나 말아야 하나…….'

　독고진의 이동 경로는 거의 정확히 사천 땅을 대각선으로 가로지르는 모양새였다.

　사천성의 서북쪽 귀퉁이에서부터 당문이 있는 성도까지 어지간한 장애물은 그냥 가로지르며 달리는 독고진이다.

　그리고 이 이동 경로대로라면 곧 청성산 자락에 도착하게 된다. 직선 경로상에 청성이 끼어 있는 것이다. 지나는 김에 청성에 잠시 들러 도움을 요청하는 것이 나을지도 몰랐다.

　'그래, 잠시 들르자. 손이 많을수록 편한 거야 사실이지.'

　타닷—

　그의 발놀림이 더욱 빨라지기 시작했다. 이제 조금씩 시야에 들어오기 시작하는 산문을 보며 그는 쉴 새 없이 내달렸다.

＊　　　＊　　　＊

"후후. 어떻게 이제까지 발각당하지 않을 수가 있지? 이래서야 재미가 없잖아."

적포를 두른 사내는 아래를 내려다보며 비릿한 미소를 지어 보인다.

그가 서 있는 곳은 깎아지듯 가파른 절벽 위. 그의 시야에 커다란 도시가 한눈에 들어온다.

"벌써 성도(成都)군. 빨리도 도착했어."

그는 신형을 돌렸다. 검을 찬 수십의 흑의 복면인들이 질서정연하게 그의 앞에 서 있었다. 그리고 그런 그에게로 한 흑의 사내가 뛰어와 부복한다.

"회주께선 뭐라시던가?"

적포 사내의 말에 흑의인은 고개를 숙여 보이며 말했다.

"망설일 것 없다 하시며, 최대한 빨리 당문을 장악하라 말씀하셨습니다."

"후후……."

한차례 웃음을 흘린 그는 무언가 생각이 난 듯 물었다.

"그런데 사하와는 이야기가 되었다시던가?"

그 물음에 흑의인은 고개를 끄덕이며 대답하였다.

"그렇다 하셨습니다."

그러자 사내는 뭔가 조금 못마땅한 듯 살짝 눈살을 찌푸려 보인다.

"그래? 이런, 그럼 너무 싱거워지는데……."

잠시 무언가 생각하는 듯 눈을 감고 있던 그는 다시금 입을 열었다.

"그럼 나는 당문을 장악하자마자 곧장 청성산으로 진격하겠다. 회주님께 그리 전해 드리거라."

마치 당문이 자신들의 수중에 있기라도 한 양 이야기하는 사내.

"존명!"

힘차게 대답한 흑의인이 사라지자 사내는 또다시 비릿한 미소를 지어 보였다.

"후후. 성도가 넓다고는 하나, 빠르게 움직이면 한두 시진 내로는 당문을 점령할 수 있다."

중얼거린 그는 그의 앞에 미동 하나 없이 정렬해 있는 수십의 흑의인들을 향해 나직한 어조로 말한다.

"목적지는 당문이다. 순식간에 장악하고 곧장 청성산으로 움직인다."

*　　　*　　　*

"상공, 안에 계신가요?"

무척이나 조심스러운 어투.

하지만 안쪽에서는 아무런 대답도 없다.

그리고 그와 동시에 여인의 얼굴에는 짙은 슬픔이 깔린다.

“성공… 했나 보네……..”

뭐를 성공했다는 것인가?

알 수 없는 이야기를 중얼거리며 여인은 방문을 거리낌없이 열었다. 종전과는 판이한 태도였다.

그리고 방 안에는 한 사내가 쓰러져 있었다. 당(唐)이라는 글자가 정교하게 새겨져 있는 청의 무복을 입고 있는 청년은 매우 수려한 호남형의 사내였다.

“상공……..”

사내를 부르는 여인의 목소리는 무척이나 슬퍼 보였다.

스르륵―

그녀는 품속에서 조심스레 무언가를 꺼내어 들었다.

“휴우……..”

그것은 다름 아닌 은장도(銀粧刀)였다.

그녀는 품속에서 꺼낸 낭도(囊刀)를 꺼내어 들고는 천천히 청년을 향해 다가갔다.

그의 앞에 선 그녀는 천천히 몸을 숙여 쓰러져 있는 사내의 상체를 끌어 올려 침상에 기대어놓았다.

“정말… 미안해요. 내가… 나쁜 년이죠?”

여인의 눈에서 한줄기 눈물이 흘러나왔다. 뽀얀 그녀의 볼을 타고 내려온 눈물은 사내의 이마 위에 떨어졌다.

“이럴 줄 알았으면, 상공에게 오는 게 아니었어요. 상공을 사랑하게 될 줄 정말 몰랐거든요.”

여인은 천천히 그의 옆에 앉아서 입을 열었다.

"내가 사내의 품에 기대어 쉴 수 있게 될 줄 정말 몰랐어요."

그리고 그녀는 청년의 가슴에 살며시 기댄다. 하지만 청년은 정신을 잃은 상태인지 아무런 미동조차 없이 가만히 있었다.

"이럴 줄 알았으면… 정말 이렇게 될 줄 알았으면……."

목이 메는지, 그녀는 더 이상 말을 잇지 못하고 흐느끼기 시작하였다.

대체 무슨 사연이 있는 것인지 그녀는 정말 서럽게 울었다.

"하지만 저도 어쩔 수 없는걸요… 정말… 정말 미안해요."

여인은 왼손에 든 낭도를 천천히 들어 올렸다.

또르륵—

그녀의 눈물이 은빛 낭도 위에 떨어져 맑게 빛난다.

스윽—

그녀의 손이 천천히 정말 천천히 움직인다.

"흐흑……."

낭도의 도극(刀極)이 청년의 왼쪽 가슴에 맞닿았다. 그리고 여인의 손은 덜덜 떨리고 있었다.

"미안해요……!"

짧게 소리 지르며 눈을 질끈 감는 여인.

푹—

그리고 그녀의 은장도는 청년의 가슴에 깊숙이 박히었다. 하지만 그때까지도 청년의 눈은 떠질 줄 몰랐다. 아마 마비산 같은 것에 지독하게 당한 모양이었다.

그녀는 발악이라도 하듯 도병을 잡고는 그대로 아래쪽으로 그어 내렸다.

촤아악—!

그리고 낭도를 뽑아 낸 그녀는 어느새 붉게 물든 도신을 보며 서럽게 흐느끼기 시작했다.

"흑… 흐으윽……."

그녀는 싸늘한 시체가 되어가는 사내를 부여잡고 펑펑 울었다.

"정말 죄송해요… 정말 미안해요… 흑……!"

잠시 침을 삼켜 진정을 한 그녀는 말을 이었다.

"하지만, 이것만은 알아줘요."

말을 하며 낭도를 쥔 여인의 손이 다시금 움직이기 시작한다.

이번에는 자신의 가슴을 향해서였다.

"당신을… 정말 사랑했어요."

푹—

낭도가 손잡이만을 남기고 그녀의 가슴에 깊숙이 틀어박혔다.

털썩.

사내의 시신 위에 쓰러진 여인은 가슴에서 도를 뽑아내었
다.

피인지 눈물인지 모를 것이 그녀의 목줄기를 타고 내려와
온 얼굴을 적시었다.

그녀의 창백한 얼굴에 천천히 미소가 번진다. 하지만 그것
은 정말 시리도록 슬픈 미소였다.

*   *   *

채챙—

한 쌍의 검이 교차되며 독고진의 앞을 가로막았다.

"어디서 온 누구신지 밝혀주십시오."

어느새 청성에 도착한 독고진은 찬찬히 숨을 고른 후 품속
에서 무언가를 꺼냈다.

위패를 보여주고 그냥 지나가려는 자신을 정문위사가 막
아서자 독고진의 얼굴이 살짝 찌푸려졌다. 막아서는 것이 당
연한 것임에도 지금 그는 너무 급한 것이다.

"무림맹의 풍백단 단줍니다. 청성에 급히 전할 말이 있어
왔습니다."

독고진이 꺼내어 든 위패를 잠시 살피던 무인은 고개를 끄
덕이며 대답하였다.

"따라오십시오."

　　　　　*　　　　*　　　　*

　“으악!”

　단말마의 비명성이 평화롭기 그지없던 당가에 울려 퍼졌다.

　그것을 신호로, 당가의 담장을 넘어 수많은 흑의인들이 침입해 들어왔다.

　“습, 습격이다!”

　누군가 소리치자 순식간에 장내는 아수라장이 되었다.

　흑의인들은 아무런 거리낌 없이 세가를 휩쓸고 다녔다. 그야말로 일방적인 도살이라 할 만했다.

　“소가주님은 어디 계시는가?! 괴인들의 급습이다! 소가주님을 피신시켜!”

　힘겹게 흑의인들의 검을 막아가며 한 사내가 소리치자 그 옆에 있던 수하인 듯 보이는 사내가 재빨리 뛰어간다.

　하지만 그때,

　“단주님! 큰일 났습니다!”

　헐레벌떡 세가의 본관 쪽에서 뛰어나온 한 사내가 다급히 소리쳤다.

　“큰일이라니?!”

　“소가주님과 소가모님께서 이미… 돌아가셨습니다.”

그 순간, 사내의 얼굴색은 완전히 사색이 되었다. 사태가 보통 심각한 것이 아니었다.

"그, 그런……!"

그리고 그가 잠시 정신을 판 사이, 그 뒤쪽에서 다른 무사를 상대하던 흑의인이 그를 죽이고는 사내의 뒤를 향해 검을 날렸다.

좌아악ㅡ!

무방비 상태였던 사내의 등짝에 그대로 검이 작렬하였다.

털썩ㅡ

"단주님!"

당가의 본관은 그야말로 빈집이나 다름이 없었다. 가주는 세가의 주력이 되는 무인들을 대부분 이끌고 세가를 나가 있었으며, 소가주 당한천은 이미 죽어버린 상태였다. 게다가 마지막 남은 수뇌부라 할 수 있었던 유엽단주마저 어이없으리만큼 간단하게 죽어버린 것이다.

이제 당가에 마지막으로 남은 것은 원로원뿐이었다.

"후후……."

당가의 정문으로는 적포의 사내가 몇몇 흑의인들을 대동하고는 천천히 걸어 들어오고 있었다.

"아무리 본대가 전부 빠져나갔다 하더라도… 이거 너무 싱거운데?"

중얼거린 그는 슬쩍 옆을 응시하며 입을 열었다.

"나와 광무대는 원로원으로 간다."

혹의무인 이십여 명 정도를 대동한 적포인은 느긋하게 걷기 시작했다. 급할 것이 전혀 없는 듯 보였다.

"후홋. 쥐새끼처럼 숨어 있지 말고, 나오는 게 어떠십니까?"

돌연 멈춰 선 그는 허공을 향해 중얼거렸다. 하지만 그것은 확실히 누군가를 향한 말이었다.

스르륵―

그리고 역시나 그의 앞으로 여섯의 인영이 나타났다. 선풍도골의 노인들이었다.

"아가야, 네놈이 지금 무슨 짓을 한 건 줄 알기는 하는 게냐……."

가장 앞에 서 있던 노인의 입에서 분노에 찬 음성이 흘러나왔다. 낮고 차분한 음성이지만, 그 속에 어려 있는 분노만큼은 가늠하기 힘들 정도였다.

"글쎄요? 제가 무슨 짓을 하고 있는 겁니까?"

능청을 떨며 되묻는 그의 모습에 노인의 수염이 파르르 떨린다.

"노옴! 이곳은 당가다. 사천의 패자 당문이란 말이다!"

발악하듯 소리치는 노인. 그리고 그 주위에는 엄청난 양의 기가 소용돌이치기 시작하였다. 범인이었다면, 그 주위에 접근하기만 해도 발기발기 찢겨 나갈 정도의 강력한 소용돌이.
하지만 사내는 그저 웃을 뿐이었다.

"사천의 패자 당문이라… 하지만 애석하게도 말입니다."

그는 실소를 흘리며 말을 이었다.

"당문은 오늘부로 지워질 겁니다. 아니, 잠시 후면 지워집니다."

노인은 인내심에 한계가 왔는지 더 이상 참지 못하고 자신의 애병(愛兵)인 철편을 꺼내어 들었다.

"뚫린 입이라고 말을 함부로 하는구나! 나 당일기의 이름을 걸고 네놈만은 이 손으로 저승에 보내주겠다!"

쿠구구구궁—

지축이 흔들린다.

사실을 말하자면 지축이 흔들린다는 착각이 들 정도로 거대한 기의 폭풍이 몰아치기 시작한 것이지만 이 정도만으로도 당일기의 내공 수위가 어느 정도인지 짐작할 수 있었다.

"과연!"

적포 사내의 입에서 순수한 감탄이 흘러나온다. 적이기는 하지만 그 압도적인 기세에 경의를 표하는 것이다.

"하지만 당신은 상대를 잘못 만났어."

입꼬리를 살짝 말아 올린 사내는 허리춤에서 검을 뽑아내었다. 적색 검신을 가진 그의 검이 햇빛에 반사되며 불그스름하게 빛난다.

"광무대는 나머지 다섯 노인들을 죽여라. 이 노인네는 내가 상대한다."

*   *   *

"녀석이 잘하고 있으려나. 혈수인을 쥐여주기는 했지만 당가가 그렇게 호락호락하지만은 않을 터인데……."

느긋하게 말을 몰고 가던 중년인이 중얼거리듯 말하자 나란히 말을 몰던 노인이 핀잔을 주었다.

"그 무슨 걱정인가. 주력 부대가 전부 빠져나간 당가 따위를 점령 못할라고."

하지만 중년인은 고개를 절레절레 흔들었다.

"물론 그렇겠지. 하지만 당가의 원로원을 무시할 수는 없네. 그들은 강하지."

그의 말에 노인은 잠시 생각하는 듯하더니 고개를 끄덕여 보였다.

"그렇기는 하겠군. 하지만 말일세, 마상평 그 아이는 전혀 걱정할 필요가 없을 걸세. 혈수인까지 쥐여주었다면 나나 자네가 상대해도 그리 쉽게 이기지는 못할 걸세."

중년인은 살짝 눈살을 찌푸렸다. 하지만 이내 고개를 끄덕였다.

"흐음. 그건 그렇지. 그럼 우리는 굿이나 보고 떡이나 먹어야 하는 건가?"

한탄하듯 말하는 그의 모습에 노인은 껄껄 웃었다.

"허허. 그게 그렇게 되는 겐가? 흐음. 변수가 없는 이상 이 사천 땅을 점령하는 동안 우리가 나설 일은 없을 걸세. 아마도 그럴 것이야."

*　　　*　　　*

독고진은 생각보다 수월하게 청성의 장문인을 만날 수 있었다. 때마침 무림맹의 원로 중 하나이자 청성의 장로인 유연(柳聯)이 청성에 들어와 있었기 때문이다.

그는 독고진과 안면도 있었다.

"자네, 지금 뭐라 했는가?"

"당문이 위험하다 하였습니다. 아니, 벌써 당했을지도 모르지요. 한시가 급합니다. 이런 말씀드리기는 죄송하지만 잘못하면 청성산까지 위험합니다."

독고진의 말에 장내의 인물들은 모두 어이가 없다는 듯한 표정이 되었다. 뜬금없이 당문이 공격받을 것이며, 청성이 위험하다니. 그 무슨 마른하늘에 날벼락 같은 이야기란 말인가?

"흐으음. 차근차근 정리해 보시게. 그러니까 오대천이라는 신비 세력이 당문을 공격할 것이고 심지어는 청성산까지 위험할 것이라는 이야기인가?"

유연의 물음에 독고진은 고개를 끄덕였다.

"그렇습니다. 제가 무엇 하러 빈말을 하겠습니까. 한시가 급합니다. 원로님, 장문 어르신."

독고진은 정말 다급한 표정이었다. 자칫 처가가 무너질 위기에 놓였는데 어찌 다급하지 않을 수 있겠는가?

"일단, 정찰조를 보내보겠네. 조금만 기다리시게. 우리도 무작정 움직일 수는 없는 노릇이 아닌가? 하루만 기다려 보시게."

유연의 말에 독고진은 발을 동동 굴렀다. 청성의 입장도 이해가 가지 않는 것은 아니었지만 그로서는 답답할 뿐이었다.

"그럼, 결정이 나는 대로 최대한 빨리 지원을 해주시기 바랍니다. 일단 저라도 먼저 당문으로 가 있겠습니다."

독고진의 말에 유연은 조금 당황스런 표정이 되었다. 독고진의 어투로 미루어보아 그는 신비 세력의 침입을 거의 확실시하고 있었는데 유연으로서는 이해가 가지 않았기 때문이었다.

"아, 알겠네. 그리하도록 하지."

*　　*　　*

"크으윽… 이런 말도 안 되는! 내 어찌 저런 새파란 애송이에게……."

당일기는 믿기지 않는다는 표정으로 적포 사내를 응시했
다.

"후우. 너무 억울해 마십시오. 내가 강한 것이지 노인장이
약한 것이 아니니. 그리고 지금까지 버틴 것만 해도 충분히
훌륭했습니다. 내 예상을 훨씬 상회하는군요."

당일기뿐 아니라 그 누가 듣더라도 비꼬는 말투임이 분명
했지만, 적포 사내는 그저 자신의 생각을 이야기한 것일 뿐이
었다.

"대체 어디서 너 같은 괴물이… 큭……."

그의 두 눈은 이미 절망으로 물들어 있었다. 원로원의 여섯
사람 중 살아남은 것은 이제 자신 하나뿐. 도무지 승산이 없
었다.

"솔직히 말하자면, 난 광무대 한둘만 희생해도 원로원 정
도는 어렵지 않게 밟아버릴 수 있을 줄 알았소. 그런데 당신
들 다섯을 죽이느라 광무대가 열이 넘게 희생되었다니, 나는
진심으로 놀랐소."

당일기는 이를 뿌드득 갈았다. 작금의 상황은 그의 인생에
있어서 한번도 상상조차 해보지 않았었던 상황이었다.

"이놈! 내 너라도 데리고 이승을 떠나야 편히 눈을 감을 수
있겠구나!"

그가 손에 쥔 철편이 희뿌연 빛깔로 빛나기 시작하였다.

"후후. 어디 한번 할 수 있다면 해보시오. 얼마든지 말이
오."

당일기의 주위로 백색의 기류들이 모이기 시작하였다.

"내 생애 최고의 절기니라. 한번 막아보거라!"

백색 강기를 머금은 그의 철편이 이리저리 꿈틀거리며 허
공을 휘젓기 시작하였다.

그가 직접 창안했다 알려진 휘룡난천의 초식이 펼쳐지는
것이었다.

제룡회 당시 소소가 펼쳤던 휘룡난천과는 그 궤를 달리할
정도로 강력한 기세를 내뿜는 모습이었다. 그야말로 백룡이
승천하기라도 하려는 듯한 형상이라 해야 할까?

"하아압!"

그 모양을 본 적포 사내의 손이 천천히 들어 올려졌다.

그리고 그의 주위로 붉은 기류가 폭사되기 시작하였으며,
곧바로 당일기의 휘룡난천과 부딪쳤다.

콰콰콰쾅!

두 거대한 기운이 작렬하며 엄청난 장관을 연출해 냈다. 자
연재해라도 연상할 수 있을 만한 규모의 대폭발이 일어났다.

구구구궁—!

땅이 갈라지기라도 한 것일까? 바닥에 느껴지는 미동은 아
직도 멈추지 않고 울려 퍼지고 있었으며, 폭발이 일어난 자리
에서는 기가 역류하기까지 하고 있었다.

그야말로 용호상박(龍虎相搏)이 따로 없다 느껴질 정도의 엄청난 승부.

"하아압!"

강기를 머금은 철편이 번번이 사내의 붉은 검에 가로막히자 노인의 입에서 분노에 찬 일갈이 터져 나왔다.

"노오옴!"

노성을 터뜨린 그의 손이 다시금 빠르게 움직이기 시작한다. 그리고 곧이어 그의 철편은 수십, 수백 개의 잔영을 남기며 급속도로 적포 사내의 신형을 덮어갔다.

하지만 그것을 본 적포 사내는 비릿한 미소를 지었다. 어느 정도 여유가 보이는 모습이었다.

"폭류기공(暴劉氣功)!"

사내의 주위를 맴돌던 붉은 기류가 점점 크게 퍼지기 시작한다.

"으아아아!"

그가 괴성을 지르며 기합을 넣자, 붉은빛의 기운이 허공으로 터져 나간다.

퍼어어엉!

지금까지의 굉음들이 모두 무색해질 정도의 커다란 폭발음.

그 여파로 인하여 주변의 어지간한 나무들은 뽑혀 나가고 원로원 건물은 반쯤 붕괴되었다.

잠시 후.

털썩—

흙먼지 사이로 한 인영이 바닥에 쓰러지는 것이 보인다.

"후후후……."

그리고 한 인영이 그 속에서 천천히 걸어나왔다. 그는 다름 아닌 적포 사내였다.

그의 몰골은 말이 아니었다. 깔끔하기 그지없던 그의 적포는 이곳저곳 그을리고 찢어졌으며 살갗이 훤히 보일 정도로 해졌다.

한차례 커다란 폭풍이 지나간 폐허 속에서 걸어나온 그는 천천히 신형을 돌려 흙먼지 속을 응시하였다.

"정말, 훌륭했소. 나 마상평(麻上萍)은 그대를 잊지 않을 것이외다."

*　　　*　　　*

"그게 정말인가?!"

위지천의 이야기를 듣던 단리철은 자리에서 벌떡 일어났다. 그의 표정은 당혹스러움으로 물들어 있었다.

"예, 그렇습니다, 맹주님. 단주께서 정확히 이곳은 미끼였노라고, 그리고 운남에서 오대천이 발호할 것이라고 말씀하셨습니다."

단리철의 얼굴은 순식간에 사색이 되었다. 그 말이 사실이라면 이는 진정 큰일이었기 때문이다.

'만약 사천이 그들의 손에 넘어가기라도 한다면…….'

생각하고 싶지조차 않은 끔찍한 일이었다.

사천은 예로부터 지리적 조건이나 기후적 요소 등으로 인하여 세외로부터의 침략을 막아내기가 용이한 곳이었다. 이 사천이 적들의 수중에 넘어가고 나면 문파다운 무림문파가 하나도 없는 중경은 졸지에 함락되다시피 해버릴 것이고, 그와 동시에 호북의 무당과 섬서의 화산과 종남까지 위협당하게 되는 것이다. 게다가 섬서에는 무림맹까지 자리하고 있었다.

식은땀까지 흘리며 무언가를 생각하던 단리철은 돌연 바깥을 향해 소리쳤다.

"게 누구 없느냐?!"

그리고 곧바로 바깥에서 한 사내의 음성이 들려왔다.

"부르셨습니까, 맹주님."

"운남으로 전서구를 띄워라! 점창에 지원을 요청해야겠다. 전서구가 도착할 때 즈음이면 일은 이미 터지고도 남았을 시점이니 따로 무슨 일인가에 대해 설명할 필요는 없을 것이다."

"예. 알겠습니다, 맹주님."

"그리고 곧장 맹 회의를 소집한다. 맹 내에 거하는 원로 분들께 전부 기별을 넣거라.”

“그리하겠습니다.”

말을 마친 단리철은 앞에 멀뚱히 서 있는 위지천을 향해 말하였다.

“단주가 풍백단 전원을 이끌고 사천으로 오라 했다고?”

그에 위지천은 고개를 주억거렸다.

“그렇습니다, 맹주님. 무척이나 다급해 보이셨습니다.”

“그렇다면 어서 돌아가 채비하여 단주의 말에 따르도록 하시게. 내 판단으로도 촌각을 다투는 일이야.”

위지천의 안색이 살짝 변한다. 지금까지도 어느 정도는 사태의 심각성을 인지하고 있는 상태였지만, 단리철까지 이리 말할 줄은 몰랐던 것이었다.

“알겠습니다, 맹주님. 그럼 채비하는 즉시 출발토록 하겠습니다.”

“그래, 알겠네. 최대한 빠르게 움직이게나.”

第六章
학살(虐殺)

죽은 자의 영혼과 사람의 심혼(心魂)을 다루는 흑마법사 무림에 환생하다!

마왕의 힘을 배워 9클래스의 마법 경지를 넘어서고, 절대의 무공 경지에 들다!

그를 기다리는 건 무림사에 더없을 멸겁의 종말, 새황 오대천의 살혼마신!

유행이 아닌 자유추구
BOOK Publishing ChungEoram

FOR GOD

독고진의 시야에 멀찍이 당가의 대문이 들어온다.

"제발… 제발……!"

연신 제발만을 읊조리는 독고진. 아마도 그 뒤에 생략된 말은 아무 일 없어야 할 텐데 정도일 것이다.

점점 그의 시야에 당문이 확대되어 다가왔다.

그리고 잠시 후, 독고진은 온몸에 힘이 풀리는 것을 느꼈다.

"이… 이럴 수가."

독고진의 눈에 떨어지기 일보 직전의 상태가 되어 덜렁거리는 당문의 문패가 보인 것이었다.

“늦었다는 말인가…하하…….”

그의 입가에 맺히는 자조적인 웃음. 그의 동공은 초점을 잃고 말았다.

“젠장… 조금만… 조금만 더 빨랐어도……!!”

그는 발악하듯 소리쳤다. 그로서도 어쩔 수 없는 일이기는 하였지만 괜스레 죄책감이 들었다.

당문이 그에게 있어 어떤 곳이던가? 그의 처가임은 제하더라도, 가족 같은 이들이 머물던, 혹은 머물고 있는 곳이다. 한 번도 남이라 생각해 본 적이 없는 이들이 저 안에서 시신이 되어버렸을 것을 생각하니 가슴이 끓어올랐다.

“으으…….”

아직 당문 내부의 상황까지 알 수 있는 것은 아니었다. 정문의 문패가 떨어져 있는 것을 보자마자 그 자리에서 굳어버린 그였으니까.

“이놈들… 용서할 수 없다!”

그의 두 눈이 붉게 물들었다.

놀랍게도 그것은 충혈되었다거나 해서가 아닌, 동공 자체가 붉어진 것이었다.

“크아아!”

독고진의 살성이 깨어났다.

적포의 사내, 마상평은 갑자기 들려오는 소란에 눈을 떴다.

FOR GOD

"무슨 일인가?"

그의 옆에서 부동 자세로 서 있던 사내가 재빨리 대답했다.

"금방 알아보고 오겠습니다."

그에 마상평은 고개를 끄덕이며 대답하였다.

"그러시게."

다시 눈을 감은 그는 작게 중얼거렸다.

"곧 있으면 회주님들이 오실 터인데… 쓸데없는 소란이라……."

"커헉!"

단말마의 비명성과 함께 한 흑의인의 팔이 그대로 잘려 나갔다.

"잡아라! 녀석은 혼자다!"

어디선가 들려오는 외침. 독고진은 무표정한 얼굴로 주변을 슬쩍 훑어보았다.

"모조리… 모조리 죽여 버리겠다!"

중얼거린 그의 신형이 허깨비라도 되는 듯 허공에서 사라졌다.

"아니?!"

그의 주위를 둘러싸고 있던 수십의 흑의인들은 갑작스런 상황에 어찌해야 할 줄을 몰랐다.

"저기다!"

누군가의 외침. 그에 모두의 시선이 그가 가리킨 방향을 향했다. 하지만 그가 가리킨 방향에는 이미 아무것도 보이지 않았다.

서걱―

무가 썰리기라도 하듯 묵빛 섬광과 함께 한 흑의인의 몸통이 아래위로 양분된다. 잔혹하기 그지없는 광경에 그들은 경악하였다.

"저… 저런!!"

잠시간 흐르는 정적. 하지만 그것은 오래가지 못하였다.

촤아악―!!

또다시 묵빛 섬광이 다른 누군가의 몸을 훑고 지나갔다.

털썩.

이번에는 몸이 양분된다거나 하지는 않았지만 역시나 그에 준할 정도로 잔혹한 광경이었다. 흑의인 하나가 복부에 검을 맞았는지 배가 갈라져 내장을 쏟아낸 채로 바닥에 널브러진 것이었다.

스르륵―

그리고 독고진의 신형이 흑의인들이 서 있는 한복판에 모습을 드러냈다. 그에 잠시 혼란에 빠져 있던 흑의인들이 다시 평정심을 찾는다. 어쨌든 눈에 보이는 목표가 생긴 것이다.

"모두, 다 덤벼라. 전부… 전부 다 죽여주겠다."

독고진의 뇌까림. 그리고 흑의인들은 전부 무구를 빼어 들

고 독고진을 향해 신형을 날린다. 당최 그들에게는 공포라는
감정이 존재치 않는 듯하였다. 두 명의 자신들의 동료가 순식
간에, 그리고 처참하게 찢어발겨지는 광경을 보고도 독고진
을 향해 아무런 망설임 없이 검을 겨눌 수 있다는 건 대단하
다고밖에 설명이 되지를 않았다.

"그래, 모두 죽여 버리기에는 이 편이 편하지. 한 명 한 명
따로 찾아다니는 건 짜증나거든."

냉기가 풀풀 날리는 독고진의 중얼거림. 붉게 변한 그의 두
눈이 날카롭게 빛났다.

스으윽—

독고진은 피 묻은 좌수검을 아래로 늘어뜨리고, 오른손으
로는 나머지 하나의 검을 빼어 들었다. 핏기 하나 없이 새하
얗게 변한 그의 얼굴과 붉은 눈동자. 그리고 피범벅이 된 검
과 새하얗게 빛나는 은장검을 든 모습이 무척이나 괴기스러
운 분위기를 연출한다.

"하아압!!"

한 흑의인이 독고진에게 거도를 겨눈 채 달려들었다. 광포
하기 그지없는 돌격이다.

잠시 후, 독고진의 좌수검과 그의 거도가 맞물린다.

쩌어엉—!

도저히 검과 도가 부대끼며 났다고는 생각할 수 없는 소리.

보기에도 무척이나 묵직해 보이는, 쇠몽둥이라 해도 믿겨

질 만한 거도가 독고진의 검에 두 동강 난다.

차아아—

그리고 거도를 부순 독고진의 검은 찰나의 여지도 주지 않은 채 그대로 흑의인의 머리에 작렬했다.

그의 두개골이 양분되며 머릿속에서 뇌수가 터져 나왔다. 거북하다 못해 구역질이 날 정도로 잔인한 광경이었다.

"크아아!"

색깔이 비춰서 그런 것일까? 분수처럼 솟구치는 핏줄기를 보며 독고진의 두 눈동자는 더욱 붉어졌다.

휘이익—

가벼운 파공성과 함께 독고진의 검이 움직이기 시작한다. 그 소리는 가벼웠지만, 거기에서 나오는 파괴력마저 가볍다 할 만한 것은 아니었다.

흑백의 검기가 독고진의 쌍검에서 동시에 발출되었다.

콰아앙—!

아무런 의미 없이 날린 검기였는지 누군가에 명중되지는 않았지만, 검기가 작렬한 곳은 화약이라도 터뜨린 듯 구조물이 흔적도 없이 날아갔다.

"다… 죽어라."

감정이라고는 눈곱만큼도 느껴지지 않는 냉막한 어조의 중얼거림. 그와 함께 독고진은 허공으로 도약하였다.

타탓—

독고진의 검은 쉴 새 없이 움직였다. 무공 초식과는 무관하다 생각될 정도로 마구잡이의 칼질. 횡으로, 종으로 매섭게 휘둘리는 그의 검격에 달려들던 흑의인들은 속수무책으로 당하였다. 검의 속도를 따라가 확인하고 피하거나 막아낼 수 있어야 상대가 가능한 것인데, 피하기는커녕 자신이 언제 검에 베었는지도 모를 정도의 쾌검을 경험하고 있는 그들이었다.

어쩌다 막더라도 검이 부러져 버리는 동시에 그대로 몸을 베어버리니, 도무지 방도가 없었다.

쐐애액!

무섭도록 빠르고,

촤아악!

진저리가 날 정도로 파괴적인 검식.

순식간에 흑의인들 중 반수가 죽거나 부상을 당하였다.

온몸에 피칠을 하여 지옥의 야차가 되어버린 독고진이 숨을 고르고 다시 움직이려 할 때,

"죽고 싶어 환장을 하였구나. 네놈은 뭐 하는 놈이냐?!"

장내에 쩌렁쩌렁 울리는 소리가 독고진의 귓전을 때렸다.

"크으으……."

그 소리에 멈칫하여 고개를 돌린 독고진은 괴기스런 신음을 내뱉었다. 그리고 그의 주위를 둘러싸고 어쩔 줄을 몰라 하고 있던 흑의인들은 뒤로 스르르 물러났다.

"허어……!"

장내에 펼쳐진 믿지 못할 광경을 목격한 마상평은 경악하였다.

"이런 말도 안 되는!"

바닥에 널브러져 싸늘한 시체가 되어 있는 수많은 수하들, 그리고 혈귀가 되어 있는 독고진. 마상평의 눈에는 무척이나 비현실적으로 보이는 상황이었다.

'나였더라도 이 짧은 시간 내에 이러한 광경을 연출하지는 못하였을 것이다. 도대체… 저놈은……?'

저벅— 저벅—

독고진은 소리가 난 쪽으로 발걸음을 돌렸다. 물론 마상평이 서 있는 곳이었다.

"악귀… 네놈은 대체 누구냐?!"

침착한 목소리로 묻는 마상평. 그에 독고진은 처음으로 표정이랄 만한 것을 보였다.

비웃음이었다.

"후후, 내가… 악귀라?"

살성에 물들어 있지만 이성이 완전히 죽은 것은 아닌 듯 독고진의 붉어진 두 눈이 살짝 동요했다.

"하지만 악귀들을 죽이기 위해 악귀가 됨이다. 무슨 변명이 더 필요할까?"

하지만 이내 그의 눈동자 색깔이 다시 바뀌기 시작했다. 점

 FOR GOD

점 짙어지는 붉은색. 검붉은색을 지나 종래에는 칠흑과도 같이 새카만 색이 되어버린다.

태초의 무(無)의 상태인 우주를 보는 것과 같은 흑색 원색.

흑요석 같은 그의 동공은 어떠한 이색(異色)도 섞이지 않아 기이해 보이기까지 하였다.

"죽는다……."

소리없는 독고진의 웃음. 마상평은 소름이 돋는 것을 느꼈다.

팟—

일순 독고진의 신형이 사라졌다. 마치 허깨비라도 되는 듯, 그야말로 순식간에 사라진 것이다.

까아앙—!

순간이다. 정말 찰나의 순간.

마상평은 등으로 식은땀이 흘러내리는 것을 느껴야 했다. 조금이라도 늦게 반응했더라면, 어디 한군데는 베어져 버렸을 것이다.

"제법……."

독고진의 중얼거림. 마상평은 정신을 차렸다.

'이 미치광이는 분명 괴물이라 생각될 정도의 강자다. 하지만 나 또한 강자…….'

광오하다. 아무런 망설임 없이 자신을 강자라 칭하다니… 누구라도 들었다면 비웃어주었을 만한 이야기. 하지만 그는 자신을 강자라 칭할 정도의 자격이 충분히 있었다.

속으로 중얼거린 그는 자세를 잡았다.

"한번 놀아볼까?"

그를 중심으로 붉은 기류가 넘실댄다. 실체화를 넘어선 기의 유형화(有形化)라고 해야 할 만큼 선명히 보이는 소용돌이가 독고진을 위협하기 시작했다.

"크으……."

그 기운에 잠시 주춤하던 독고진은 금방 자세를 바로 하고 마상평에게 돌격하였다. 저돌적이기 그지없는 모습에 그는 살짝 당황하였다.

콰과광—!

까앙— 깡—

강기의 부딪침과 검의 맞물림으로 인해 나는 소리들이 이리저리 뒤엉켜 어지러이 울려 퍼진다.

마상평의 붉은 검과 독고진의 쌍검이 그야말로 불꽃을 튀기며 맞물렸다.

환상적이라 생각될 정도로 화려한 환영들을 만들어내는 백월린검과 파괴적이고 무섭도록 빠른 쾌검 묵월신검. 그리고 그것을 막아가는 패도적인 붉은 검의 어울림은 주변을 초토화시키고 있었다.

구구구궁—

세 자루의 검이 한데 맞물렸다. 하지만 검의 맞물림이라기보다는 기운의 맞물림이라 해야 정확한 표현이 될 듯하다. 검이 부딪치고 있는 것보다도 기운들이 부대끼며 만들어내는 파장들이 더욱 격렬하고 광포했기 때문이다.

'으으……'

마상평은 속으로 신음을 흘렸다. 이 정도라면 자신의 예상을 상회하는 실력이었다.

'인정하기는 싫지만… 나보다 강자… 라는 건가? 말도 안 되는… 천주님과 회주님들을 제외하면 없으리라 생각했건만……'

속으로 중얼거리던 그는 기합을 내지르며 검을 퉁겨내었다.

"크하아압!!"

발악하듯 내뱉어지는 기합성과 함께 독고진의 신형이 뒤로 주춤 밀려 나갔다.

"크크……"

하지만 그것도 잠시일 뿐, 괴기한 목소리로 웃음을 흘린 독고진은 다시금 돌격해 왔다. 게다가 이번에는 그 기세조차 달랐다.

쾅—!

독고진의 우수에 들린 백색 검기가 씌워진 검에서는 이제는 환영이 아닌 무식하도록 커다란 검기 다발들이 날아왔으며, 무식하게 빠르기만 하던 묵월신검은 이제 패도적으로 변하였다. 그렇다고 본연의 빠르기를 잃은 것도 아니었다.

파앙— 팡— 파방—

마상평은 미친 듯이 날아드는 검기 다발을 막아내느라 정신이 하나도 없었다.

그저 그런 수준의 검기라면 호신강기만으로도 퉁겨낼 능력이 있는 그였지만, 이 무식하도록 커다란 검기는 지척에 도달하기만 하더라도 전신에서 경고성이 울려 퍼졌다.

수백의 검기 다발이 짓쳐드는 가운데 마상평의 눈에 검붉은 물체가 들어왔다. 백색 검기 다발 사이로 어렴풋이 보이는 희미한 물체. 그리고 그것은 급속도로 그의 시야에서 커지고 있었다.

"젠장!"

마상평의 입에서 터져 나온 짧은 한마디가 그의 심정을 확실히 대변해 주고 있었다.

그의 눈에 들어온 것은 방금 전까지 그를 무척이나 괴롭히던 바로 '그것'이었다.

"파하앗!"

기합성을 토한 그는 있는 힘껏 몸을 날렸다. 이 장여 밖에서까지 그 파괴력이 느껴지는 무식한 검격을 그대로 맞아주었다가는 어떻게 되는지 생각만 해도 끔찍했다.

콰쾅— 쿠구구궁—

독고진의 묵빛 검기는 그대로 바닥에 작렬했다. 그리고 그

것은 엄청나게 커다란 구덩이를 만들어냈다. 믿을 수 없는 광
경. 마상평의 이마에 흐르는 식은땀은 마를 줄을 몰랐다.

'이대로 가다간… 당한다.'

그는 냉철히 판단했다. 자존심 하나로 밀고 나가며 까불기
엔 독고진의 능력은 너무도 위협적이었다.

그가 한참 고민에 빠졌을 때,

파아앙—!

그의 감각에 낯익은 기운이 잡혔다.

"회주!"

얼마나 반가웠으면 어린아이처럼 소리치는 그.

'이렇게 되면… 승산은 충분. 아니, 저 녀석은 필사(必死)
다. 이곳에서 살아남기란… 불가능할 것이다.'

마상평은 독고진과 손을 섞고 있는 중년의 사내를 바라보
며 중얼거렸다.

"저 괴물 같은 자식을… 내 손으로 죽여 버리고 말겠다."

그는 검병을 다시 고쳐 잡았다. 합공이든 집단 공세이든,
그런 건 중요치 않았다. 그의 기준에서 독고진은 이미 인간이
아니었으니까.

"대체 이게 어떻게 된 일이더냐. 저 괴물 같은 꼬마는 누구
고?"

중년인의 전음. 그 또한 이미 한번 손을 섞어본 것이다. 대
략 많이 잡아줘야 이립이 채 안 되었을 듯한 청년이 자신의

한 수를 쉽게 막아내다니, 믿기지가 않는 것이었다.

"저도 모릅니다, 회주. 그건 제하고, 일단 저 녀석을 합공하여 얼른 처리해 버려야 합니다. 저런 괴물은 두고두고 후환이 될 겁니다."

그의 전음에 중년인의 얼굴에 불신의 표정이 어렸다. 합공이라니?

"그런! 그렇게 대단하단 말이더냐?"

"몇 번 더 부딪쳐 보시면 알 겁니다."

한편, 그 주위에서 그들의 모습을 지켜보던 흑의인들은 멀찌감치 물러나 있었다. 도저히 인간이라 볼 수 없을 만한 이들의 격돌로 인한 여파를 견뎌내는 데 한계가 있었기 때문이다.

"이노옴… 내 친히 죽여주마. 앞으로도 써먹을 데가 무궁무진한 광무단을 저 지경으로 만들어놓다니……."

한차례 중얼거린 중년인은 오른손을 들어 자세를 잡았다. 그의 양손에 착용되어 있는 것은 다름 아닌 철조(鐵爪)였다.

'저 괴물 녀석은 검을 쓰니… 회주님의 조법이라면 무구상으로 더욱 유리하기까지 하다. 금방 끝내 버릴 수 있겠어.'

마상평에게 회주라 불린 중년인은 누구란 말인가. 그는 회주라는 사내의 능력을 적잖이 신임하고 있는 듯했다.

스팟―

잠시 신경전을 벌이던 중년인은 쏜살같이 신형을 날렸다.

그리고 그 순간, 그의 몸체는 허깨비라도 되는 듯 그 자리에서 사라졌다.

까아앙ㅡ! 까가강!

조법은 권각술만큼이나 근접무기이다. 일단 붙기만 하면 검은 속수무책으로 당할 수밖에 없는 것이다. 하지만 놀랍게도 그의 철조를 막아내는 독고진의 검세는 느려진다거나 주춤댈 줄을 몰랐다. 오히려 더욱 빠른 쾌검을 구사하며 근거리에서 수십, 수백 번을 움직이는 철조를 잘만 막아내고 있었다.

챙ㅡ 채채챙ㅡ

날카로운 쇳소리가 귓전을 때린다. 그 소리마저 내력이 실려 있어 흑의무인들은 귀를 막아야 할 정도였다.

"크으음……."

순식간에 수백 합을 겨룬 그는 불신 어린 눈빛으로 뒤로 물러섰다. 저 듣도 보도 못한 청년에게 밀려 버린 것이다.

"회주, 합공합시다."

마상평의 전음에 잠시 멈칫하던 그는 결국 어쩔 수 없다는 듯한 표정이 되었다.

"그리하도록 하지."

전음을 보낸 중년인은 독고진을 노려보았다.

"파천귀문조법(破天鬼刎爪法)의 진체를 이렇게 빨리 꺼내어 보이게 될 줄이야……."

　의미심장한 말을 중얼거린 그는 마상평 쪽을 응시했다. 그리고 마주 고개를 끄덕여 보인 그들은 동시에 독고진을 향해 달려들었다.

　쩌어엉—!

　독고진의 쌍검이 양쪽에서 쇄도해 오는 쇠붙이들을 각각 막아낸다.

　"크흐흐……."

　너무도 손쉽게 막아내는 모습. 그에 두 사내는 경악할 수밖에 없었다.

　"상평아, 처음부터 전력을 다해야겠다."

　"그게 좋을 듯싶습니다, 회……."

　하지만 마상평은 더 이상 말을 잇지 못하였다. 어느새 독고진의 검격이 무식하게도 그의 가슴팍을 노리고 찔러 들어왔기 때문이다.

　찌이익—

　아찔한 순간.

　마상평의 혈포가 찢겨 나가고, 그의 가슴팍에 얕은 혈흔이 생겼다. 조금만 실수하였어도 심장까지 꿰뚫려 버렸을 것이었다.

　"노옴!!"

　사내는 철조를 독고진에게 겨누었다.

　"내, 파천의 힘을… 보여주리라……!"

사내의 철조가 점점 푸른빛으로 물들어간다.

스스스―

괴기한 소리와 함께 사방에서 바람이 불어오기 시작한다. 미풍에 가까운 잔잔한 바람. 하지만 불길한 기운이 느껴지는 그런 바람이 마치 소용돌이처럼 그의 손으로 빨려 들어가고 있었다.

쾅― 콰콰광!!

광기 어린 포효.

끼이이이―

기괴한 울음소리가 그의 양손을 덮은 철조에서 울려 퍼진다. 소름이 돋을 만큼 섬뜩한 소리였다.

"크흐흐……."

하지만 이성을 잃어서인지, 아니면 그마저도 우스워 보였음인지 독고진의 얼굴에는 어떠한 표정 변화도 없었다.

펑― 펑― 펑― 펑―

사내의 손아귀에서 발출된 곡기 어린 강기들이 주변 지물을 초토화시키며 독고진을 향해 접근해 가고 있었다.

펑― 퍼엉―

무슨 연쇄 폭발이라도 되는 듯, 폭발에 폭발을 거듭하며 푸른 강기들은 점점 커지기 시작했다.

"이제 나도!"

사내가 독고진을 압박하는 동안, 마상평 또한 무언가를 준비했는지 기도가 일변하고 있었다.

구오오오—

전신(戰神)들이 인세에 강림하기라도 한 것일까?

쿠콰콰콰쾅—

일 푼 과장의 섞임조차 없이 진정 '대지'가 흔들렸다.

이미 이곳저곳 불타고 하여 볼품없어졌던 당가 대부분의 건물들은 마치 모래성 무너지듯 폭삭 주저앉아 버렸으며, 깊숙이 뿌리박고 수십 년을 자라온 거목들이 뿌리째 뽑혀 갈기갈기 찢겨졌다.

도저히 인간의 힘이라고는 상상조차 할 수 없을 만한 광경들을 자아내던 두 기운들이 곧이어 독고진에게로 빨려 들어가듯 작렬하였다. 그리고 무슨 심산인지 그때까지도 독고진은 하늘만 올려다보며 무방비 상태로 서 있었다.

콰아앙—!

이제까지와는 비교도 할 수 없을 만한 크기의 굉음과 함께 엄청난 기파를 뿜어내며 적, 청색의 기운이 뒤엉켜 포효하고 있었다.

"후아……."

전력을 다한 일격을 날린 두 사내는 짙게 깔린 흙먼지가 걷히기만을 기다렸다. 인간의 공격이라기보다 자연재해에 가까운 이 기운을 직격당한 독고진은 죽었을 것임이 분명했다.

"크으윽……."

하지만 그 안에서 들려오는 작은 신음 소리에 두 사내는 경악할 수밖에 없었다.

"으으……."

온몸이 피투성이에, 입고 있던 무복은 걸레 쪼가리만도 못하게 되어버린 독고진이 그들의 시야에 들어온다.

"저런……! 말도 안 되는……!"

하지만 두 사내가 확인하지 못한 것이 있었다. 그것은 바로 독고진의 두 눈동자. 원래의 색을 되찾은 것은 아니었지만, 종전의 붉은빛으로 다시 변색되어 있었다.

그의 광기가 어느 정도 사그라지고 이성을 찾았다는 소리였다. 그리고 이것은 독고진의 경악스런 능력이 어느 정도 약해졌음과도 일맥상통했다.

독고진은 입을 쩍 벌리고 굳어 있는 두 사내를 응시하며 조용히 중얼거렸다.

"일단… 이곳을 벗어나야 하겠어……."

독고진의 입가로 핏물이 한줄기 흘러내린다. 적지 않은 내상을 입은 것이었다. 이대로라면… 얼마 더 버티지 못하고 그들의 손에 명을 달리할 것이었다.

중얼거리던 그의 표정이 살짝 굳어졌다.

'이 기운은 뭐지? 강렬한 기운… 또 다른 적인가?

하지만 이내 그의 표정은 편안하게 풀렸다. 기운의 주인공이 누구인지는 몰라도, 최소 자신에게 해가 될 존재만은 아닌 것이 확실하였다.

적의가 전혀 느껴지지 않았기 때문이다.

아무리 자신의 감정을 갈무리할 수 있는 능력의 소유자라도, 이렇듯 커다란 기운을 흘리고 다닐 정도라면 적을 향해 어느 정도 살기가 방출될 수밖에 없었다. 하지만 일체 그런 것이 없던 것이다.

'이렇게 된 이상… 한번 모험이라도 해볼까?

독고진은 웃었다. 일순, 그의 뇌리에 과거가 스쳐 지나갔던 것이다.

"후후… 오랜만이군. 이 저주받은 능력을 사용하는 것도…….”

독고진은 양손에 들었던 검을 검집에 꽂아 넣었다.

"아니, 저 자식이 무슨 수작이지?"

그 모양새를 본 두 사내는 긴장하였다. 그들은 이제 독고진의 모습이 두렵기까지 하였기 때문이다.

독고진은 피식 웃었다.

그는 오랫동안 잊고 살아왔던 흑마력을 펼치려는 것이었다.

"어둠의 종속자… 파괴의 군주여…….”

독고진의 입에서 의미 모를 단어들이 흘러나온다. 하지만 그 어투에서 왠지 모를 사이함이 느껴지고 있었다.

우우우웅―

그리고 그의 주위로 묵빛의 기류들이 스멀스멀 피어나기 시작한다.

"나의 피로써 그대에게 명하노니……."

쿠오오오!

지축이 흔들리기 시작하였다. 지금까지 격돌의 여파로 부서져 있던 대지의 파편들이 독고진을 위시하여 허공으로 떠오르기 시작하였다. 그야말로 자연의 섭리를 거스른 장관이 연출되고 있었다.

"이 하늘 아래 모든 것을 한 줌 재로 만들어……."

쿠구구궁―

이제는 멀쩡하던 지면에서 뜨거운 열기마저 느껴진다. 그 모양을 지켜보던 두 사내는 낯빛이 시커멓게 변하였다. 어찌해야 할지 갈피가 잡히지 않는 듯 보였다.

"어둠의 산하로 묻어버리거라!"

땅이 갈라지기 시작했다. 이미 이곳저곳 파이고 부서지고 황폐화된 지면이었지만, 이제는 무슨 지진이라도 난 듯 갈라지고 있는 것이다.

쩌억― 쩍!

커다랗게 갈라져 벌어진 그 사이로는 묵빛의 기류들이 스멀스멀 피어오르기 시작한다.

"회주님! 피해야겠소!"

멍하니 바라만 보고 있는 중년인과는 달리 현 상황을 인지

한 마상평이 소리쳤다.

"으으……."

도무지 믿기지 않는다는 듯 중년인은 이를 뿌드득 갈며 독고진을 노려보았다.

"빨리!!"

마상평이 그의 손을 잡아끌었다.

"저 녀석, 지금 정상적인 상태가 아닙니다. 이 기괴한 현상만 잠시 피한 연후에 잡아 족치면 될 거란 말이오! 이 공격을 고스란히 맞아준다는 건 미친 짓이오!"

콰아앙!

그들의 발아래로 폭발이 일어난다. 그제야 정신을 차린 중년인은 다급히 신형을 날렸다.

타탓—

두 사람은 필사적으로 독고진의 공격 범위를 벗어나기 위해 뛰었다.

'이 공세만 끝난다면 저 녀석은 더 이상 힘이 남지 않을 것이다.'

마상평은 속으로 중얼거렸다. 그리고 그 판단은 매우 사실에 근접한 것이었다.

스팟—

묵빛 기류가 그들을 빨아들일 듯 옥죄어왔다. 그리고 두 사람은 가까스로 그것들을 피해내고 있었다.

허공을 부양하던 대지의 파편들이 비산한다. 제각기 커다란 폭발을 연출하며 허공을, 푸른 하늘을 암흑으로 물들였다.

타타타타탓—

날카로운 파편들이 두 사내를 향해 쏟아져 내려간다.

찌이익—

이미 너덜너덜해진 그들의 옷자락 사이로 파고들어 간 파편들은 그들의 살갗을 수십 갈래로 찢어놓았다.

마상평은 괴로워 미칠 것만 같았다.

내력으로 어느 정도의 강기를 유지하고 있어 큰 상처를 입지는 않았지만, 피부에 수십 갈래의 자상이 생기는 것은 적지 않은 고통을 동반했기 때문이다.

콰아아!

독고진을 중심으로 퍼지던 폭발은 사방으로 밀려 나가고 있었다.

그야말로 독고진의 주위 환경은 삭막하게 변해갔다.

그리고 한동안 손을 모으고 흑마력을 뿜어내던 독고진은 힘없이 털썩 주저앉았다.

"후후……."

자신으로 인해 흔적도 없이 사라진 당가의 터전을 둘러보던 독고진은 자조 섞인 웃음을 지어 보였다.

'어차피 그들의 손에 더럽혀질 곳이라면… 차라리 지워 버리는 게 나은 것…….'

애써 자신을 위안한 그는 씁쓸한 웃음을 흘렸다.

그리고 몸을 지탱할 일체의 힘조차 남지 않았는지 그는 그 대로 바닥에 몸을 뉘었다.

휘이잉—

그의 두 눈이 천천히 감긴다. 그리고 정신을 잃기 직전, 백색 섬광을 발견한 그는 편안한 웃음을 지어 보였다.

第七章
비화(秘話)

죽은 자의 영혼과 사람의 심혼(心魂)을 다루는 흑마법사 무림에 환생하다!

마왕의 힘을 배워 9클래스의 마법 경지를 넘어서고, 절대의 무공 경지에 들다!

그를 기다리는 건 무림사에 더없을 멸겁의 종말, 새황 오대천의 살혼마신!

“조금만 더 서두르자! 단주님께서 위험하실지도 모른다.”

단리철에게서 오대천에 대해 조금 더 자세히 들은 위지천은 마음이 급했다.

아직까지 정이 많이 들거나 한 것은 아니었지만 어쨌든 신임단주다. 그리고 얼마 전 전투에서 그는 독고진에 대한 신뢰를 적잖이 쌓았다.

걱정되는 것은 당연한 것이다.

“그런데 위지 부단주, 그렇게 대단한 곳이라면 우리가 단주님께 도움이 될 수 있겠소?”

얼마 전, 독고진의 무위를 직접 겪어본 다섯 중에 한 명, 좌구한(左丘邯)의 말이었다.

"그래도 모르는 일이지… 어쨌든 밑져야 본전 아닌가?"

"후후……."

좌구한의 입에서 작게 웃음이 흘러나온다.

'독고진이라…….'

*   *   *

"허어… 이 무슨……!"

청성의 장로 유연(柳聯)의 입에서 어처구니없다는 듯한 탄식이 새어 나왔다.

그것은 그의 뒤로 늘어서 있는 청성의 무인들에게서 또한 볼 수 있는 공통된 반응이었다.

그들의 앞에 펼쳐진 광경. 그것은 도무지 상상조차 할 수 없는 폐허였다.

"이곳이 정녕… 당문……?"

한 무사가 무엇에 홀리기라도 한 듯 중얼거렸다. 정말 충격적이기 그지없는 풍경이었다.

집터였다는 것만을 간신히 알아볼 수 있을 만큼 황폐한 풍경. 기둥들은 뽑혀 이리저리 나뒹굴고 있었으며, 대체 어떻게 만들어진 상황인지 죽은 사체들은 이곳저곳 거꾸로 박혀 있기도 하였고, 뿌리까지 다 뽑힌 나무가 곤죽이 되어 있기도 하였다.

"허허……."

유연은 아무런 말도 할 수 없었다. 그저 헛웃음만 지을 뿐.

"청성의 제자들은 듣거라!"

판단이 늦은 자신의 탓이라 생각한 것일까? 유연의 목소리는 조금 떨리고 있었다.

"이곳을 출입 제한 지역으로 제한하고 전력을 동원해서 당문 식솔들의 사체를 찾아낸다. 형체가 조금이라도 남아 있는 것들은 전부 제를 올려줄 것이다."

잠시간의 정적. 그리고 멍하니 있던 청성의 제자들은 일제히 대답하였다.

"알겠습니다!"

그리고 제자들이 움직이려는 찰나, 유연의 말이 다시금 이어졌다.

"그리고 일대제자들은 듣거라."

그러자 제자들 사이에서 열댓 명 정도의 사내들이 앞으로 나섰다. 어림잡아 삼십대 정도 되어 보이는 사내들이었다.

"예, 사숙 어른."

"너희들은 반으로 나뉘어 한쪽은 이 이해할 수 없는 폐해의 원인을 찾아보고, 다른 한쪽은 독고진 소협의 행방을 찾는다. 독고 소협과 이야기할 일이 많다."

그들은 고개를 숙여 보였다.

"그리하겠습니다, 사숙."

그리고 잠시 멈칫하던 유연은 한마디를 더 꺼내었다.

"그리고… 그럴 리는 없겠지만… 저 폐허 안에 독고 소협이 묻혀 계실지도 모른다. 일단 너희들도 폐허부터 먼저 수색하거라."

*　　　*　　　*

음침한 방. 아니, 객관적으로 놓고 보았을 때 무척이나 푸근한 풍경의 방이다.

하지만 음침하다?

그 이유는 다른 것이 아니었다. 바로 방 안에 흐르는 기류가 그러한 것이었다.

"호오……."

장내의 정중앙, 그러니까 가장 상석에 앉아 있는 사내의 입에서 감탄에 가까운 음성이 흘러나온다.

그리고 잠시간의 정적.

"구 회주, 그게 정말인가?"

금빛으로 번쩍번쩍 빛나는 거도를 등에 멘 사내가 그 건너편에 앉아 있는 중년인에게 물었다.

"그렇소. 극성의 파천귀문조법에 혈류폭까지 직격당했는데도 그는 오히려 우리를 밀어붙였소. 처음 보는 무공. 아니,

괴이한 술법이라 해야 하나? 어쨌든 나는 당황스럽기 그지없었소이다. 그런 괴물 같은 자가 존재하다니… 물론 조금 더 끌었다면 그는 우리에게 죽었을 테지만……."

장내는 다시 침묵에 잠겼다.

"흐음… 정말 놀라운 소식이군. 혈류폭은 그렇다 쳐도, 귀문조법을 몸통으로 받아내는 무식한 인간이 있을 줄이야. 그런데 대체 왜 그를 죽이지 못했나?"

금빛 도포를 온몸에 두른 날카로워 보이는 인상의 노인이 중년인에게 물었다.

"그의 괴이한 술법이 끝나고 우리는 기력을 쇠진하여 쓰러지는 그를 발견하였소. 당연하겠지만, 그를 죽이기 위해 다가갔고. 그런데… 그때 '그'가 나타난 것이오."

그 말에 시종 귀찮다는 표정으로 일관하고 있던 상석의 사내의 표정이 완전히 달라졌다.

"'그'라니? 구 회주, 정확한 이야긴가?"

흥분한 표정이 되어 묻는 그를 보며 중년인은 고개를 끄덕였다.

"그렇습니다, 천주. 확실히… '그'였습니다. 다른 누구도 아닌 백리명 그……."

"허어……."

천주라 불린 사내는 적잖이 흥분한 듯 보였다. 아무래도 '백리명'이라는 누군가의 이름이 그를 흥분케 만든 것 같았다.

“그런데 구 회주, 백리명… 그자가 그 괴상한 녀석을 데리고 사라졌다면… 혹시 그는 백리명의 제자가 아닐는지요?”

장내의 홍일점이라 할 수 있는 한 여인의 물음에 구 회주라 불린 사내는 고개를 설레설레 저었다.

“나야 모르겠네만… 혹시 모르는 게지. 정말 그럴지도……. 하지만 아무리 백리명이라 해도 그런 괴물을 키워낼 수 있을지는 의문이네.”

가장 상석에 앉아 있는 ‘천주’ 라는 사내가 그의 말에 답했다.

“백리명의 능력은 그대들의 예상을 훨씬 상회할 것이다. 그를 얕보지 마라. 그리고 가장 중요한 것은… 그가 우리에 대한 것을 많이 알고 있다는 것이다. 그가 나서기 시작했다면… 조금 더 서두를 필요가 있다.”

＊　　　＊　　　＊

“아가야, 정신이 드느냐?”

정신이 혼미하다. 마치 꿈을 꾸는 것만 같기도 하며 뭔가 아찔한 기분이 드는 것 같기도 하다.

독고진으로서는 색다른 경험이었다.

“푸헐… 그만 눈을 뜨거라, 괴물 같은 녀석아. 이미 깨어 있다는 걸 다 알고 있느니⋯⋯."

환청이라고 여겼건만, 이번에는 분명 다른 목소리가 귓전을 스쳐 지나갔다. 두 목소리 모두 나이 지긋한 노인의 것이었다. 차이가 있다면, 두 번째 목소리는 첫 번째에 비해 장난기가 다분히 어려 있다는 점 정도였다.

"크으으⋯⋯."

독고진의 입에서 작게 신음 소리가 흘러나왔다.

우드드득—

뼈마디가 엇나가면서 나는 소리. 조금은 괴로운지 독고진의 표정이 일그러졌다.

"노인장께서⋯ 저를 구해주셨던 그 새하얀⋯⋯?"

횡설수설하는 독고진이었지만 의미 전달만큼은 정확했는지 그의 앞에 앉아 있던 노인은 빙긋 웃어 보였다.

"그래, 그 새하얗던 노인네가 바로 나이니라."

새하얀 노인네라기보단 그저 한줄기 백색 섬광에 가까웠던 모습으로 독고진에게는 기억되어 있었지만 아무렴 어떠랴, 어찌 되었든 자신을 구해준 은인인데.

"늦었지만 감사합니다, 어르신. 덕분에 이렇게 숨이 붙어 있군요."

독고진의 말에 두 노인은 뭐가 그리 웃긴지 껄껄 웃었다.

"허허. 노옴! 말은 똑바로 하거라. 내가 그쪽으로 가지 않았더라면, 너는 마지막의 그 괴이한 술법을 쓰지 않고 그냥 도주했을 테지. 그랬더라면 역시 너는 지금처럼 숨이 잘만 붙어 있을 테고. 아니 그렇느냐?"

그 말에 정곡을 찔린 듯 독고진은 멋쩍은 표정을 지었다. 되지 않을 거라는 것을 잘 알지만, 마지막 발악이라도 하여 한 명 정도는 어떻게 보내볼(?) 심산으로 펼쳤던 흑마법인 것이다.

"뭐… 하핫. 어쨌든 정말 감사합니다, 어르신."

독고진의 감사 인사에 노인이 대답하려는 찰나, 그들의 앞으로 한 승려가 불쑥 나타났다. 역시 나이가 지긋해 보이는 노승이었다.

"뭐, 네가 감사할 필요는 없다. 어차피 그들은 저 백리가 녀석의 평생 숙적이라 할 만한 녀석들. 네가 대신 싸워주었으니 오히려 백리가 녀석이 네게 고마워해야 하는 것……."

나름 간략하고 일목요연(?)한 설명이라 자부하는 노승, 하지만 독고진은 그저 멀뚱히 두 사람을 번갈아 쳐다보기만 하였다. 대체 이 갈피를 잡을 수 없는 노인네들은 정체가 무어란 말인가?

"저기… 죄송합니다만, 어르신들."

독고진의 조심스런 부름에 두 노인은 동시에 고개를 돌렸다.

"헐헐… 어려워하기는. 말해보거라."

노승의 대답에 용기를 얻었는지(?) 독고진의 말이 이어졌다.

"혹시 제가 두 분 어르신의 존함을 알 수 있을까요? 은인의 존함 정도는 알아두고 싶어서 말입니다."

그리고 별것 아니라는 듯 뒷머리를 긁적거리며 노승과 독고진의 대화를 방관하고만 있던 노인이 입을 열었다.

"뭐, 그거야 어렵지 않지. 여기 본인은 명이라는 이름을 가진 노인네고, 저 땡중은 혜원이라는 녀석이다."

그에 잠시 어이없다는 표정을 짓던 독고진은 잠시 후 얼굴색이 달라졌다. 무언가 생각나는 것이 있는 듯하다.

"혹시… 검황, 권황 어르신……?"

검황과 권황. 독고진이 이들을 생각하게 된 이유는 그리 어렵지 않은 것이었다. 머리를 박박 밀지는 않았지만 승복을 두르고 염주를 걸고 있는 스님과 선풍도골의 노인. 게다가 그들의 무공 수위는 독고진으로서도 측정이 불가능한 수준이었다. 흑마법까지 사용한다면 질 거란 생각은 들지 않았지만, 그렇다손 치더라도 이만한 능력을 가진 노인네들이 현 무림에 여럿 있을 리 없었다.

하지만 역시 결정적인 것은 그들 두 사람의 이름. 그것은 검황, 권황의 이름과 일치했다.

검황 백리명과 권황 혜원 선사.

이렇게까지 단서가 나왔는데도 짐작치 못한다면 그것은 바보이리라.

"허허… 그 칭호가 아직도 무림에 사용되고 있던가……."

과거를 회상하는 듯 푸근한 표정이 되는 백리명이다.

"과거 우리가 검황과 권황이라 불리었던 적이 있긴 하구나. 하나 그것은 그다지 중요하지 않은 것. 지금은 더욱 중요한 일들이 있지 않느냐."

그의 말에 독고진은 멈칫했다. 이들도 오대천의 존재에 대해 알고 있단 말인가?

독고진은 두 노인을 바라보았다. 자신과 공유하고 있는 것이 있는 사람들. 왠지 그렇게 느껴진다.

그는 힘겹고 답답한 가슴을 누구에게라도 털어놓고 싶었다.

"알려주십시오. 제가 이제 어떻게 해야 할지를……."

뜬금없는, 아무 생각 없이 듣기에는 당황스럽기 그지없는 독고진의 한마디. 하지만 백리명은 인자한 미소를 지어 보였다.

독고진의 말에서 충분히 의미 전달이 잘되었음이다.

그리고 무언가를 생각하는지 잠시 눈을 감고 있던 백리명은 천천히 뒤를 돌아보았다. 혜원이 있는 자리였다.

"혜원, 이 아이에게 말해주어도 되겠지? 아니, 해주어야만 하려나?"

그에 혜원은 천천히 고개를 끄덕였다.

"그렇겠지. 이미 만옥환이 누렇게 변했으니… 우리들의 힘만으로는… 역부족일 게야."

독고진은 그들이 무슨 말을 하고 있는 것인지 당최 알 수가 없었다.

하지만 하나만은 분명했다.

그들이 자신에게 도움이 될지언정 해를 끼치지는 않을 것이라는 것. 그리고 막막하기만 하던 앞길에 어느 정도 방향을 제시해 줄 것이라는 것.

"아가야, 네가 우리의 이야기를 듣는다면 너는 어떠한 상황에서도 그들과 정면에 맞서야 한단다. 책임이라는 것이 생기기 때문이지. 하지만 우리의 이야기를 듣지 않는다면, 그들의 세상이 도래하더라도 숨어 살면 그만이니라."

아직까지도 붉은 상태인 독고진의 눈동자를 뚫어지게 쳐다보며 백리명은 말을 이었다.

"대신 이 이야기를 들으면 그들을 상대하기가 조금은 더 수월해질 터."

생각을 정리하는지 눈을 감은 독고진에게 이번에는 혜원의 목소리가 들려온다.

"어떻게 하겠느냐, 아이야. 이야기를… 듣겠느냐?"

*　　　*　　　*

털썩—

당진천은 주저앉았다.

"흑… 흐윽……."

지금 그의 심정은 비참, 그 자체였다. 무슨 말이 더 필요할까?

"가주님……."

맨바닥에 주저앉아 오열하는 그를 보며 그 옆에 서 있던 무사들은 뭐라 말을 해야 할지 모르겠는지 아니면 목이 메어 말을 못하는 것인지 말을 잇지 못했다.

"다… 다 내 잘못이다. 내 실수로 가솔들이 전부 다 죽었다. 게다가 당가의 터전은 송두리째 날아갔어……."

그는 초점 없는 눈으로 멍하니 허공을 응시했다. 퀭한 그의 눈빛에는 허탈함과 슬픔 등, 수많은 감정들이 뒤엉켜 어지러이 깔려 있었다.

"아닙니다. 가주님의 잘못이 아닙니다. 그런 일이 벌어질 줄 어찌 알았겠습니까?"

무사의 말이 맞았다. 이는 전혀 당진천의 잘못이라 할 수 없었다.

오히려 당진천은 잘한 것이다. 그가 당가의 주력 무사들을 전부 끌고 나가지 않았더라면 그들마저 개죽음당했을 것이다. 그들이 있었든 없었든 싸움의 승패는 이미 정해져 있었던 것이다.

아무런 말 없이 멍한 표정으로 가만히 있는 그를 보며 옆에 있던 무사가 또다시 거들었다.

"원로원의 본 가 최고수이신 선배님들까지 속수무책으로
당하셨습니다. 이는 가주님 잘못이 아닙니다. 그 어느 누구라
도 이러한 사태를 예측할 수 없었을 겁니다."

분명히 맞는 말이다. 진천 또한 그렇다 생각하고 있었으
며, 그로서 애써 위안하고 있었다. 하지만 이성적으로는 이
해가 되되 그의 감성은 현 상황을 받아들이지 못하고 있었
다.

"한천아… 흑……."

진천에게 현 상황 전부가 이해하기 힘든 것은 사실이다. 하
지만 나머지는 그렇다 쳐도 한천이 죽은 상황은 이해할 수가
없었다.

대체 왜 제갈사하가 그를 죽였단 말인가? 그녀와 한천은
금슬이 좋기로 유명했던 부부였다.

"가주님, 맹주님께서 맹 회의를 소집한다 하시니, 일단 그
때까지 기다려 보십시오. 그때가 되어보면 뭔가 알 수 있을
겁니다."

＊　　　　＊　　　　＊

위지천은 작금의 상황에서 뭘 어떻게 해야 할는지 감조차
잡히지 않았다.

현재 그가 있는 곳은 사천무림맹의 귀빈 처소. 그리고 그의

앞에는 백도무림맹의 맹주인 단리철과 독고진의 처인 당소
소, 그리고 청성의 유연 장로가 앉아 있었다.

그중에서도 소소의 모습은 그야말로 가관이었다. 손에는
독고진이 백리명에게 납치당하기(?) 전 떨군 청사신검을 들
고 있었으며, 초점 없는 눈에 멍한 표정을 하고 있었다.

"허어… 유연 장로, 독고 단주는 아직도 찾지 못한 것입니
까?"

단리철이 백도무림맹의 총맹주이기는 하지만, 유연 등의
장로들은 그보다 배분상으로는 높기 때문에 공대를 하는 것
이었다.

"그렇소, 맹주. 아직까지 폐허의 중심부에서 발견한 저 검
외에는 독고 단주의 흔적을 하나도 찾지 못했소이다."

"허허… 이런 낭패가……."

차라리 아무런 흔적도 남지 않는 것이 나을 뻔했다. 독고진
이 검을 그냥 버리고 갔을 리는 없는 노릇. 그렇다면 그가 어
느 정도는 당했다는 이야기가 되고, 최악의 경우 죽었을 가능
성도 적잖이 생겨 버리는 것이었다.

그나마 다행이랄 만한 것은 아직까지 발견된 것이 검 하나
뿐이라는 것이다.

"하아……."

소소의 입에서 한숨이 흘러나온다. 너무 기가 막혀 눈물조
차 나오지 않는 그녀이다.

하루아침에 가문이 몰락했다. 그녀의 하나밖에 없는 오라비가 명을 달리했으며, 모든 가솔들이 폐허에 파묻혀 버렸다. 게다가 부군인 독고진은 생사조차 불확실하단다.

"걱정 마십시오, 부인. 단주께선 멀쩡히 살아계실 겁니다."

위지천이 해줄 수 있는 말은 이것뿐이었다.

＊　　　＊　　　＊

백리명의 이야기는 생각보다 구체적이었다.

"오대천의 주인은… 아마 헌원광이라는 이름을 지닌 나의 사형일 것이란다."

의외의 이야기에 놀란 표정이 된 독고진을 보며 백리명은 웃었다.

"우리는 용천문의 직계였지."

독고진의 입이 쩍 벌어졌다. 말이 그렇다는 것이지만, 그 정도로 독고진은 놀랐다.

용천문(龍天門)이라 함은 고금을 통틀어 단 한 번 천하제일이라는 수식어를 사용했던 문파의 이름이었다. 벌써 이백여 년 전부터 강호에서 홀연히 자취를 감췄던 문파.

헌원광(軒轅狂)과 백리명(百里明)은 용천문이라는 같은 사문을 지닌 한 스승 아래 무(武)를 배운 사형제였다. 그리고 그 스승은 용천문의 문주였다.

"하지만 나와 사형은 이미 오래전부터 사이가 좋지 않았단다. 말하자면 앙숙… 이랄까?"

독고진은 백리명의 이야기에 천천히 빠져들고 있었다. 이백여 년이 지난 지금까지도 강호인들의 뇌리 한구석에 자리 잡고 있는 이름.

그는 지금 용천문의 비사(祕事)를 듣고 있는 것이었다.

"이야기를 시작하기 전에… 먼저 용천문에 대한 잘못된 인식을 하나 알고 넘어가야 할 것이 있다."

"그것이 뭡니까?"

"세인들의 기억에 남아 있는 것과 달리, 용천문은 공명정대한 정파가 아니라는 것이다."

파격적이기 그지없는 발언이다. 용천문은 모든 강호인들의 우상이라 할 수 있을 만큼 협(俠)에 목숨을 걸고, 협에 의하여, 협으로서만 움직이는 그런 문파였다. 그런 용천문이 정파가 아니라 함은, 과장되게 말하자면 보편적 개념 하나를 송두리째 뒤집어 버리는 것이라 할 수도 있었다.

"하지만 그렇다고 사파도 아니지. 용천문은 특이한 문파란다. 정과 사가 한데 어우러져 있는… 겉으로만 공명정대를 표방하던 문파였지."

독고진은 그저 듣기만 하였다. 궁금한 것을 일일이 물어보자면 끝도 없을 것 같았기 때문이다.

"용천문에선 개개인에 대한 신경을 전혀 쓰지 않았단다.

심지어는 용천문도가 대마두라 불리어 손색이 없을 만한 악행을 서슴없이 자행해도 아무런 제재를 가하지 않았지. 그가 용천문도라는 것이 세간에 밝혀지지만 않는다면 말이야. 이것이 가능했던 이유는 용천문이 그 실체를 잘 숨기고 있었기 때문이란다. 지금도 용천문 하면 천하제일문이라는 수식어와 신비문파라는 수식어가 같이 따라붙는 이유도 거기에 있지.”

잠시 뜸을 들인 그는 말을 이었다.

“그러니까 용천문의 가장 중요한 규율 중 하나가 개개인의 자유를 그 누구도 방해할 수 없다는 것이었단다. 용천문이라는 이름에 누가 되지만 않는다면 말이야.”

놀라운 이야기들이 쏟아져 나오고 있었다. 백리명의 말 하나하나가 강호에 엄청난 파장을 불러올 수 있을 만한 것들이었다.

“그리고 나의 사형은 그런 규율을 무척이나 잘 이용하고 다녔던 문도들 중 하나였지.”

오대천주, 헌원광을 말하는 것이다. 독고진은 그의 다음 말을 기다렸다.

“아이야, ‘살혼객’ 이라는 별호를 알고 있느냐?”

살혼객은 오십여 년 전부터 정사대전 당시까지 무림을 피바다로 몰아넣었던 대마두의 별호였다. 그리고 당연하겠지만, 독고진은 그 별호를 들어본 일이 있었다.

“대략적으로 들어는 보았습니다.”

그의 말에 백리명은 씁쓸히 웃었다.

“후후… 내 사형이 바로 그 살혼객이란다. 그러니까 살혼객은 용천문의 문도였던 게지. 그것도 문주의 대를 이을 직계.”

이제 더 놀랄 것도 없었다. 독고진은 묵묵히 그의 이야기를 듣고만 있었다.

백리명은 그런 독고진을 보며 인자한 미소를 지어 보였다. 하지만 그 미소는 어쩐지 허탈함을 머금고 있는 듯했다.

“어릴 적 나는 잘 알지 못했단다. 사형이 어떤 사람인지를 말이야. 용천문의 모든 문도들이 그랬던 것처럼, 나는 나와 마음이 맞지 않는 문도들은 물론 사형제들에게조차 일말의 관심도 가지지 않았었단다. 대사형 헌원광… 모든 용천문도들과 다를 바 없이, 내게도 그저 다음 대 용천문주가 될 그런 사람일 뿐이었지.”

이야기를 이어가는 백리명의 표정은 겉으로 보기에는 무표정할 뿐이었다. 하지만 자세히 본다면 그의 주름진 눈매는 가늘게 떨리고 있었다.

이미 오래전의 이야기일 뿐이었지만 사문의 치부랄 수 있는 것이었다. 아무런 거리낌 없이 이야기할 수 있을 만한 것은 아닌 것이다.

“하지만 나이가 들면서 나는 대사형이 어떤 짓을 하고 다니는지 알게 될 수밖에 없었단다. 그것도 들려오는 이야기를 통해서일 뿐이었지만 말이야. 그리고 결정적으로… 나는 보고야 말았단다.”

독고진은 두 눈에 이채를 띠었다. 이제부터가 진짜라는 생각에서였다.

“어느 겨울날… 나는 대사형이 저지른 만행을 두 눈으로 똑똑히 목격하고야 말았지. 그 일이 본 문에서 얼마 떨어지지 않은 곳에서 일어난 일이기에…….”

그 당시를 회상하는지 그의 표정은 적잖이 굳어 있었다.

“정말 그는… 악행을 위해 악행을 하는… 그런 사람이었단다.”

감정이 격해진 백리명은 장황히 당시의 상황을 설명하였지만, 그 요(要)는 간단했다. 헌원광에 의해 적지 않은 규모의 한 마을이 몰살당했다는 것이다.

그는 그전까지도 헌원광의 이러한 만행에 대해 수없이 들어왔었다. 하지만 이야기로 들을 때와 직접 눈으로 보는 것은 차원을 달리했다. 심지어는 힘없는 노인은 물론이요, 갓 태어난 어린아이까지 하나도 빠짐없이 몰살당한 것이었다. 사문으로 돌아오는 자신의 길을 방해했다는 이유 하나만으로.

“나는 이건 아니라고 생각했다. 그전까지는 자유분방이라는 명목하에 이러한 악행이 저질러진다는 것을 들으면서 그저 ‘그럴 수도 있는 것이다’라는 안일한 생각만을 가지고 있었지만, 사형의 만행을 직접 목격하고 난 후 며칠간은 잠도 이루지 못했었지. 용천문의 직계제자라고는 하지만, 나 또한 평범한 무림의 고수들 중 하나일 뿐이었으니까. 평범한 건 아닐지도 모르겠군. 당시 나는 벌써 검왕이라는 칭호를 달고 다녔었으니… 무림에서 나는 백리세가의 특출난 인재, 검왕 백리명이었다. 최연소의 나이로 검왕이라는 위를 얻은. 하지만 용천문의 직계라는 신분보다는 충분히 평범한 칭호였지."

뒷내용은 그다지 중요한 것이 아니었다. 마음이 급해진 독고진은 그를 재촉했다.

"그래서 헌원광을 죽이려 하기라도 하신 겁니까?"

독고진의 물음에 백리명은 고개를 절레절레 저었다.

"그건 아니란다. 내가 생각한 것은 사형의 문주 직위를 막아야겠다는 것이었지. 사형이 문주가 된다면… 어쩌면 용천문 전체가 그렇게 타락해 버릴지도 모른다는 생각이 들었기 때문에 그런 결심을 한 것이고."

"그렇군요……."

대답은 하지만 독고진은 이미 용천문 전체가 타락해 있었다 생각하고 있었다. 필요악이 아닌 순수 '악'을 방관한다는 것은 그 자체로 이미 타락한 것이니까.

"이제부터 오대천에 관련된 이야기다. 잘 들어야 할 게야."

옆에서 조용히 앉아만 있던 혜원의 말이었다. 그 급작스런 말에 독고진은 다시 백리명의 이야기에 집중하기 시작했다.

그에 쓸쓸한 웃음을 지어 보인 백리명은 이야기를 이어갔다.

"내가 선택한 것은 용천문의 오대봉인을 풀어 그 힘으로 용천문을 장악하려는 것이었다. 이미 내게 동조하려는 세력들도 상당수 있었지. 우리는 진정한 협의 길을 걷는 용천문을 만들고 싶었던 게다. 하지만 사형은 내 계획을 알아차리고 봉인된 힘을 탈취하려 했지. 그리고… 용천문은 반으로 나뉘어 내전을 치러야 했다. 세간에는 아마 이것이 용천문과 과거 오대천 사이의 전투로 기억되고 있겠지만……."

결국 용천문은 끝까지 그 어두운 면을 숨긴 것이다.

이야기가 이어질수록 백리명은 어딘지 모르게 힘겨워하는 듯 보였다.

"나는 사형을 이겼고, 우리는 봉인된 힘이 다시는 쓰이지 못하도록 다섯 구의 내력을 각기 다른 다섯 기보 안에 봉인하였지. 후우… 세부적인 내용은 상상에 맡기도록 하겠다. 어차피 여기까지의 이야기만 알아도 내가 지금부터 설명하려는 것들을 듣는 데 하등 문제가 없을 테니 말이다. 상관없겠지?"

끝까지 다 듣고 싶긴 하였지만 본인이 꺼려하는 것을 굳이 캐묻고 싶지는 않았다.

"전 괜찮습니다. 말씀하십시오."

"그래. 그럼 잘 듣거라. 일단 너도 짐작했겠지만 용천문의 오대봉인이 현 오대천과 동일한 것이란다. 용천문이 천하제 일문으로 수백 년 동안 군림할 수 있었던 원천이지. 오대천의 힘을 봉인하고 있는 기물은 한 가지란다. 천룡제단(天龍祭壇) 이라는 구형의 제단인데, 그 제단의 일정 범위 내에 다섯 가 지의 내력구가 모이면 힘이 깨어나는 거지. 그러니까 지금으 로선 그 힘이 봉인된 다섯 가지 기물이 모이면 된다는 것이란 다. 하지만 그 전제 조건이 있는데, 그것은 당대의 오대신맥 이 전부 끊어져 있어야 한다는 것이지. 그리고 그 당시… 오 대신맥은 터무니없게도 사형에 의해서 전부 끊어진 상태였단 다. 전부 죽은 거지. 그래서 내 계획도 세워질 수 있었던 거 고.”

조금은 횡설수설한 말이었지만 정말 많은 내용을 담고 있 는 것이었다. 독고진은 단 한 마디도 놓치지 않기 위해 귀를 기울였다.

“그리고 난 그 다섯 기보가 무엇인지 네게 알려주려 한다. 내가 알고 있는 것은 내가 직접 봉인한 세 개뿐이지만, 그것 만으로도 적잖은 도움이 될 것이다.”

독고진은 고개를 끄덕였다. 도움이 되다 뿐인가? 그것은 그에게 있어 꼭 필요한 정보였다.

“세이경청하겠습니다.”

그 말에 백리명은 실소를 흘렸다.

“허허… 세이경청씩이나… 어쨌든 들거라. 우선 첫 번째 내력구는 당시 무가들 중 가장 강한 세를 자랑했던 팽가의 기물인 구룡칠정도에 봉인되어 있단다. 그리고 두 번째 내력구는 화산의 매화지검에 봉인되어 있으며, 세 번째 기보는 아미의 법불상 안에 봉인되어 있단다. 하지만 나머지 두 기보는 사형만이 알고 있어. 그것이 문제이지.”

독고진은 백리명의 이야기를 뇌리에 각인시키다시피 되뇌었다. 이제 무림맹으로 돌아가면 이 기보들을 단리철에게 알리고 최우선적으로 보호해야 할 것이다.

“그래도… 이 세 가지 기보만이라도 잘 지키면 오대천의 힘은 깨어나지 않을 것 아닙니까?”

독고진은 핵심을 지적했다. 그리고 그의 말은 정확했다.

“그래, 맞는 말이다. 하지만 기보 하나하나가 모일 때마다, 그리고 해당 신맥이 끊어질 때마다 그 힘이 가진 내력과 상응하는 무공을 익힌 자의 힘은 더욱 강해질 것인즉… 그것이 문제다.”

독고진은 머리가 아파오기 시작하였다. 간단할 것이라는 생각은 않았지만 이렇게 복잡할 것이라곤 생각하지 못했다.

“기보가 가진 내력과 상응하는 무공… 이란 건 또 어떤 겁니까?”

조금은 짜증 섞인 그의 물음에 백리명은 피식 웃었다.

“녀석… 어지러운 건 나도 마찬가지니라. 어쨌든 내 예를 들어주겠다. 바로 며칠 전, 네가 상대했던 두 녀석들 중 철조를 사용하던 아해 말이다. 그 아이가 사용했던 무공이 바로 파천이라는 내력구의 힘을 가진 무공이니라. 다행히도 파천 신맥이 끊어지거나 그 힘이 깃든 기물은 아직 오대천의 손에 들어가지 않은 듯하구나. 그 정도의 힘이라면……."

독고진은 경악했다. 그가 이기기는 하였지만 조법을 쓰던 그 중년인은 무척이나 강했었다.

더 강해진다면 그로서도 쉽지 않을 것이었다. 물론 십이신장의 존재를 무시하고 천령의 힘을 전부 다 개방한다면 상관없겠지만…….

"그런데 선배님, 그렇다면 그 파천의 무공을 사용하던 중년인과 같은 고수가 넷이나 더 있다는 말씀이십니까?"

그의 말에 백리명은 고개를 끄덕였다. 독고진의 이해가 의외로 빨라서 설명하기가 수월하였다.

"나와 혜원의 힘만으로 부족하다는 것이 괜한 말이 아니란다. 헌원광이야 천의 힘이 전부 깨어나지 않는다면 나와 혜원만으로도 충분히 막아낼 수 있지만, 각성한 다섯 천주들은… 그 한 명 한 명이 우리보다 강할지도 모른단다. 아니, 강할 것이야."

혜원과 백리명은 삼황 중 이 인이었다. 전 무림의 최고수라 칭해지는 이들인 것이다. 그런데 고작 헌원광의 수하일 뿐인 다섯 명 하나하나의 힘이 삼황보다 강하다 함은… 믿을 수 없는 말이었다.

"그렇게… 대단한 겁니까?"

독고진의 표정은 심각했다. 백리명의 이야기는 예상했던 바보다 훨씬 더 경악스런 이야기였기 때문이다.

"그렇단다, 아이야."

말을 하며 백리명은 품속에서 누런 고리 하나를 꺼내어 보였다.

"이 고리가 적색 원색으로 변하면 오대천의 힘은 전부 다 깨어나는 것이란다. 본래 이 고리는 눈이 부시도록 흰 백색이었지. 이 고리가 누렇게 변했다는 것은 이미 오대천의 다섯 개 힘 중 두세 개는 봉인이 풀렸음이라 보아야 한단다. 그리고 모든 봉인이 풀린 후 깨어난 오대천의 힘을 이어받은 헌원광의 힘은 막아낼 도리가 없을 정도로 무섭지. 아니, 막아낼 수 없다고 보아야 하는 게 옳을 게다."

이쯤 되자 독고진의 뇌리에 한 가지 걱정이 일어나기 시작했다. 그것은 바로 켈리어스의 부재. 어찌 된 일인지 몰라도 켈리어스가 그의 부름에 응하지 않는 것이다.

그의 힘에 전부 의존할 생각은 없었어도, 최후의 보루라 생각했던 켈리어스의 존재가 불안하니 찜찜한 것은 사실이다.

"그럼… 어르신께서도 제가 무림맹으로 돌아갈 적에 함께 가주시겠습니까?"

*　　　*　　　*

새벽부터 등천각은 어수선했다.

그 이유는 바로 어제 무림맹으로 날아온 소식 때문일 것이다.

신비 세력에 의해 당문이 몰락하고 그 식솔들은 다 죽었다는 소식. 게다가 그들은 곧 무림맹을 향해 들이닥칠 것이라는 이야기도 있었다.

쉬쉬하고 있었지만 소문이라는 것은 어쩔 수 없는 것인지 이 이야기가 무림맹에 퍼지기 시작하자 덩달아 화산파의 습격 건, 단리혜 암살 사건까지 공공연히 떠돌고 있었다.

혼란에 혼란이 가중되기 시작한 것이었다.

"후우… 대체 이게 다 뭐랍니까? 어쩌다 이런 일이 벌어진 건지……."

소운의 입에서 탄식이 흘러나왔다. 그는 매우 침중한 표정이었다.

"그러게 말이에요. 당문이… 정말 당황스러울 따름이네요."

황보미령의 중얼거림에 모두의 고개가 절로 끄덕여졌다. 사천의 당가라 하면 무림의 한자리를 차지하고 있는 초거대 무가(武家)가 아니었던가?

그런 당가가 하루아침에 몰락 정도가 아닌 폐허가 되어버렸다는 것은… 도무지 믿기 힘든 말이었다.

"후우… 그나저나 저는 걱정이에요. 오라버니께서 무사하셔야 할 텐데……."

소령의 한숨이었다. 그녀는 독고진이 당가의 폐허에서 실종되었다는 사실을 들었다. 입이 떡 벌어질 정도로 파괴된 당가와 그 잔혹한 현장을 아직까지 보지 못한 그녀로서는, 그의 무위를 아는 만큼 그가 어찌 되었을 것이라는 생각은 하지 않았다. 하지만 걱정이 되는 것은 어쩔 수 없었다.

"독고진 소협이야… 무슨 걱정을 하십니까. 그분이 어찌 되셨을라고요."

소운의 말이다. 그는 독고진을 거의 인간 취급도 하지 않고(?) 있었다.

"그러게 말입니다. 저는 그보다 당 소저가 더욱 걱정되는군요. 얼마나 상심이 크실는지……."

아직까지 독고진은 등천각 내에서 평판이 썩 좋지 못하다. 무슨 연유에서인지 몰라도 실력도 검증되지 않은 애송이가 전임 교두에 풍백단 단주까지 맡게 되었다는 사실이 퍼지고 나서부터 쭈욱 그래 왔다. 하지만 여기 모인 이들은 독고진의 진면목을 어느 정도 알고 있었다. 소운같이 직접 경험한 이도 있었지만 대부분 소령을 통해서였다.

"그나저나 적들이 그토록 강하다면… 다른 곳들도 안심할 수 없지 않을까요? 운남에서부터 발호했다니……."

남궁영령의 걱정 어린 말에 그 옆에 있던 능사운이 동조한다.

“그러게 말입니다. 일단 당가로부터 가장 가까운 청성을 시작으로, 감숙의 공동산… 심지어는 바로 섬서로 넘어올지도 모르는 일입니다. 종남과 화산만 지나면…….”

여기 모인 이들 중, ‘그들’의 힘을 가장 지독히 실감한 것이 바로 능사운이었다. 물론 그를 습격한 사내가 신비 세력의 인물이라는 것은 정확한 것이 아니었지만, 그럴 가능성이 농후했고 능사운은 그것을 기정사실화하고 있었다.

그렇기 때문에 이들 중 신비 세력의 발호에 대해 가장 걱정하고 있는 것 또한 능사운이었다.

“바로 무림맹이군요.”

능사운의 결정적인 한마디에 장내에는 싸늘한 침묵이 맴돌았다. 그렇게 생각하니 더 심각하게 다가오는 것이었다.

물론 사천성은 넓고, 그곳에서 섬서 중앙에 위치한 무림맹까지의 거리는 엄청나게 멀다 할 수 있었다. 하지만 과장되게 말하여, 바로 인접해 있는 구역이랄 수 있는 사천성에서 그러한 참사가 발생했다는 사실을 자각하니 절로 긴장이 되는 것은 사실이었다.

“이것 참…….”

답답하다는 듯 중얼거리는 소운의 한마디.

이것은 모두의 심정을 대변하는 듯하였다.

第八章
또 다른 몰락

죽은 자의 영혼과 사람의 심혼(心魂)을 다루는 흑마법사 무림에 환생하다!

마왕의 힘을 배워 9클래스의 마법 경지를 넘어서고, 절대의 무공 경지에 들다!

그를 기다리는 건 무림사에 더없을 멸겁의 종말, 새황 오대천의 살혼마신!

유행이 아닌 자유추구
BOOK Publishing ChungEoram

FOR
GOD

아미산(峨嵋山)의 한 자락.

아미파의 진원지라 할 수 있는 금정봉(金頂峰)의 복호사.
그 처마 위, 가녀린 그림자 하나가 마치 묘기라도 하듯 균형
을 잡고 올라서 있었다.

"후훗, 한번… 시작해 볼까?"

작은 목소리로 중얼거린 그림자는 조용히 움직이기 시작
하였다.

그리고 그것은… 혈란(血亂)의 전주곡이었다.

"천화 사태, 우리 아미도 더 이상 안전하지가 않다네. 그대

도 당가의 폐허를 보지 않았는가? 그건… 인간이 만들어낼 수 있는 광경이 아닐세."

커다란 사당 내부. 밝은 월광 덕에 조금씩 내부 기물들이 보이기는 하지만, 한밤중이라 그런지 새카만 어둠이 장내를 뒤덮고 있었다.

"저도 걱정입니다. 무림이 어찌 되어가려는지… 신니께선 어쩌실 생각이십니까? 그래도 일단 청성으로 지원을 넣어줘야 하지 않겠습니까?"

"그러게 말일세… 휴우……."

두 여승의 대화 소리가 쥐 죽은 듯 조용한 사당의 내부에 울려 퍼진다. 염이라도 하는 듯 그들은 불상을 향해 고개를 숙이고 있었다. 하지만 석가에 예를 올리면서 이야기를 나누는 모습을 보니 불심이 그렇게 깊지만은 않은 모양이다.

"대체 그들은 누구일까요? 사태께서는 짐작 가시는 바가 없으십니까?"

그들의 대화는 당가의 참사에 관한 것이었다.

아미는 사천에 위치하고 있다. 청성만큼 당가에서 가깝지는 않았지만, 그렇다고 해서 멀다고 할 거리도 아니었다.

"그거야 빈니도 알 도리가 없네. 그나저나 운남에서부터 올라왔다는 그 신비 세력이 대체 왜 우리 아미는 그냥 지나치고 간 건지 그 이유를 통 모르겠어. 물론 정황을 살펴보면 고현(高縣)을 지나는 이동 경로라서 직선 경로상에 아미가 걸리지는 않지만, 그래도 마음만 먹는다면 충분히 걸쳐 지나가도 무리가 없을 만한 거리인데. 자네는 어떻게 생각하는가?"

그러고 보니 아미는 당가보다 오히려 더 남쪽에 위치하고 있었다. 운남 땅과 더 가까운 것이다. 그렇다면 '그들' 은 대체 왜 아미를 그냥 지나친 것일까?

스슥―

날렵한 그림자 하나가 기둥 안쪽으로 드리워진 달빛 위로 순식간에 지나간다. 하지만 두 여승은 눈치 채지 못한 듯싶었다.

"호홋, 그 이유가 알고 싶으신가요, 신니?"

낭랑한 목소리. 귀에 익은 목소리이건만 갑작스레 들려오자 당황한 두 여승은 주변을 두리번거렸다.

"게 누구냐?!"

그 물음에 응답이라도 하려는 것일까? 사당 깊숙한 곳, 어두움 안쪽에서 낯익은 인영이 걸어나왔다.

"아니, 유월이 네가 왜 여기에?!"

일단은 당황스럽다는 표정이다. '일단' 은 그것뿐이었다.

"글쎄요… 왜일까요?"

빈정거리는 그녀의 어투. 하지만 두 노승은 일순 섬뜩하다는 느낌을 받았다.

그리고 다음 순간, 그녀들의 이유 모를 불안감은 현실로 다가왔다.

쩌어엉─!

커다란 굉음이 일어난다. 무슨 쇳조각이라도 갈라지는 것인지, 경쾌하다라는 수식어가 붙을 정도로 쩌렁쩌렁 울리는 소리였다.

"월아! 뭐 하는 짓이냐?!"

수십 조각의 쇳덩어리가 되어 비산하는 거대한 불상.

급작스런 그녀의 행동에 당황한 천화 사태가 놀라서 소리쳤다.

"신니께서 왜 '오대천' 이 이곳을 그냥 지나쳤는지… 그 이유가 궁금하다 하시지 않았습니까. 이것이 제 대답이지요."

촤라락─

그녀의 손에 들린 희뿌연 빛깔의 검에서 눈이 부시도록 휘광이 번쩍인다.

그리고 그것은 휘광이 아니었다. 그것의 용도는 '눈이 부시게 하는 것' 이 아니었던 것이다.

퍼엉─!

강기공이다. 그것도 강기를 사용하는 수법들 중 최상위라 알려져 있는 검환이다.

"신녀! 대체 이 무슨 짓인 게냐?!"

두 발의 검환을 가까스로 막아낸 아미의 신니, 멸성의 입에서 분노의 일갈이 터져 나왔다. 그녀의 말은 미세하게 떨리기까지 하고 있었다.

"후훗, 별다른 이유 없습니다. 정말 간단한 이유죠."

별 필요가 없다는 것을 자각했는지, 그녀는 자신의 얼굴에 씌워진 얇은 면사를 걷어내며 말을 이어갔다.

"아미는 오늘부로 잿더미가 될 겁니다. 단 한 사람도… 이 지옥 속에서 살아나가지는 못할 것입니다."

두 여승은 기가 막혀 어떠한 말도 할 수 없었다. 그들은 그저 멍한 표정으로 여인을 바라보았다.

하지만 그것은 치명적인 실수였다.

촤촤촤작―

그 틈을 놓치지 않고 여인, 아미신녀 유월의 손에 들려 신비롭게 발광하고 있는 검에서 새하얀 강기가 발출된 것이다.

"으아악!"

그에 직격당한 천화 사태는 자신의 신분도 잊은 채 괴성을 토해냈다. 가까스로 강기를 키워 막아냈지만, 그녀는 일 장여를 뒤로 날아가 처박혔기 때문이다. 내상도 적지 않았겠지만 추태도 이러한 추태가 없었다.

하지만 그런 것 따위를 신경 쓸 여력이라고는 두 사람에게 존재하지 않았다. 쉬지 않고 유월의 공격이 이어진 것이다.

타탓―

무슨 빛살이라도 되는지, 그녀의 움직임은 날렵함을 넘어선 쾌속 그 자체였다.

"내세에도 인간으로 태어나실 수 있기를."

거의 악담에 가까운 말을 읊조리며 그녀의 검이 종으로 그 어졌다.

촤아악—!

순식간이다.

그야말로 눈 깜짝할 사이였다.

털썩—

천화 사태의 신형이 천천히 바닥으로 스러진다. 그녀의 승 복은 이미 새빨간 피로 온통 젖어 있었다.

그 모습을 본 신니는 그 자리에서 그대로 굳어버렸다. 벌써 수십 년 강호의 칼밥을 먹고 살아온 그녀로서도 처음 보는 믿 기 힘든 신위였던 것이었다.

천화 사태가 어떤 이던가? 당당히 구파일방의 일좌를 차지 하고 앉아 있는 아미파. 이 아미에서도 수위를 자랑하는 무공 을 지닌 여승이었다. 무림백대고수에 직접 이름이 올라 있지 는 않아도, 누구나 그녀가 그 이상의 실력을 가지고 있다는 점에 대해 인정하고 있을 만큼 뛰어난 무공을 지니고 있던 것 이다.

그런 그녀를 일수에 무너뜨린 유월이 인간으로 보이지 않 았다.

"후훗, 그렇게 충격 먹은 표정 하실 것 없답니다, 신니."

처음에는 그저 당황스러웠다.

다짜고짜 불상을 박살 내는 것도 바로 앞에서 보았지만 아무런 제지도 가하지 않았었다. 가하지 않은 것이 아니라 가하지 못한 것이겠지만, 그때까지만 하더라도 신니의 생각은 큰 변함이 없었다. 그냥 신녀가 미치기라도 한 줄 알았다.

하지만 이제는 아니다. 무언가 있다는 생각이 전신을 엄습하였다.

"신니는 그만큼 대접을 해드려야겠지요?"

공포스럽기 짝이 없는 목소리이다. 적어도 멸성 신니에게만큼은 그렇게 들렸다.

"월천(越天)의… 진정한 힘을 보여 드리겠습니다. 영광으로 아시기를."

또다시 중얼거린 그녀는 자세를 또 달리 고치었다. 그리고 그녀의 주위로는 붉은빛의 기파가 천천히 어리기 시작하였다.

"적월신무(赤月神舞)… 붉은 달의 진체를 보여 드리도록 하지요."

멸성 신니는 긴장 어린 표정으로 정면의 유월을 주시했다. 머릿속이 복잡하지만 일단은 살아서 이곳을 빠져나가야 했다.

'조금만 더… 나봉만 빠져나간다면 사자후로 제자들을 불러 모을 수 있다.'

나봉이라 함은 아미팔경 중 하나인 나봉청운의 준말이었다. 이곳은 아미 본산과 거리가 조금 있어서 사자후를 외친다

하여도 본산의 제자들에게까지 들리기는 힘들었다.

그녀가 머리를 굴리는 동안, 유월의 주위로 은은한 광채 같은 것이 짙어지기 시작하였다. 그 붉은 광채에 주변으로 내리비추는 월광까지 전부 붉게 변하기 시작한다.

"흐읍!"

기회만을 엿보던 신니는 유월의 시선이 잠시 다른 곳을 응시하자 곧바로 발을 굴렀다.

타탓—

그녀의 발에서 아미의 상승보법 중 하나인 구전환영보(九轉幻影步)가 펼쳐졌다. 아미의 최상승신법으로는 금강십팔족이 가장 유명하고 그만큼 상승의 묘리를 담고 있는 보법이라 할 수 있었지만, 금강십팔족은 만변을 이용한 공수의 자유로운 변환, 즉 적을 상대할 적에 유리한 신법이지 그 속도가 월등하지는 못하였다. 속도 면에서는 구전환영보가 훨씬 나은 것이다.

"어딜."

유월은 작은 목소리로 뇌까렸다. 아름다운 얼굴과 대비되는 싸늘한 목소리였다.

파팟—

두 사람의 신형이 거의 동시에 하늘로 솟구친다. 생각하고 또 먼저 움직인 것은 멸성 신니였지만, 유월의 순간적인 상황 판단력으로 인해 거의 동시에 뛰어오른 모양이 되어버린 것이었다. 이는 유월의 신법이 더 빠르다는 이유도 한몫하였다.

콰아앙―!

자신의 바로 뒤까지 바짝 쫓아오는 그녀를 발견한 멸성 신니는 뒤를 향해 있는 힘껏 일장(一掌)을 날렸다. 이는 그야말로 탁월한 선택이었다. 유월의 움직임을 저지시킴과 동시에 그 추진력으로 한결 빠르게 나아갈 수도 있다는 이유에서였다. 하지만 그것은 어디까지나 상식적인 상황에서만 통하는 것이었다.

그녀의 양손에서 발출된 장력은 아미의 대표적 상승장법으로 유명한 복호곤룡장(伏虎困龍掌). 그 이름값을 하는지, 엄청난 파괴력을 동반한 장력이 허공을 가로질렀다.

쿠쿠쿵―

그 모습을 본 유월은 실소를 흘렸다. 가소롭기 짝이 없다는 듯한 미소였다.

착―

뽑아 들었던 검을 검집에 꽂아 넣은 그녀는 적수공권으로 장력에 맞서 뛰어들었다.

'적월신무를 전력으로 펼치려면 이 검은 오히려 거치적거리기만 할 뿐.'

처음 그녀가 적월신무를 접할 적, 분명 적월신무는 검을 무구로 사용하는 무공이었으며 또한 그렇게 배웠다. 하지만 법불상의 힘을 완전히 손에 넣고 극성의 적월신무를 익혀낸 직후, 그녀는 그것이 잘못되었다는 것을 깨달았다.

"세상 만물이 곧 나의 검날이 되어줄 수 있음을……."

멸성 신니는 온 세상을 비추는 월광이 일순 붉게 변한다는 착각이 들었다.

퍼어엉―

놀라움의 연속. 붉게 내리쬐는 달빛은 어느새 붉은 칼날이 되어 멸성 신니의 장력을 반으로 갈랐다. 환상 같은 장면이었다.

"으으……."

그 광경을 목격한 신니는 젖 먹던 힘을 짜내어 신법을 전개하였다.

'보인다! 저 봉우리까지만 올라가면… 사자후로 어떻게든 해볼 수 있을 거야!'

사실 눈앞의 봉우리에 다다른다 하더라도 아직까지 아미 본산과는 턱없이 먼 거리였다. 그녀의 사자후가 미칠지는 미지수였지만, 지금 그녀는 그렇게라도 믿고 싶었다.

그녀의 마지막 희망이었다.

하지만 유월은 그 마지막 희망마저도 그녀에게서 빼앗아 갈 심산인 듯 그녀와의 거리를 더욱 좁혔다.

"적월추혼강(赤月追魂罡)!"

그녀의 입에서 나직한 목소리로 한마디가 흘러나온다. 그리고 신니는 그 목소리에 섬뜩함을 느껴야 했다.

쐐애애애액—

허공을 가르는 날카로운 파공성. 하나의 음색만으로도 소름이 돋을 지경인데, 수십 갈래의 붉은빛을 띤 강기 다발이 그녀를 쫓아오고 있었다. 그 파공성만으로도 공포스럽기에 충분했다.

"후훗, 어리석은 짓 하지 말아요. 당신이 저 달 아래 있는 한… 추혼강의 추격에서 벗어나는 것은 불가능하답니다."

속삭이듯 들려오는 유월의 목소리. 그리고 멸성 신니는 눈을 질끈 감고 말았다.

콰콰콰쾅—!

마지막 발악이었을까? 멸성 신니의 몸에서 푸르스름한 강기가 흘러나온다.

하지만 그것도 잠시뿐, 순식간에 소멸되어 버린 강기를 지나 수많은 추혼강이 그녀의 몸을 난자하고 지나갔다.

털썩—

잔인하기 그지없는 광경.

구파의 일좌를 차지하고 있는 아미의 수좌라 할 수 있는 멸성 신니가 이렇게 무기력하게 쓰러졌다는 것을 세인들이 본다면 경악에 경악을 거듭했을 것이다.

"훗."

잔인한 미소를 남긴 유월은 천천히 발걸음을 돌렸다.

"제기… 이년이 제자들을 불러 모을 때까지 살려둘 걸 그

랬나? 이거 귀찮은데…….”

정말 아미 전체를 핏물로 물들일 심산인지, 그녀의 입에서 경악스러운 말이 연신 흘러나온다.

“오늘 밤 아미에는 월광 대신 적광이 내릴지도…….”

*　　　*　　　*

사천은 공포에 휩싸였다.

아니, 무림 전체가 경악하였다.

“아미가 피로 물들었다는구먼. 어떻게 그런 일이 일어날 수 있는 건지… 당가에 이어 이번엔 아미까지…….”

당문은 그 세가 아무리 비대하다 하여도 일개 가문에 불과하다. 하지만 아미는 달랐다. 최소 당가의 배 이상은 되는 규모의 초거대 문파.

게다가 당가는 주력 부대라도 본가를 비운 상태였지, 아미는 그것도 아니었다. 본산의 모든 고수들이 하룻밤 사이에 싸늘한 시신으로 변해 버린 것이었다.

단 하룻밤 사이에.

“이거, 대체 어찌 되어가는 건지… 우리도 사천을 떠나야 되는 건 아닐까?”

“그러게 말일세. 그나저나 무림맹은 어찌하고 있다던가? 맹에서 맹주님까지 직접 오셨던데… 아미가 하루아침에 지워

지다니……."

무인인 듯 보이는 두 사내는 한숨을 푹푹 쉬어댔다.

"고금을 통틀어 이런 일은 처음일 걸세. 과거 마교의 전성기 적에도 이 정도까지의 사태는 벌어지지 않았었다네."

"후우, 그러니까 말이네. 문제가 정말 심각한 거야. 게다가 아직 배후가 어떤 세력인지조차 밝혀지지 않았다는구먼."

"허허……."

모든 무림인들은 바짝 긴장한 상태였다. 이런 일은 진정 처음 겪는 일. 모두는 어찌 대처해야 할지 갈피를 잡지 못하고 있었다.

"그래도 아직 무림맹이 본격적으로 나서지 않았으니… 무림맹을 믿어보는 수밖에……."

"후우… 검왕 어른께서 잘해주시리라 믿어야지……."

청성의 분위기는 더욱 침중해졌다. 다음은 청성이라는 생각에 모든 이들이 긴장을 늦추지 않고 있었으며 수뇌부들은 대비책을 세우기에 바빴다.

아미가 단 하룻밤 사이에 무너졌다.

얼마나 많은 무인들이 동원되어 아미를 쳤는지는 몰라도, 아미를 하룻밤 새에 무너뜨릴 정도의 전력이라면 일부 무림맹 무사들만 조금 더 보강된 청성이 안전하다고 보는 것은 무리였다.

"맹주, 맹주령은 내리셨소이까?"

유연의 물음.

맹주령이라는 것은 간단히 말하자면 백도무림맹의 총맹주가 전 무림에 동시에 명을 내리는 것이라 할 수 있었다. 물론 정확히 말하면 무림맹에 속한 어느 정도 영향력있는 문파나 무가에만 그 효력이 미치는 것이지만, 그 정도만 해도 충분히 대단한 것이었다.

단리철은 사천이 당했다는 소식을 듣자마자 맹주령을 내렸다. 그리고 그 대략적인 내용은 사천으로의 지원이라 할 수 있었다.

"중소문파에는 후방 지원을, 그 외 거대 문파에는 직접적인 지원 요청을 했습니다. 얼마 후면 지원이 도착할 겁니다."

단리철의 대답에도 유연은 썩 안정되지 못한 표정이었다.

"후우……."

그들은 지금 적에 대해 아무것도 모른다고 할 수 있었다. 적이 어떠한 무공을 사용하는지, 혹은 관으로부터 불법으로 금지된 폭발물이라도 사용하는지.

미지의 적에 대한 공포감은 더욱 클 수밖에 없는 것이다.

"그나저나 독고 단주는 어찌 되었는지… 흔적이라고는 아직도 검 한 자루밖에 발견되지 않았으니……."

단리철은 말을 흐렸다. 그에게 지금 독고진은 누구보다 절실했다.

그의 무공 수위 때문만은 아니다. 단리철이 아는 독고진의 무공 수위는 높게 봐줘야 백대고수의 중상 정도의 실력. 적잖은 도움이 되기야 하겠지만 그 정도가지고 성패를 좌우할 수는 없는 것이다. 그 누구보다도 독고진이 오대천에 대한 정보를 가장 많이 가지고 있는 사람이기에 단리철은 그가 필요했다.

"후우… 독고 단주가 과연 살아 있겠소? 다 내 불찰이외다……."

거의 한숨에 가까운 유연의 말이 단리철의 귓가를 맴돈다.

"살아… 있을 겁니다."

하지만 그것은 이전과 달리 확신은 아니었다. 상황이 너무도 안 좋은 것이다.

독고진이 살아 있다고 한다면 지금까지 무림맹에 돌아오지 않을 이유가 없었다.

"흐으음……."

단리철은 연신 손가락을 딸깍거렸다. 초조하기 그지없는 것이 지금 그의 심정이었다.

"하아……."

소소는 사천에 도착한 후, 맹주와 잠깐 대면한 뒤로 한 번도 처소에서 나오지 않고 있었다.

"어째서……."

그녀가 사천에 도착하고 얼마 지나지 않아 당진천도 귀환하였지만 그녀는 아버지조차도 만나지 않았다. 지금 그녀에겐 당진천도 밉기만 할 뿐이었다.

'식솔이 다 죽었어… 오라버니까지도……'

게다가 당한천은 부인이었던 제갈사하의 은장도에 찔려 죽었다고 하였다. 평소 그녀와 꽤나 친분을 쌓고 있던 소소로서는 배신감을 느끼지 않을 수 없었다.

게다가 독고진은 당가의 폐허 한가운데서 실종되어 아직까지 돌아오지 않고 있었다. 그야말로 피를 말리는 일이 아닐 수 없었다.

"상공……"

소소는 슬픔에 잠긴 목소리로 낮게 읊조렸다. 지금 그녀에게 누구보다 필요한 사람.

그녀는 독고진을 믿지만, 갈수록 초조해지고 진이 빠져 버리는 것은 어쩔 수 없었다.

'어디 계신가요? 어서 돌아오세요. 상공이… 상공이 필요해요. 저뿐만 아니라 전 무림이 상공을 필요로 해요……'

비약적인 생각일는지는 모르겠지만 적어도 소소만은 그렇게 생각했다. 그녀는 정말로 독고진이 이 상황을 타개해 줄 수 있으리라 믿었다.

딸그락—

소소는 독고진이 떨어뜨리고 간 청사신검을 매만졌다.

청사신검은 그녀에게 있어서 그냥 보검이 아니었다. 과거의 추억이 담긴 물건이며, 그녀와 독고진을 맺어준 그런 물건이라 생각하고 있었다.

"제발……."

소소는 연신 중얼거렸다. 정말 미치도록 독고진이 보고 싶었다.

＊　　　＊　　　＊

"허허허… 아미… 아미마저……."

허탈감에 가득 찬 목소리. 그 주인공은 다름 아닌 혜원(慧元)이었다.

"우리가 늦었구만……. 허헛."

아무 생각 없이 듣기에는 그저 웃음소리에 불과했지만, 백리명의 헛웃음에는 노기가 어려 있었다.

"그들이 이렇게 빨리 움직일 줄은 몰랐습니다. 제 불찰입니다……."

독고진은 멍한 표정으로 중얼거리듯 말하였다. 그의 시선은 이리저리 널브러진 아미의 여승들에게로 가 있었다. 가히 참혹한 광경이라 할 수 있었다.

"그게 왜 소시주의 불찰이겠는가?"

혜원의 중얼거림. 독고진을 향한 그의 어투에는 조금이지만 경어(?)가 섞여 있었다. 아가야라고 부르던 것에 비해서는 말이다. 어쨌든 독고진과 함께 사천무림맹에 가기로 결정한 이상, 일정 직위를 가지고 있는 독고진에게 계속 그런 식으로 말할 수는 없었던 것이다.

"하지만 안타깝구나. 미리 알았다면 쉬이 막을 수 있었을 것인데……."

그에 독고진은 의문 섞인 목소리로 물었다.

"쉬이 막을 수 있었을 것이라니요?"

혜원의 능력을 무시함이 아니다. 그의 어투에서 뭔가 있음이 느껴졌기 때문이다.

"잘 보시게. 조금만 살펴본다면 모든 시신이 같은 방식으로 죽었음을 알 수 있네. 이렇게 말하기는 뭐하지만… 구역별로 나누어본다면 시신들은 한 방향을 보고 죽어 있어. 이것이 무엇을 의미하겠는가?"

과연 혜원의 말은 사실이었다. 같은 수법으로 죽어 있는 것이야 같은 무공을 구사하는 이들이 난입했다고 설명하면 되는 것이지만, 무더기로 한 방향을 보고 쓰러져 있는 것은 한 사람에 의해 참살당했다는 상황이 아니고서는 설명이 불가능한 것이었다. 그제야 독고진의 표정이 일변하였다.

"그게… 그렇게 되는군요."

그들이 대화를 나누는 동안 시신 한두 구를 살펴보고 있던 백리명은 표정이 굳은 채 중얼거렸다.

"보통 솜씨가 아니야. 검의 궤적이 일정해. 게다가 절단면은 두부 썰리듯 매끄럽게 썰려 있어. 아무리 고수라도 이 정도로 깔끔하게 사살하려면 최소한 검기는 사용해야 할 터인데… 이 수많은 아미승들을 다 이런 식으로 죽여놓다니… 그것도 하룻밤 사이에 말이지."

일반 무인들을 상대로라면 이 정도는 그다지 대단한 것이 아니었다. 한 무림백대고수 정도만 되더라도 가능한 것이었다.

하지만 상대는 아미였다. 개개인의 무공이 어지간해서는 절정 이상을 바라보고 있는 고수들이 상대였던 것이다.

절단면이 매끄러운 것은 둘째 치더라도, 검의 궤적이 일직선으로 일정하려면 검에 베어지는 동안 상대가 한 치도 움직이지 못했다는 소리가 된다. 그것은 그만큼 검이 빨랐다는 소리. 절정의 무인의 몸놀림으로도 한 치조차 피할 수 없었다는 소리가 되는 것이다.

"정말… 믿기 힘들군."

백리명의 중얼거림에 독고진과 혜원은 동조하였다.

'나였더라도… 무공으로서 이 정도의 신위를 보이려면 전력을 다해야 했을 것이다. 이자는 나와 맞붙었던 그 두 녀석보다도 나은 듯싶군.'

물론 흑마법을 쓴다면 그는 손쉽게 구파 중 한곳을 쑥대밭으로 만들어 버릴 자신이 있었다. 그의 감탄은 어디까지나 무공에 한해서였다.

"일단 무림맹으로 가야 무언가 답이 나올 것입니다. 이곳은 어쩔 수 없다 해도 더 이상 피해가 나와서는 안 됩니다."

독고진이 말하는 무림맹은 물론 사천무림맹이었다.

"그래, 알겠네. 어서 가보도록 하지."

*　　　*　　　*

"구 회주님, 어째서 청성으로 들어가지 않습니까? 이대로 시간을 더 끌다가는 무림맹에서 지원이 계속 들어와 만반의 대비가 다 갖춰질 겁니다."

마상평은 모르겠다는 듯한 표정으로 중년인에게 물었다. 하지만 그는 고개를 절레절레 흔들 뿐이었다.

"자네도 겪어보지 않았는가? 그 괴인 말이야. 만일 그가 청성에 있더라면… 지금 전력으로는 무리일세."

그 말에 마상평은 모르겠다는 듯 되묻는다.

"그 무슨 말씀이십니까? 그 괴물만 저와 회주께서 맡는다면 나머지는 알아서 되지 않겠습니까? 당가에 들어갈 적과 비교하면 족히 세 배는 되는 전력입니다. 충분히 승산이 있습니다."

하지만 중년인은 고개를 절레절레 흔들었다.

"허! 자네, 당시가 기억이 나질 않는가? 그 괴물 자식이 마지막에 썼던 도술 말이야. 땅이 갈라지고 나무가 뿌리째 뽑히는데… 아무리 전력이 많으면 뭐 하는가? 어중이떠중이들은 그 범위 내에서 전부 즉사하고 말 터인데……."

그러고 보니 맞는 말이었다. 지금까지처럼 그냥 들이댔다가는 전부 몰살당하고 말 것이었다.

"그렇다면, 어떻게든 그 괴물을 찾아 잡아야겠군요. 그 녀석만 없으면……."

중년인은 고개를 끄덕였다. 정말 '그'만 생각하면 아직도 치가 떨린다.

"하지만 그를 무슨 수로 찾아내겠나? 게다가 백리명도 그의 뒤에 있는 듯한데……."

"그러면 어떻게 합니까?"

"월주가 천주님을 뵌 후 이쪽으로 올 걸세. 그녀가 당도하면 들어가도록 하지. 나야 아직 신물을 얻지 못했지만, 그녀는 오래전에 신물을 얻어 지금쯤은 극성에 다다랐을 테니… '그'와 붙어도 밀리지 않을 것이야."

그 말에 마상평은 고개를 끄덕였다. 그제야 좀 진정이 되는 듯하였다.

"그나저나 갈(葛) 회주님은 요즘 통 소식이 없으십니까?"

그 말에 중년인의 입꼬리가 슬쩍 말려 올라간다.

"그분이야 막중한 임무를 지니셨는데… 후후… 조만간 소식이 있을 걸세."

＊　　　＊　　　＊

“신분증을 제시해 주십시오.”

청성 산문 앞에 선 백리명은 뜻밖의 말에 살짝 당황했다. 이런 경우는 생각지 못한 것이다.

“허허… 위패는 오래전에 버렸거늘…….”

그가 당황하고 있자 뒤에 서 있던 독고진이 슬쩍 앞으로 나온다.

“자네 나 기억하지? 들여보내 주시게.”

독고진의 얼굴을 찬찬히 훑어본 무사는 갑자기 얼굴색이 변하였다.

“아, 독고 단주님!”

청성에서 한동안 독고진을 찾기 위해 엄청난 노력을 쏟아부었었다. 독고진을 한 번 보기까지 했던 그가 알아보지 못할 리 없었다.

“이 두 분의 신분은 내가 보장하지. 들어가도 괜찮겠는가?”

그 말에 길을 막아섰던 두 무인은 비켜섰고 사내는 고개를 숙여 보이며 말하였다.

“어서 들어가십시오. 맹주님께서 기다리고 계십니다.”

그에 독고진은 고개를 끄덕였다.

“그렇게 하겠네.”

뒤를 돌아본 그는 혜원과 백리명을 향해 말하였다.

“들어가시지요. 일단 맹주님부터 뵈어야 하겠습니다.”

*　　　*　　　*

“허허… 언제쯤 맹주령이 등천각에도 떨어지려나 했더니……..”

장내에는 십여 명의 등천각 교두들이 기다란 탁자를 중심으로 늘어앉아 있었다. 그리고 그 중앙에는 가장 배분이 높은 천무 진인이 앉아 있었다.

“솔직히 이 상황에서 등천각을 제대로 운영한다는 건 말이 되질 않았소이다. 맹주님의 선택이 백번 옳은 것이오.”

현성 대사(賢成大師)의 말에 모두는 고개를 주억거린다.

“사천무림 한복판에서 당가가 순식간에 지워졌고, 아미는 하룻밤 새에 시산혈해로 변하였소이다. 과장되게 말하자면 본 맹조차 완전히 안전하다고 말할 수가 없는 상황이오. 학도들은 불안감에 제대로 수련이 되지도 않고… 오히려 이럴 바에야 학도들도 맞서 싸우는 게 낫소.”

바로 어젯밤, 등천각에도 맹주령이 떨어졌다. 천무 진인을 제외한 모든 교두들을 사천으로 즉시 소환한 것이다. 물론 학관은 당분간 폐관을 선언하였다. 어쩔 수 없는 상황이었다.

그나마 천무 진인을 남긴 것도, 무림맹을 통솔하기 위함이었
다.

"무청 진인의 말이 맞소. 적들의 능력이 어느 정도인지는
몰라도, 등천각 또한 전력에 도움이 될 것이외다. 후방 지원
이라도 말이오."

매화검(梅花劍) 단천학(丹踐鶴)의 말. 그에 모두는 고개를
끄덕였다.

"그렇다면 등천각의 학도들도 곧바로 사천무림맹으로 이
동하는 것이오?"

현성 대사의 말에 천무 진인이 고개를 절레절레 저었다.

"일단 그것은 무리일 듯싶소이다. 빈도의 생각에는 일단
현성 대사께서 몇몇 분의 총교두님만을 대동하고 먼저 지원
을 가신 후 학도들은 후에 뒤따르는 것이 좋을 것 같소. 지금
상황이 급하기도 하거니와, 어차피 학도들은 대부분이 후방
지원을 맡게 될 것인데, 서둘러 갈 필요는 없질 않겠소?"

현성은 고개를 끄덕였다. 그의 말이 확실히 옳았기 때문이
다.

"그럼 본도도 대사를 따라가겠소."

단천학의 말에 천무 진인은 흔쾌히 승낙했다. 매화검이라
면 공인되지는 않았어도 칠왕의 무위에 버금가는 무예를 지
니고 있기에 적지 않은 도움이 될 것이었다.

"빈도도 두 분과 함께 먼저 지원 가는 것이 좋을 듯싶소."

이번에는 종남의 최고수라 알려져 있는 분뢰검(分雷劍) 화운(華韻) 도장의 말이었다.

"좋습니다. 그럼 세 분께서 본 맹에 남아 있는 두 개 단을 이끌고 먼저 지원을 가주십시오."

무림맹의 주요 무력단체인 네 개 단 중 남은 두 개를 말하는 것이었다. 맹주 단리철의 직속 무력단체라 할 수 있는 창룡단과 독고진의 명에 의해 이미 사천에 대기하고 있는 풍백단은 무림맹에 없었기에 남은 것은 두 개 단이었다.

"그렇게 하지요."

화운의 대답에 천무 진인은 흡족한 미소를 지으며 천천히 일어섰다.

"그럼 세 분께선 조속히 사천으로 가주십시오. 나머지 교 두 분들께선 일단 저와 함께 등천각을 정리하셔야겠습니다."

*　　　*　　　*

"메시아(Messiah)… 그런 것이 가능하리라 보는가, 형제?"

괴기스럽다.

이 한마디로 일축시킬 수 있을 만큼 괴이한 목소리가 허공에 울려 퍼졌다.

"제가 찾아본 결과 천령에 이른 생령만 벌써 둘이 존재합니다. 아직은 힘들지만… 시간이 주어진다면 가능할 것입니다.”

그와 대조되는 낭랑한 목소리가 다시금 흘러나왔다.

도통 알 수 없는 이야기들.

잠시간 정적이 흐르고 예의 그 괴기스런 목소리가 다시 울려 퍼진다.

“크하하하. 어림없는 소리 마시게. 우리는 그저 카오스석만이 필요할 뿐. 처음부터 생령에게 메시아를 기대한다는 것 자체가 말이 된다고 보는가?”

“하지만 메시아만 만들어낼 수 있다면… ‘그들’ 을 막아낼 수 있을 확률은 더욱 높아집니다.”

그리고 이번에는 다른 곳에서부터 또 다른 음색의 목소리가 들려왔다.

“메시아의 전설… 그런 것을 믿는 건가요? 어리석군요. 그대는 진정 그 얼토당토않은 룬의 고어를 믿는 거군요?”

아름다운 여인을 절로 연상케 하는 목소리. 그에 다시금 낭랑한 목소리가 들려온다.

아무것도 없는 허공에서 벌어지는 괴이한 일이었다.

“메시아의 전설은 분명 있습니다, 형제여… 그것은 수장께서도 인정하신 바가 아닙니까.”

“그래, 형제의 말처럼 메시아의 전설이 있다 치자. 하지만 인간은 탐욕의 동물이라는 걸… 누구보다 잘 알고 있는 게 형제가 아닌가? 그 전설상의 메시아가 된 천령이 변심이라도 한다면, 전 차원이 붕괴되고 말 게야. 이러한 위험까지 생각한 것인가?"

이번엔 노인의 목소리다. 어디서부터 흘러나오는 건지 모를 목소리들이 허공에서 얽히고 있었다.

"인간은 탐욕스럽지만, 천령은 그렇지 않습니다. 천령이 되려면 기본적으로 오욕칠정에 관한 한 정심해야 합니다. 그 점은 걱정하실 것 없습니다."

또다시 정적이 이어졌다. 뭔가 결론이 필요한 시점인 듯했다.

그리고 잠시 후,

"그래서 소형제가 우리에게 원하는 게 뭔가? 우리는 시간이 그리 많지 않아."

처음의 그 괴기스러운 목소리가 울려 퍼지고 곧이어 대답이 흘러나온다.

"제게 조금만 여유를 주십시오. 다음 천제가 열리기 전까지만 말입니다."

그 말에 놀란 듯한 목소리가 다시금 울려 퍼졌다.

"하… 대단한 자신감이구만. 그 짧은 시간에 뭘 할 수 있다는 겐가?"

"할 수 있습니다, 형제여. 제게 시간을 주십시오."

"좋다. 그 자신감을 한번 믿어보지. 대신, 정확히 천제가 열리는 날까지다."

“기대에 어긋나지 않을 것입니다.”

*　　　　*　　　　*

“오오… 자네 왔는가?! 역시… 살아 있었구만.”

집무실 내로 들어온 독고진을 본 단리철은 일어서서 그의 손을 덥석 잡았다. 그의 얼굴은 안도하는 표정이 역력했다.

“오랜만에 뵙습니다.”

독고진은 고개를 숙여 보이며 대답하였다. 하지만 왠지 그의 말에는 기운이 없었다. 단리철을 본 순간, 다시 한 번 당가의 폐허가 뇌리에 떠올랐기 때문이다.

“독고 단주, 이렇게 무사하셔서 다행이오이다. 빈도가 단주께 죄를 지었소.”

유연은 정중히 고개를 숙여 보였다. 배분으로 보나 나이로 보나 독고진보다 그가 월등했지만, 그것과는 별개로 그는 독고진에게 정말 미안했기 때문이었다.

“아니, 그러실 필요 없습니다. 저도 도장께서 어쩔 수 없으셨단 점 잘 알고 있으니까요.”

그 말에 유연은 씁쓸한 웃음을 지었다.

“고맙네.”

흡족한 표정으로 그 모습을 지켜보던 단리철은 독고진에게 자리를 권하였다.

"일단 앉아보시게. 할 말이 많아."

"아니, 그전에 저와 함께 오신 분들이 계십니다."

의외의 말에 단리철의 표정이 살짝 상기되었다.

"어떤 분들이신가? 한번 모셔보게나."

독고진은 뒤돌아 다시 문을 열었다.

"어르신, 들어오십시오."

독고진의 어르신이라는 말에 단리철과 유연은 더욱 궁금한 표정이 되었다. 그리고 한 노인이 들어오는 순간, 단리철은 다시금 자리에서 벌떡 일어날 수밖에 없었다.

"노, 노야!"

거의 반사적으로 튀어나온 말이었다. 단리철에게 백리명의 노안은 잊혀질 수 없을 만큼 깊이 각인되어 있었기 때문이다. 그가 검왕이라는 칭호를 얻기까지 가장 많은 도움이 된 사람이 바로 검황 백리명이었던 것이다.

"허허… 오랜만일세. 자네를 단리가에서 보았던 게 엊그제 같은데 벌써 이렇게 되었구먼."

하지만 놀람은 그게 끝이 아니었다. 그 뒤로 혜원이 천천히 들어선 것이다.

단리철은 혜원의 이름만 알 뿐 얼굴은 알지 못했지만, 백리명과 동행한 노승이라면 범상치 않은 신분일 것임이 자명하다 생각했다.

"이분은……."

단리철이 말하려는 순간, 뒤에 앉아 있던 유연이 어느새 일
어서 그의 말을 끊었다.

"혜, 혜원 선사 아니십니까?! 별래무양하셨습니까, 선사
님."

단리철이야 혜원과 두 배분 이상이 차이났지만 유연은 그
렇지 않았다. 혜원은 전전대 무림맹주. 당시 무림맹 위사로
활약하던 유연이 그를 기억하지 못할 리 없었던 것이다.

"어허허… 이것 참… 아직도 나를 기억해 주는 시주를 만
날 줄이야."

두 사람을 번갈아 보던 단리철은 독고진을 향해 진정 궁금
하다는 듯한 어투로 물었다.

"자네, 이 두 분을 어떻게 만난 겐가? 은거하셔서 벌써 수
십 년째 강호와는 연을 끊으셨던 분이거늘……."

"백리 노야께서 절 위험에서 구해주셨습니다. 정신을 잃고
난 후 깨어나니 두 분이 제 앞에 계셨죠."

그 말을 듣던 백리명이 중간에 끼어들었다.

"허허, 이 사람이. 내가 아니었어도 자네는 그곳을 빠져나
올 수 있지 않았는가?"

잠시 껄껄 웃던 백리명은 말을 이었다.

"아마 독고 소형제가 아니었더라도 나는 얼마 있지 않아
무림에 나왔을 걸세. 강호를 등졌다고는 하나 이러한 상황을
좌시할 수는 없질 않겠는가. 게다가 나와 무관한 일도 아닐

세. 내 청산해야 할 빚이 있어……."

단리철은 무슨 이야기인지 이해할 수 없었지만, 지금은 그런 게 중요한 것이 아니었다. 엄청난 원군을 얻은 것이었다. 당대 최고의 무인들 중 둘이 은거를 깨고 나온 것이었다.

"일단 두 분, 자리에 앉으십시오. 드리고 싶은 말이 많습니다."

"누구세요?"

밖에서 들려오는 인기척에 소소는 잠이 깨었다. 탁자 위에 엎어져 흐느끼다 어느새 잠이 들었던 것이었다.

"애비다. 들어가도 되겠느냐?"

진천의 목소리에 그녀는 천천히 일어섰다. 원망스러운 마음에 사천에 돌아왔다는 소식을 들었으면서도 찾아가지 않기는 했지만, 내심 그녀도 진천을 보고 싶었었던 것이다.

"들어… 오세요."

드르륵—

방문이 천천히 열리고 진천이 안으로 들어왔다. 적잖이 초췌해진 모습이었다.

"아버지……."

중얼거림이라 생각될 정도로 작은 목소리가 그녀의 입에서 힘없이 흘러나왔다.

그런 그녀를 보며 진천은 쓸쓸한 미소를 지어 보였다. 오십대, 이제 노년기에 접어드는 그의 얼굴에 오늘따라 주름이 많아 보였다.

"오랜만에 보는구나… 그동안 잘 지냈느냐?"

소소는 천천히 고개를 끄덕였다. 잘 지냈다 할 수는 없지만, 그렇다 해서 그리 대답할 수는 없는 노릇이었기 때문이다.

"후우……."

참고 또 참던 눈물이 그녀의 커다란 눈망울에 고이기 시작했다.

그녀는 눈물을 보이지 않기 위해 고개를 숙였다.

하지만 진천의 다음 말이 이어지는 순간,

"미안하다… 이 애비가… 정말……."

주르륵―

그녀의 볼을 타고 한줄기 눈물이 흘러내리고 만다. 그동안 눌러왔던 슬픔이 북받쳐 올라 결국 터져 버린 것이었다.

"흐흑……."

그녀는 진천의 품에 안겼다. 더 이상 혼자 버티고 서 있을 만한 힘이 남아 있지 않았던 것이다.

"이 못난 애비 때문에… 후우……."

잠시간 두 부녀는 아무런 말도 하지 않았다.

"그런데 소소야."

그의 나지막한 부름에 그녀는 그의 가슴에 묻고 있던 얼굴을 천천히 들어 그를 응시하였다.

"예, 아버지."

"진아가 맹에 돌아왔더구나. 혹시 벌써 만나본 게냐?"

그 말에 소소의 표정은 순식간에 활짝 펴졌다. 눈에 띄게 밝아지는 그녀를 보며 당진천은 씁쓸한 웃음을 흘렸다.

"허허, 그리도 좋은 게냐?"

"아버지, 상공은 지금 어디 계세요?"

소소는 약간 서운했다. 자신을 가장 먼저 만나러 오지 않은 것에 속이 상한 것이다. 하지만 독고진으로서는 어쩔 수 없었다. 일단 소소가 사천무림맹에 와 있는지도 몰랐으며, 알았다 하더라도 검황과 권황이라는 거물과 동행하며 사적인 일을 볼 수는 없는 것이었다.

그런 사정을 알 리 없는 소소는 속으로 투정했다.

'상공은 내게 먼저 오시지… 어딜 가신 거야.'

하지만 그녀는 곧 어쩔 수 없다는 표정으로 바뀌었다.

"진아는 지금 맹주님을 만나뵙고 있더구나. 그곳을 나오면 곧 여기로 오지 않겠느냐. 조금만 기다리거라."

"예……."

다시 풀이 죽은 목소리가 된 소소다. 독고진의 소식에 잠시 기분이 좋아지기는 하였지만, 아무리 그렇다 하더라도 그녀의 슬픔이 그리 쉽게 희석될 수는 없는 것이었다.

"녀석……."

잠시 딸아이의 슬픈 표정을 바라보던 그는 다시금 그녀를
꼬옥 껴안았다.

"한천이는… 아니, 당가의 모든 식솔들은… 좋은 곳으로
갔을 게다. 후우……."

"허어……."

단리철은 길게 한숨을 내쉬었다. 독고진과 백리명의 이야
기를 전부 듣고 난 그의 안색은 어두웠다. 결코 밝을 수가 없
는 것이다. 그의 생각보다 훨씬 현 상황은 심각했던 것이다.

"그럼 어떻게 해야 합니까. 그렇게 강한 자들이라면……."

"일단 화산과 팽가에 연락을 넣으시게나. 일단 기물들이
다 모이기 전까지 그들은 제대로 된 힘을 발휘할 수 없을 테
니… 매화지검과 구룡칠정도는 잘 확보하고 있어야 한다고
말이야."

잠시 한숨을 쉰 그는 말을 이었다.

"아미가 그렇게 되었으니… 법불상은 이미 저들의 수중에
넘어갔음이 분명하고……."

장내는 침중한 분위기가 되었다.

"저들이 운남에서 올라오면서… 아미를 그냥 지나쳤을 때
짐작했어야 하는 건데… 후, 제 불찰입니다."

다섯 사람은 잠시 아무런 말도 하지 않았다. 각자 무언가를
생각하고 있는 듯하였다.

"그럼… 법불상을 얻은 다섯 천 중 한곳은 이제 더욱 강해졌겠군요?"

독고진의 물음. 그에 백리명 대신 혜원이 고개를 끄덕였다.

"그럴 걸세. 아마도 말이야."

그리고 잠시 눈을 감고 있던 단리철이 눈을 뜨고는 독고진을 불렀다.

"독고 단주."

"예, 맹주님."

"자네는 풍백단을 이끌고 사천 어딘가에 머물고 있을 적의 본거지를 좀 찾아줄 수 있겠나?"

의외의 말. 그를 제외한 네 사람의 시선이 일제히 단리철에게로 향했다.

"허어… 그 생각을 못했구만. 독고 단주의 능력이라면 그들에게 잡힐 일도 없을 것이고. 그러나… 어떻게 그들의 본거지를 찾겠는가?"

지피지기(知彼知己)이면 백전불태(百戰不殆)라 하였다. 그들을 찾아 선공할 여력이 되지 않는다 하더라도, 적에 대해서는 최대한 많이 알아놓는 것이 여러모로 유리한 것이다.

"어떻게든 찾아야지요. 시도라도 해보는 것이 좋지 않겠습니까."

모두는 고개를 주억거렸다.

“그리하겠습니다, 맹주님.”

독고진의 대답이 이어지자 모두는 흡족한 표정이 되었다. 게다가 독고진의 능력을 거의 정확히 알고 있는 백리명과 혜원의 경우에는 더욱 그러하였다.

“그런데 맹주님.”

무슨 말을 하려는 건지 독고진의 입에서 조심스런 한마디가 흘러나온다.

“마교나 사도련과도 일시적으로 동맹을 맺고… 우선 저들을 치는 것은 어떻겠습니까? 그들이 비록 우리의 적이기는 하나 현재로선 오대천보다 심각한 것이 없지 않습니까.”

파격적인 독고진의 말. 그 누구도 그의 말에 섣불리 대답하지 못하였다.

독고진의 말이 틀린 말은 아니다. 분명 오대천은 전 중원을 지배하려 들 것이다. 하지만 마교와 사도련은 벌써 수백 년째 백도와 대립하고 있는 이들이다. 그렇게 쉽게 동맹이라는 것이 성립할 수 없는 것이다.

“흐음… 그건 좀 생각해 봐야 할 듯하네. 하지만 불가침조약 정도는 맺는 것이 좋겠군.”

단리철의 답은 의외로 긍정적이었다. 현 상황이 그만큼 급박하다는 반증이었다.

“뭐… 맹주께서 말씀하신 대로 불가침 정도는 나도 찬성일세. 오히려 그 정도는 해둬야 우리가 사면초가에서 벗어날 수 있을 테지……."

이어서 유연이 찬성하고,

"그건 그렇게 하도록 하시게. 하나 사도련이나 마교에서 우리의 제안을 받아줄는지 의문이구만. 오히려 이것을 기회로 우리의 뒤통수를 치지나 않을지……."

백리명까지 찬성하자 단리철은 결정났다는 듯 이야기하였다.

"그렇다면 사도련과 마교에 서신을 띄워야겠습니다. 하지만 백리 노사께서 하시는 걱정은 기우에 불과할 것입니다. 그들 또한 생각이 있습니다. 정보력이 있다면 미지의 세력에 의해 당문과 아미가 무너졌다는 것을 알 테고, 그렇다면 무림맹의 몰락 후에는 자신들일 것이라는 것도 짐작하고 있을 것입니다."

＊　　　＊　　　＊

"아, 월주. 오랜만이오."

"구견 회주님도 오랜만이에요."

중년인은 빙긋 미소를 지었다. 유월의 미모는 언제 보아도 질리지 않을 정도로 아름다웠기 때문이다.

"아미파는 잘 처리해 주셨소. 정말 완벽한 솜씨였소."

"과찬이세요."

두 사람은 서로를 보며 웃음 지었다.

"그런데 구 회주님, 천주님으로부터 명이 내려왔어요."

그 말에 구 회주라 불린 중년인의 표정이 살짝 변하였다.

"으음? 말씀해 주시오."

"흐흠."

헛기침을 한번 한 유월은 말을 이었다.

"청성은 아직 건들지 마시라는 명이에요."

의외였을까? 중년인은 놀란 표정이 되었다.

"허어… 그 이유가 무엇이오?"

"귀도(鬼刀)께서 구룡칠정도를 얻으셨다는군요. 게다가 '진' 귀도로 완벽히 탈바꿈하시고요. 조만간 멸천도법(滅天刀法)을 극성까지 끌어올리실 수 있겠죠. 그때 되면 갈 어르신과 함께 하북 쪽에서 한번 터뜨리실 테고… 우리는 그때 이쪽에서 다시 청성부터 치고 올라가는 거죠. 구 회주께서 하오문도를 이용해 하북까지 서신을 띄워주세요. 이쪽의 움직임을 그쪽에서 알아야 일이 수월할 테니까요."

의미심장한 말을 늘어놓는 유월, 그에 구견은 미소 지었다.

"그리하겠소."

탁자 위에 놓여 있던 찻잔을 훌쩍 들이켠 그는 중얼거리듯 작은 목소리로 읊조렸다.

"허어, 그나저나 구룡칠정도라… 운이 좋으셨군."

그에 유월 또한 마주 웃어 보였다.

"그러신 듯싶네요. 후훗. 이제 얼마 남지 않았군요."

"그러게 말이오."

유월은 검을 빙그르르 돌렸다. 무료할 적의 습관이었다.

"이제 세 개만 더 취하면 되는 건가요?"

구견은 고개를 끄덕였다.

"매화지검… 그리고……."

*   *   *

"상공……."

소소는 마치 어린아이라도 된 양 독고진의 품에 안겼다.

"후우… 그동안 잘 지냈어?"

독고진은 그녀에게 할 말이 없었다. 요 근래 들어 그녀에게 잘해준 것이 하나도 없었기 때문이다.

그녀의 얼굴을 보자 또다시 폐허가 된 당가의 모습이 눈앞에 아른거리는 그였다.

죄책감에 그의 몸이 살짝 떨린다.

"나 잘 못 지냈어요."

같은 질문이지만 당진천이 물을 때와는 대답이 달랐다.

왠지 그에게는 어리광을 부리고 싶었다.

"미안해… 정말."

독고진은 해줄 말이 없었다. 그저 미안해라는 말과 함께 꼭 끌어안아 주는 것이 그가 지금 그녀에게 해줄 수 있는 전부였다.

하지만 이것이 소소에게는 그 어떤 위로보다도 위안이 되고 마음이 안정되었다.

"미워요. 얼마나 보고 싶었는데……! 아무리 바빠도 그렇지, 우린 아직 신혼이라구요!"

소소는 있는 힘껏 그를 끌어안았다.

'휴유… 만나면 바가지나 벅벅 긁어줄 거라고 다짐했었는데…….'

바가지를 긁기는커녕, 밉다는 말 한마디. 그 외에 더 이상의 핀잔조차 입에서 나오지 않았다.

오랜만에 봐서 그런지 눈앞에 있음에도 아직까지 그리웠다. 모순된 상황임이 분명했지만 그녀는 정말 그런 기분이었다.

"나도 당 매가 보고 싶었어… 하루라도 당신 얼굴을 떠올리지 않았던 날이 없었다고."

그 말에 독고진의 가슴팍에 얼굴을 묻고 있던 그녀는 고개를 들어 환한 표정으로 독고진을 바라보았다.

"그 말, 정말이죠?"

"물론."

독고진은 소소의 이마에 살짝 입맞춤을 하였다. 그러자 그녀의 양 볼은 발그레해졌다.

그녀는 양팔을 독고진의 목에 감고는 입맞춤을 하려 하였다.

하지만 그 순간,

"상공, 눈동자 색깔이… 왜 이래요?"

소소의 두 눈에 독고진의 붉은 눈동자가 비친 것이다.

아무 생각 없이 달려와서 안길 때는 보고도 몰랐지만, 가까이 다가가니 확 눈에 띈 것이었다. 타는 듯이 붉은 독고진의 눈동자는 충분히 이색적이었다.

"아, 이거… 내가 익힌 무공 때문에 그래."

독고진은 대충 얼버무렸다. 사실 그리 다르다고 할 수도 없는 것이었다. 흑마법도 무공의 범주에 둔다면 말이다.

"익히는 무공이요?"

의심 어린 목소리로 말하는 그녀에게 독고진은 보다 정확한 답을 해주었다.

"으음… 무공이라기보다는 도술에 가깝다고 해야 하나? 어쨌든 별거 아니니까 걱정하지 마."

아직까지도 의심스러운 눈초리인 그녀였지만 그냥 넘어가기로 했는지 빙긋 웃는다.

"상공이 그렇다면 그런 거겠죠 뭐."

독고진에게 부담을 주기로 작정을 했는지 소소는 비실비실 웃으며 그의 허리를 쿡쿡 찌른다.

"으휴. 맞다니까, 당 매."

　고개를 절레절레 흔드는 독고진을 물끄러미 보던 그녀는 다시 그의 목에 손을 감고 발꿈치를 살짝 들었다.

　"음……."

　두 사람의 입술이 천천히 겹쳐진다. 얼마 만인지 모를 입맞춤이다.

　"당 매, 정말 보고 싶었어."

　진심이 느껴지는 독고진의 어투에 그녀는 빙긋 웃었다.

　"저두요."

　"얼마나 보고 싶은지, 당 매가 해주던 요리까지 그립더라니까?"

　"호호."

　당소소는 오랜만에 소리 내어 웃었다. 아직도 뇌리에는 이미 세상에 없는 오라비의 얼굴이 아른거렸지만 이 순간만큼은 진심으로 웃고 싶었다.

　"그 말, 진심일 거라 믿을게요."

第九章
동맹(同盟)?

죽은 자의 영혼과 사람의 심혼(心魂)을 다루는 흑마법사 무림에 환생하다!

마왕의 힘을 배워 9클래스의 마법 경지를 넘어서고, 절대의 무공 경지에 들다!

그를 기다리는 건 무림사에 더없을 멸겁의 종말, 새황 오대천의 살혼마신!

유행이 아닌 자유추구
BOOK Publishing ChungEoram

FOR
GOD

단리철은 곧장 전서구를 띄웠다. 마도의 공식 총단과 하오문으로였다. 마교와 달리 사도련은 그 총단의 위치가 알려져 있지 않아서 하오문을 통해서가 아니라면 서신을 보낼 수가 없기 때문이었다.

"마교는 몰라도… 사도련이나 녹림맹은 이걸 빌미로 뒤통수를 칠지도 모르는데……."

단리철은 적잖이 걱정이 되었다. 현 사도련주이자 만독문의 문주 독왕(毒王) 남악진은 교활한 자다. 현 상황을 조금이라도 엇나가게 이해한다면 충분히 그러고도 남을 인물이었다.

무림맹의 뒤통수를 치고 오대천에 붙으려 할지도 모르는
이였다.

"후우······."

단리철은 길게 한숨을 내쉬었다. 요즘 같아서는 정말 사는
게 지옥 같았다.

"혜아야······."

요즘 들어 마음속의 딸아이가 자꾸만 눈앞에 맴도는 그였
다.

독고진은 위지천을 자신의 임시 집무실로 불렀다. 집무실
이라 하기도 애매하고, 그저 독고진을 위해 임시적으로 마련
된 공간이라고 해야 할까?

"부르셨습니까, 단주님?"

집무실에 들어온 위지천은 살짝 고개를 숙여 보였다.

"그래, 일단 앉아보시게."

끼이익—

바닥에 끌리는 의자 소리에 잠시 눈을 찌푸린 위지천은 천
천히 의자에 앉았다.

"무슨 일이십니까?"

"임무가 주어졌다네."

독고진은 처음부터 단도직입적으로 말하였다. 소소에게는
미안하더라도, 최대한 빠른 시일 내에 정보를 찾아내어 사천

에 존재하는 오대천의 거점을 알아낼 생각이었다.

"어떤……?"

"사천 어딘가에 있을 오대천의 거점을 알아내는 것이라
네."

"허어."

위지천의 입에서 헛바람이 새어 나왔다. 그 이야기를 듣는
순간 막막해진 것이었다. 사천이 좀 넓은가? 이 드넓은 땅 어
디에 있을 줄 알고 오대천의 거점을 찾아내겠다는 것인지 의
문스럽기까지 하였다.

"그렇게 당황할 필요 없네. 사천 땅이 광활한 것은 사실이
지만, 그들의 본거지가 있을 만한 곳은 그리 많지 않기 때문
일세."

잠시 생각하던 위지천은 '그럴 수도 있겠다'라는 결론을
내렸다. 오대천이 원래부터 사천에 뿌리를 박고 있었더라면
몰라도, 생판 처음 사천에 들어와서 깊숙이 숨기는 힘들 것이
기 때문이었다.

"일단 오대천의 본거지는 운남 쪽일 것으로 추측하고 있
네. 이것도 물론 확실한 것은 아니지만 말이야. 이 운남에서
올라온 오대천의 무사들은 적어도 수백은 넘어갈 것으로 추
정되고 있네. 사천이 아무리 넓다 하더라도, 관(官)과 무림맹
의 이목을 숨기고 이 인원을 빠르게 숨길 수 있을 만한 곳은
몇 없지."

잠시 숨을 돌린 독고진은 말을 계속했다.

"우선적으로 수백 명의 식량을 해결할 수 있으려면, 인적이 있는 곳이어야 하지. 산 같은 데에 야영지를 차렸다가는 굶어 죽기 십상이거든. 수십 정도만 되더라도 사냥으로 어떻게 하겠지만, 수백의 인원이 사냥으로 먹고산다는 건… 무리지."

아무리 식량화(?)할 만한 동식물이 풍족한 삼림이라 하더라도 수백의 인원이 사냥 몇 번 한다면 씨가 마르고 말 것이었다.

"게다가 이제 여름이야. 아직까지는 그럭저럭 살 만하지만 곧 있으면 우계(雨季)… 사천의 숲에서 우기를 나려다가는 아무리 무공이 뛰어난 이들이라 하더라도 전염병으로 다 쓰러져 버리고 말 거야."

위지천은 수긍하면서 계속 듣고 있었다. 뭔가를 생각하는 것과는 거리가 먼, 천성 무인이라 할 수 있는 그였지만 독고진의 말은 충분히 이해가 될 만큼 명료했기 때문이다.

"그렇다고 해서 이들이 도심 한복판에 자리 잡을 수도 없는 노릇이지. 사천이 변방의 깡촌이라면 모를까, 엄연히 관군의 영향력이 큰 대도시 중 하나라고 할 수 있는 곳인데… 수일 내로 걸릴 수밖에 없지. 아마 그들이 성도에라도 자리 잡았더라면 지금쯤 온 사천은 난리가 나 있을 거야."

"그렇겠군요."

독고진은 씨익 웃어 보였다.

"관군의 영향력이 미치지 않는 인적이 드문 곳, 하지만 그렇다 해서 사람이 너무 없어도 안 되는… 그런 곳은 사천에서도 그다지 많지가 않지."

위지천은 고개를 끄덕였다.

"그럼 단원들을 대기시켜 놓을까요?"

곧바로 그의 다음 말을 짐작해 낸 위지천이 대견(?)스러웠는지 독고진은 흡족한 미소를 지었다.

"최대한 빠르게. 하지만 그렇다 해서 허술하게 준비해서는 안 돼. 꼼꼼히 챙길 건 다 챙기라고 해."

위지천은 고개를 숙여 보였다.

"알겠습니다."

위지천은 묘한 기분이 들었다. 사천의 혈투에서 살아 돌아온 후 독고진의 분위기가 많이 달라져 있었던 것이다. 붉어진 눈을 보았을 때부터 그러한 기분에 사로잡혔던 그였지만, 지금 대화를 나누고 보니 확실히 느껴졌다. 수하이긴 하여도 나이가 훨씬 많다 할 수 있는 자신에게는 어느 정도 어려워도 하던 그였는데, 이제는 자연스레 명을 내리는 모습이 조금은 불만스러우면서도 듬직해 보이기도 하였다.

인간적인 면모가 조금 사라졌다고 해야 할까?

하지만 어려 보인다는 생각이 많이 희석되고 무게가 생겼다는 점에서는 오히려 좋은 변화라고 생각하는 위지천이었다.

'이런 어려운 상황에서는… 좋은 방향으로 변하신 거지.'

그는 속으로 중얼거리며 빠르게 걸음을 옮기고 있었다. 독고진의 기대에 최대한 부응하기 위함이었다.

*　　　*　　　*

"그럼, 본격적인 공략은 좀 더 미루는 겁니까?"

어둑어둑한 장내. 한 사내의 목소리가 울려 퍼진다.

"그렇게 되겠지. 일단 본 교와 하오문의 군력만으로 압박을 가하는 거네. 기회를 봐서 곰보늙은이를 꼬실 수 있다면… 사도련까지 합세할 수 있는 거고."

백발의 인상 좋게 생긴 노인. 목줄기에 그어져 있는 기다란 칼자국만 아니라면 동네의 촌장 정도로 생각될 만큼 선한 인상의 노인은 어울리지 않게 비릿한 미소를 지어 보인다.

"갑자기 왜 그렇게 계획이 변경된 겁니까?"

사내는 의아한 표정을 지었다. 그가 아는 한 '그들'은 현재의 무력으로도 충분히 중원을 장악할 수 있었기 때문이다.

"몇 가지 변수가 생겨 버려서 말이지."

노인은 인상을 살짝 찌푸리며 눈을 감았다. 뭔가 좋지 않은 일을 생각하는 듯싶었다.

"그렇게나 대단한 변숩니까?"

사내는 놀란 표정이 되었다. 노인의 표정이 생각보다 심각했기 때문이다.

"의외였지. 흐음… 충분히 대단한 변수야. 그렇고말고."

중얼거리듯 말한 노인은 사내를 천천히 응시하였다.

"조금만 기다리면 북경 쪽에서도 연락이 올 게야. 그쯤 되면 하북까지 한번에 터뜨리는 거지. 사방에서 일어난다면… 무림맹 쪽이 아무리 결속력이 강하고 대단한 변수들을 지니고 있어도… 우리를 막을 수 없을 게야. 그렇고말고. 게다가 여기서 마지막 쐐기를 박아주면……."

노인의 표정은 시시각각 변하였다. 무엇을 생각하는지 실실 웃기까지 한다.

"그런데 노야, 제갈세가는 어찌 되었습니까? 사하는 잘해준 듯합니다만……."

사내의 말에 노인은 천천히 고개를 끄덕였다. 하지만 완전히 만족스러운 표정은 아닌 듯 보였다.

"잘해줬지, 물론. 은장도를 자기 가슴에까지 박아버린 건 의외였지만 말이야."

사내는 동조하듯 주억거렸다.

"그러게 말입니다. 저로서는 여자란 동물은 이해할 수가 없더군요. 사랑 따위에 목숨을 버리다니……."

"후후……."

잠시 기분 나쁜 웃음소리를 흘리던 노인은 다시금 천천히 말문을 열었다.

"어쨌든 자네는 내가 시킨 일만 잘 이행하면 되네. 본 교는 이야기가 전해지는 즉시 바로 움직이겠으나, 아직 제갈세가는 때가 아니라 말씀드리게."

"알겠습니다, 노야. 정확히 전해 드리죠."

의미심장한 말을 주고받은 두 남자는 서로를 보며 웃음을 흘렸다.

그것은 음침하기 그지없는 웃음이었다.

*   *   *

"결국은 이렇게 될 줄 알았습니다."

소운은 투덜거렸다. 적잖이 불만스러운 듯한 표정이었다.

"후훗, 어쩔 수 없잖아요. 전 무림이 난리인데 우리가 태평하게 수련만 하고 있을 수야 있겠어요?"

소령은 말을 하며 검집을 빙그르르 돌렸다. 마상(馬上)인 것을 감안한다면 나름대로 고난이도의 묘기(?)였다.

등천각의 생도들은 현재 사천으로 대거 몰려가는 중이었다.

"이거 은근히 긴장되는데요?"

그다지 밝지 못한 분위기를 환기시키려는지 능사운은 너스레를 떤다.

"그러게 말이에요……."

하지만 뒤이어 나온 힘없는 대답은 분위기를 더욱 가라앉히는 데 충분했다.

"휘유."

결국 능사운도 한숨을 쉬고 만다. 그라고 전쟁터로 가는 기분이 좋을 리가 없었다.

물론 등천각의 생도들은 대부분 후방 지원으로 빠질 확률이 높다. 어느 정도 나이가 있는 고참(?)들이야 몰라도 이제갓 약관이거나 그보다 조금 많은 나이의 학도들은 전면전에 나가기엔 아직 너무 어린 것이었다.

칼밥 먹고사는 무림에서 나이는 숫자에 불과한 것이지만, 어쨌든 표면상으로는 그러했다.

그렇다고는 해도, 이는 무림사에 몇 번 없을 대규모의 전투가 될 확률이 농후한 그런 위험 지역으로 가는 것이었다.

학도들의 표정은 한결같이 굳어 있을 수밖에 없다.

"자자, 다들 긴장 푸시고."

사태를 관망(?)하기만 하고 있던 청운이 가라앉을 대로 가라앉은 분위기를 수습했다.

"어차피 부딪쳐야 될 일이라면 편안한 마음으로 임하는 게 낫지 않겠소. 무가(武家)에서 태어나고 또는 무파(武派)에서 자랐다면 우리는 강호인일 수밖에 없소."

말고삐를 살짝 잡아당긴 그는 말을 이었다.

"무인이면 무인답게, 강호인답게. 다들 힘냅시다."

*　　　*　　　*

"유모, 아버지께는 연락드려 봤나요?"

단목하(端木霞)는 어지간히 안색이 좋지 않은 듯 보였다.

'정말… 짜증나는 일만 생기는 것 같아.'

선입견 때문인지 처음부터 무림맹에는 좋지 않은 감정만 쌓여오던 그녀였다. 한번 안 좋게 모든 것들을 보기 시작하자 하나부터 열까지 전부 다 마음에 들지 않았고, 괜스레 등천각에서 가르치는 무공 하나하나까지 마음속으로 트집잡을 정도였다.

"휴우, 아가씨께서 원하시는 대로 되었습니다."

유모라 불린 여인은 한숨을 쉬며 대답했다. 그에 단목하의 안색이 확연히 밝아진다.

"뭐라셨는데요?"

"일단 사천으로 가서 맹주께 안부 전하시고, 빙궁으로 돌아가시면 됩니다."

그녀의 아버지이자 현 빙궁의 궁주인 단목유(端木流)는 강인하기로 소문난 사내였다. 그는 자식 또한 자신처럼 강인하게 키우려 노력하였고, 그것은 딸자식도 예외가 아니었다.

단목하는 그의 자식들 중 가장 어린 나이이다. 그래서 비교

적 쉽고 경험을 많이 쌓을 수 있을 만한 일, 그러니까 등천각
에 입관하여 많은 지식들을 섭렵하는 일을 시킨 것이었다.

하지만 무림 한복판에서 심상치 않은 일들이 일어나고 있
다는 소식을 접하고 난 후에도 그녀를 계속 무림맹에 두고 싶
지는 않은 모양이었다.

단목하가 돌아가고 싶다는 서신을 보내자마자 바로 승낙
의 답이 온 것이었다.

원래대로였다면 어림 반 푼 어치도 없는 일이었다.

"아아… 그냥 이대로 돌아가면 안 되나……."

거의 원하던 대로 된 것이나 마찬가지였지만 그녀의 찌그
러진 안색은 펴질 줄을 몰랐다.

"아가씨! 궁주께서 많이 양보하신 겁니다."

유모의 핀잔에 그녀는 얼굴을 휘휘 저으며 대꾸했다.

"알았어요. 알았다고요."

*　　　*　　　*

"푸하핫, 이게 분명 무림맹에서 온 서찰이란 말이지?"

뭐가 그리 웃긴지 사내, 구견(構甄)의 웃음은 그칠 줄을 몰
랐다.

"그렇습니다, 문주님. 어찌하면 좋겠습니까?"

그의 앞에 선 무사는 고개를 갸우뚱하였다. 벌써 십수 년째

문주를 모시고 있지만 이렇듯 미친 듯이(?) 웃는 것은 거의 처음 보았기 때문이다.

"큭… 크큭… 어지간히 애가 달았나 보군. 그 잘나신 무림맹에서 사도련과 불가침조약을 맺으시겠다?"

철랑(鐵狼) 구견(構甄).

그는 하오문의 문주이기도 하지만 또 다른 신분이 있었다.

'후후… 그럼 이제 독쟁이만 잘 구슬리면 협공을 할 수 있을 만한 가능성이 더 많아진 건가?'

그것은 바로 오대천 중 파천회(破天會)의 회주.

이 사내가 바로 마상평과 함께 독고진을 합공했던 장본인이었던 것이다.

"이 서찰은 내가 알아서 하겠네."

구견의 말에 무사는 조금 의심쩍다는 생각을 하였지만 별일 아니리라 생각하고 넘어갔다.

자신이 새로운 사실을 알게 된다고 해서 바뀔 것도 없을뿐더러, 좋을 것 하나 없었기 때문이라는 생각에서였다.

"그럼 소인은 나가보아도 되겠습니까?"

무사의 물음에 구견은 고개를 끄덕였다. 하지만 두 눈은 서찰에서 떨어질 생각을 하지 않고 있었다.

'이걸 어떻게 요리하면 좋을까……'

서찰을 보며 싱글벙글하고 있는 문주를 남겨둔 채 무사는 집무실을 나섰다.

"크… 크하하핫!"

구견은 미친 듯이 웃었다. 일이 술술 너무나도 잘 풀렸다.

"유찬! 밖에 있느냐?!"

웃음을 멈춘 구견은 큰 목소리로 누군가를 불렀다. 그리고 얼마 지나지 않아 바깥에서 대답이 들려왔다.

"예, 문주님."

"잠시 들어와 보거라."

유찬이라 불린 사내는 허겁지겁 집무실로 들어왔다. 게으른, 아니, '부지런하지 못한 것' 을 극도로 싫어하는 구견의 성정 덕에 그는 언제나 서둘러 움직이는 것이 버릇이 되어버렸다.

"찾으셨습니까?"

구견은 자신의 앞에서 고개를 숙여 보이는 그를 슬쩍 응시한 후 일필휘지로 종이에 무언가를 써 내려가기 시작하였다.

"후후……."

자신이 쓴 글귀를 한번 쭈욱 읽은 그는 흡족한 미소를 지으며 그것을 접어 사내에게 건네었다.

"청해성의 노인네에게 가져다주거라."

양손을 들어 공손히 서찰을 받아 든 유찬이라는 사내는 고개를 푹 숙여 보인 후 대답하였다.

"그리하겠습니다."

구견은 만족스러운 표정이 되어 한마디 덧붙였다.

"최대한 빨리 전하도록 하거라. 노인네가 좋아할 것이다."

*　　　*　　　*

한적하기 그지없던 사천무림맹은 최근 들어 매우 번잡해졌다.

본래 그 커다란 규모에 비하여 상주 인원이 많이 부족한 편이어서 누구에게나 썰렁하다는 느낌을 주었던 곳이지만, 당금에는 이 커다란 맹이 꽉 찬 느낌이 들었다.

"후우우… 정말이지, 요즘은 가만히 있어도 식은땀이 흐르는 것 같소."

유연은 투덜거리듯 한마디 하였다. 이제 초여름이라는 것을 알리기라도 하듯 쨍쨍 내리쬐는 햇살도 그 원인이겠지만, 그보다 유연을 더 힘들게 하는 것이 있었다.

"저도 그렇습니다. 잠시도 긴장을 늦출 수가 없으니……."
단리철 또한 그에 동조했다.

어쩌면, 지금 가장 힘든 것은 단리철일는지도 모를 일이다.

현재 사천은 언제 터질지 모르는 활화산이다.

지금은 단지 커다란 활동이 있은 후 잠시간 그 힘을 추스르는 기간이라고 해야 할까?

평소 잘 나지도 않던 땀이 손바닥에까지 주룩주룩 흐르고 있었다.

"그런데 청성의 정보원들 쪽에서는 아직 아무런 연락도 없습니까?"

단리철은 유연을 향하여 물어보았다. 청성의 정찰조에 시켜놓은 일이 있음이다.

"아직. 무소식이 희소식이라고… 그나마 다행이오."

청성은 사천무림맹의 주변 순찰과 적의 접근을 미리 감지해야 하는 역할을 맡았다. 어찌 보면 별것 아닌 것 같기도 한 일이지만, 자꾸 맹의 인원이 불어감에 따라 더욱 힘들게 변모할 일들이다. 또한 정말 중요한 임무이기도 하였다.

"가장 멀리까지 보내놓은 칠조에서조차 아직 아무런 소식이 없다오."

유연의 말에 단리철은 고개를 끄덕였다.

"무소식이라… 그렇군요. 현 상황에서 무소식보다 좋은 소식은 없겠지요."

*　　　*　　　*

사도련(邪道聯).

백도무림맹이 정(正)과 협(俠)의 길을 걷는 무인들의 집단이라고 한다면, 사도련은 그 반대되는 성향이라 할 수 있다.

즉, 사도(邪道)를 걷는 무인들이 힘을 합쳐 만든 연맹이라 할 수 있는 것이다. 말하자면 살아남기 위함이랄까. 대의명분이나 지지도 면에서 정도를 걷는 무인들에 비해 현저히 불리한 그들이었기에 살아남기 위해서라도 뭉쳐야만 했다.

관(官)은 무림의 대소사에 관한 한 중립을 고수하고 있다. 하지만 어디까지나 그것은 '표면적' 인 것일 뿐이었다. 말이야 '관과 무림은 서로 관여하지 않는다' 라는 암묵적 규약을 지키고 있다고는 하지만, 협명을 떨치고 다니는 백도의 무인들과 이곳저곳에서 크고 작은 사건들을 일으키고 다니는 사도련의 무인들 사이에서 관은 당연히 백도의 손을 들어주게 마련이었다.

이런 와중에 정사대전이 일어났다. 그것의 시작은 무림칠대기보 때문이었는데, 중원의 부분부분에서 일어나던 분쟁이 커져 결국에는 정사대전으로까지 커져 버린 것이다. 이 기회에 사파인들은 양지로 나갈 길을 모색하였다. 내친김에 정사대전을 승리로 장식하고 중원을 장악해 보자는 생각이었다.

하지만 사도련은 패배할 수밖에 없었다. 당시 사도련은 마교와 연합까지 했었지만, 결국에는 검황과 권황이라는 두 절대고수를 넘어설 수 없었던 것이다.

사도련은 무림맹과의 대전을 패배로 장식함에 따라 한동안 침체기에 머물러 있었다.

분명 그들은 재정 면에서나 인력 면에서나 적지 않은 피해를 입었었으며 사도련의 총단 안으로 꼭꼭 숨어버렸었지만, 그것이 영원히 갈 일은 아니었다.

그로부터 벌써 수십 년. 이제는 충분히 강한 힘을 키운 그들이다. 타 세력의 도발이 아니더라도, 서서히 웅크렸던 몸을 조금씩 펴나갈 때가 온 것이다.

그리고 정사대전에서 행방불명되어 버린 전대 련주에 이어 사도련의 련주 직을 맡은 것은 다름 아닌 독왕(毒王) 남악진(藍惡眞).

만독문을 재건하며 급부상하고, 이제 오히려 전대 문주보다도 월등한 지지력과 모든 방면에서의 능력을 갖춘 련주가 된 그는 사도련의 힘을 점점 키워 나가고 있었다.

사도련의 전대 련주는 사존 중의 일인인 혈존 곽대성이었다. 칠왕의 일인에 불과한 남악진에 비해 사존의 일인인 곽대성이 더 나았었다고 생각하는 이들도 종종 있었지만, 사파의 생리는 그것이 아니었다. 힘만으로 모든 것이 해결되지는 않았던 것이다.

곽대성은 물론 엄청난 무공을 가지고 있었다. 하지만 그는 너무 고지식했다. 사파인들의 보편적인 사고방식과는 많은 격차를 가지고 있는 사내였던 것이다. 그의 스승이 사도련에 몸담았었을 뿐, 그는 오히려 마도와 어울리는 사내였다고 말하는 이들도 있다.

"크음……."

암중의 투쟁도 많았고 또한 무척이나 힘들기도 하였지만 련주라는 자리에 오른 그는 정말 열심히 노력하였다.

"예봉."

남악진의 입에서 누군가의 이름이 읊조려진다. 그러자 그의 앞에서 그림자 같은 것이 소리없이 움직인다.

스윽—

"부르셨습니까?"

남악진은 고개를 천천히 끄덕이고는 입을 열었다.

"그대는 본 련이 도약해야 할 시기를 어느 정도로 보고 있는가? 현재 본 련의 상황 또한 얘기해 보아주었으면 좋겠고… 가령 무림맹과 붙었을 때 어떻게 될는지라던가……."

사실 그는 답답했다. 이 정도라면 언제든 정파를 척결하여 그 씨를 완벽히 말려 버릴 수 있으리라 간혹 생각이 들기도 했지만, 이전까지의 전적이 너무도 처참하여 섣불리 행동할 수도 없었다. 물론 그의 손에 만들어진 전적들은 아니었지만, 아직까지 사도련은 백도와의 대결에서 이겨본 일이 없었다.

그리고 예봉이라 불린 그의 수하는 남악진의 마음을 너무나도 잘 알았다.

"본 련의 힘은 역대 최고라 하여도 과언이 아닙니다. 다 련주께서 잘해주신 덕이지요."

그 말에 남악진은 피식 웃으며 입을 열었다.

"그런 낯간지러운 말을 듣고자 그대를 부른 것이 아니다. 나는 그대의 객관적인 판단을 듣고 싶어."

남악진의 답변에 사내는 난처하다는 듯한 표정이 역력하

였다.

"괜찮아. 말해봐."

하지만 남악진이 계속 부추기자 어쩔 수 없다는 듯 그는 입을 열었다.

"객관적으로 제 생각을 말씀드려 보겠습니다. 혹여 불쾌하실지도 모르니 양해해 주시면 감사하겠습니다."

"그래, 알겠다."

사내, 예봉은 말을 이었다.

"먼저 본 련의 강점을 말씀드리자면 막대한 재력이라 할 수 있습니다. 하오문이나 흑월문 등지에서 지금까지 암시장을 구 할 이상 확보해 주고 있기 때문이지요. 또한 본 련의 무인들은 점조직으로 이루어져 있습니다. 자존심이 강한 백도의 무인들과는 달리, 본 련의 무인들은 돈만으로 확실히 움직일 수 있습니다. 그래서 점조직이 가능한 것이지요."

"흐으음… 그렇다면 우리가 펼칠 수 있는 최선의 전략은 뭐지?"

남악진으로서도 인지하고 있는 부분이었지만 객관적인 관점에서 구체적으로 들으니 조금 새롭기도 하였다.

"이 점조직을 잘만 활용한다면 병력을 일사불란하게 움직여 기습전을 펼칠 수가 있습니다. 말하자면 기습전이라 해야 할까요? 본 련은 철저히 총단을 숨기고 있기 때문에 이곳저곳에서 무림맹을 찌른다면 그들은 어쩔 줄 몰라 할 겁니다. 또한 장기적 공략 방법 중에는 무림맹으로 들어가는 자금줄을 알아채지 못하도록 천천히 늘려서 우리 쪽에서 들어가는 자금이 수위를 넘어서면 한 번에 끊어버리는 방법이 있습니다. 재정적으로 압박을 주는 거지요."

이야기를 듣고 있자면 쉬워 보이는 말이었지만, 이만큼 효율적인 공격법이 없다. 그리고 이 방법은 남악진 또한 전부터 생각하고 있었던 것이기도 하다.

"하지만 련주님도 아시다시피 본 련에는 고수들의 숫자가 턱없이 부족합니다. 그러니까 초절정 정도의 상위 고수들은 많지만, 절대자라 불릴 만한 이들이 없다는 이야기입니다. 이는 지난 정사대전만 보아도 얼마나 심각한 문제인지 알 수 있지요. 누가 상상이나 했겠습니까? 단 두 명의 절대자에 의해 본 련은 물론 마도의 고수들까지 전부 저지될 줄……."

지난 정사대전은 정말 치욕스런 패배라 할 수 있었다. 사도련과 마교의 연합이 두 사람에 의해서 저지된 것이다. 물론 마도는 동맹을 맺고 그다지 적극적인 전투를 하지 않았지만, 그렇더라도 치욕의 패배임은 자명했다.

"만일 당시 마교의 태상장로였던 도황 천진과 교주였던 마존 명제연이라도 가세했다면 분명 이겼을 겁니다. 그만큼 절대자의 부재가 현재로서는 뼈저립니다."

남악진은 한숨을 쉬었다. 방도가 보이지를 않았다. 절대자의 부족은 그가 어찌할 수 있을 만한 문제가 아닌 것이다.

 FOR GOD

"게다가 이번에는 전대 련주도 실종됐지. 검황과 권황이 아직까지 건재한지도 불분명하지만……."

혈존 곽대성마저 없는 지금 백도를 치려는 것은 결국 너무 위험하다는 결론이었다.

"그래서 제 결론은… 아직까지는 시기상조라는 겁니다. 시간을 넉넉히 잡고 무림맹을 재정적으로 압박하며 때를 기다리는 것이 가장 현명할 것 같습니다."

말을 마친 그는 남악진의 안색을 살폈다. 자신의 주장이 썩 듣기 좋지는 않았을 것이기 때문이었다.

"후우, 자네 말이 맞아. 아직은… 무리겠지."

*   *   *

독고진을 위시한 오십여 명의 풍백단원들은 악산(樂山)에 도착하였다.

악산은 아미산에서 멀지 않은 곳에 위치한 곳으로, 독고진이 가장 먼저 지목했던 장소였다. 이곳은 지명에 '山'이라는 글자가 붙어 있기는 하였지만 그다지 산이라 보기는 어려운 곳이었다. 산이라기보다는 언덕에 가까운 구릉지들이 이곳저곳에 있었으며 그 중간중간에는 촌락들이 자리했다. 그 촌락들은 규모가 꽤 큰 편이어서 뭉쳐 놓고 본다면 작은 도시라 할 만도 하였다.

날이 어두워진 탓에 그들 일행은 야영을 하기로 했다.

야영장의 중앙에서 생각에 잠겨 있는 독고진에게 위지천은 천천히 다가갔다.

"이제 어찌하실 생각이십니까?"

막상 악산에 도착하기는 하였으나 이 넓은 곳에서 오대천 무인들이 거하는 곳을 찾으려니 막막하기 그지없었다.

"음……."

위지천의 물음에 천천히 눈을 뜬 독고진은 그를 향해 고개를 돌렸다.

"일단 날이 밝으면 발이 빠른 자를 위주로 하여 셋에서 네 명씩 묶어 정찰조로 보낼 것이네. 가장 무식한 방법이기는 하지만, 그만큼 효과적이기도 한 방법이지."

조금은 실망한 듯한 표정을 보이는 위지천을 보며 독고진은 웃어 보였다.

"하하, 그렇다고 무작정 그에 맡겨둘 생각은 아니네. 나와 부단주는 따로 마을로 내려가서 이곳저곳 몇 군데 찔러볼 데가 있어."

구체적인 설명은 않았지만 적잖이 마음이 놓이는지 위지천의 안색은 눈에 띄게 밝아졌다.

"그렇군요."

그에 독고진은 피식 웃어 보인다.

"후후… 걱정 마시고 들어가서 쉬시오."

위지천은 멋쩍게 웃었다.

"하핫, 그럼 단주님께서도 쉬십시오."

*　　　*　　　*

수일째, 사천무림맹은 긴장을 늦추지 않고 있었다.

그 이유야 당연, 언제 들이닥칠지 모를 오대천 때문이었다.

"이 상태대로라면 무사들이 전부 실신하고 말 것입니다. 무슨 방법이 없겠습니까?"

단리철은 머리가 지끈지끈거렸다. 수일째 긴장 상태로 지내는 것은 정말이지 고역이 아닐 수 없었다.

"그러게 말이오. 허허, 저들이 언제 올는지 알 수가 없는 노릇이니… 일단은 완전 경계 태세를 풀고 보는 것이 어떻겠소?"

거의 탄식하다시피 말하는 유연, 단리철의 표정은 더욱 굳어졌다.

그리고 잠시간의 정적.

결국 그는 한숨을 푹 쉬었다.

"아무래도 그래야 할 듯싶습니다. 이런 소강상태가 계속 지속되다가는 싸움에 임할 힘이 하나도 남지 않을 것입니다."

오대천이 노린 것이 이것이었을까?

"미지의 적과 싸우는 것이란… 어렴풋이라도 상대를 짐작할 수 있을 때와는 완전히 다르구려."

유연 또한 마주 한숨을 쉰다.

집무실에는 지금 그들 둘뿐이었다. 어제까지만 하더라도 백리명과 혜원이 자리하고 있었지만, 그들은 무언가를 알아본다며 잠시 맹을 떠났기 때문이다.

"이럴 땐 정말 어떻게 해야 할지… 정보의 중요성이 새삼 실감되는군요."

단리철의 말에 유연은 고개를 절레절레 젓는다.

"이건 정보 문제도 아니오. 완전히 꽉 막혀 있는 상태가 아니오? 어떻게 정보랄 만한 것을 얻을 수 있는 상황이 아니지 않소."

맞는 말이다. 정보의 중요성을 알고 말고의 문제가 아닌 것이다.

적어도 보편적인 강호인들의 기준에서 오대천은 기존에 존재하던 집단이 아니었다. 갑자기 하늘에서 떨어진 것마냥 갑자기 나타나 순식간에 엄청난 일들을 저질렀다.

정보를 구하려면 기반이 되는 자료라도 있어야 할 터인데, 그런 것은 전혀 존재하지 않았다. 있다면 독고진이 막부동과 일비를 통해 찾아낸 파멸록 정도? 하지만 단리철은 그것조차 제대로 읽어보지 못한 상황이었다.

"일단 기다려 보십시다. 독고 단주가 그들의 거점을 찾으러 떠났고, 검황, 권황 어르신께서도 뭔가 좋은 소식을 들고 돌아오시지 않겠소?"

막연한 희망일 뿐이지만, 유연의 말에 그나마 얼굴이 조금 펴지는 단리철이다.

"그러길 빌어야겠죠. 후우……."

*   *   *

"후우, 그러니까 대충 정리해서 말해보시오."

세 명의 사내와 한 여인이 말을 타고 천천히 걷고 있었다.

"가능성이 있는 사람을 전부 언급하자면 너무 많고요. 일단 가장 유력한 이들을 지목해 보자면… 능사운, 악문환, 팽문기, 청연지, 청운, 소운, 팽은지… 그리고 소령 소공녀님. 대충 이 정도네요."

그들 일행은 다름 아닌 묵비령, 곽나연, 일비, 막부동 일행이었다. 그들은 독고진의 명을 받아 제룡회 당시 자리하고 있었던 신맥일 가능성이 농후한 이들을 추려내어 사천무림으로 향하는 중이었다.

"으음… 힘들군……."

묵비령은 고개를 절레절레 흔들었고 그 모습을 보던 막부동은 피식 웃는다.

"뭐 그렇게 복잡히들 생각하시오? 우리는 그저 정리한 자료들을 주군께 넘기기만 하면 되는 것을.”

속 편한 소리를 하는 그의 모습에 묵비령은 입을 다물 수밖에 없었다.

“뭐… 그게 정답이군.”

옆에서 동조하는 일비를 보며 묵비령은 중얼거리듯 말했다.

“내가 말을 말아야지…….”

토라지기라도 한 듯 고개를 푹 숙이고 말을 모는 그를 보며 곽나연은 실소를 흘렸다.

“푸훗, 힘내세요. 이제 사천무림맹에도 거의 다 왔네요.”

잠시 고개를 숙이고 있던 묵비령은 뭔가 생각이라도 난 듯 나연을 응시하며 입을 열었다.

“그나저나 요즘 무림이 대체 어떻게 돌아가는 것인지… 당가가 그렇게 되고, 게다가 아미파까지… 정말 믿을 수 없는 일들투성이요. 어디까지를 진실로 받아들여야 하는지…….”

물론 아미, 당가가 몰락했다는 것이 진실일 것임은 그 또한 알고 있었다. 소문이 아무리 부풀려진다 하더라도 아예 있지도 않은 일까지 만들어질 리는 없기 때문이었다. 최소한 무슨 꼬투리라도 있어야 부풀리지, 소문이 무에서 유를 창조까지는 하지 않는다.

하지만 그 당가의 폐허라던가, 하룻밤 새에 아미의 여승들이 하나도 빠짐없이 모두 다 죽었다라고 하는 등의 이야기들.

그것들은 부풀려졌음이 분명하다고 그는 생각했다.

소문을 듣다 보면 어떤 이는 심지어 당가에서의 전투 장면을 보았다고 하는 이도 있고, 그것을 막 생생히 묘사하는 이들도 있었다. 그런 대규모 전투가 이뤄진 곳 주위에 있었다면 지금까지 멀쩡할 리 없음에도 그들은 신나게 떠들었다. 이런 이들이 있는 한 소문의 신뢰도는 올라갈 수가 없었다.

"그러게요……."

곽나연의 대답에는 어쩐지 힘이 느껴지지가 않았다. 독고가의 식솔과 다름없이 친하게 지내던 당가였기에, 그런 당가가 몰락했다는 소식은 그녀에게 충분히 충격적이었기 때문이리라.

그녀에게는 아직까지도 슬픔이 남아 있는 듯 보였다.

"무림이 대체 어떻게 돌아가려고… 그런 무지막지한 녀석들이 속출하다니."

그들의 말을 듣던 일비는 탄식에 가까운 어조로 구시렁거렸다. 그는 앞으로 무림에 대한 걱정이 태산이었다.

그는 이들 중 유일하게 오대천과 관련된 엄청난 힘을 목격한 이였기에 더욱 걱정이 심각한지도 몰랐다.

"뭐, 부딪치면 어떻게든 되겠지. 자자, 다들 지금 앞에 닥친 일부터 생각합시다."

가장 속 편한 막부동의 말이었지만, 어찌 보면 그 말이 가장 정답인 듯하기도 하다.

              *   *   *

"하오문에서 서찰이 왔다고?"

말을 하는 노인은 놀란 표정이었다. 아니, 놀랐다기보다는 의외라는 듯한 표정에 더 가까운 모습이었다.

"그렇습니다, 교주님. 금방 도착한 서찰입니다."

무사는 말을 하며 품속에서 서찰을 꺼내어 노인에게 건네었다. 그것을 받아 든 그는 중얼거리듯 말하며 천천히 서찰을 열었다.

"얼마 전에 연락이 왔었는데… 벌써 무슨 일이지?"

서찰에는 그다지 많은 글귀가 적혀 있지는 않았다. 딱 보아도 휘갈겨 쓴 티가 나는 두어 줄의 문장뿐. 하지만 그것만으로도 노인의 표정은 급속도로 변하였다.

"푸하하핫. 이런, 구 문주가 급할 만도 했겠어."

노인은 광소를 터뜨렸다. 평소에 웃음이라고는 거의 없던 그가 미친 듯이 웃자, 그 앞에 가만히 서 있던 무사는 의아한 표정이 되어 물었다.

"무슨… 좋은 일이라도 있으십니까?"

한참 웃던 노인은 그의 물음에 가까스로 웃음을 멈추고는 대답하였다.

"흘흘… 좋은 일이라… 물론 좋은 일이지. 암, 그렇고말고."

멀뚱한 표정으로 자신을 바라보는 무사에게 그는 입꼬리를 말아 올리며 말을 이었다. 하지만 더 이상 웃음을 흘리지는 않았다.

"본 교에도 기회가 왔다."

갑자기 정색하며 입을 여는 그를 보며 무사는 다시금 되물었다.

"기회라니요?"

노인은 씨익 미소 짓는다. 인자한 인상과는 어울리지 않게 섬뜩하기 그지없는 미소였다.

"저 중원 땅을 밟아볼 수 있는 기회."

第十章
잠입 (潛入)

죽은 자의 영혼과 사람의 심혼(心魂)을 다루는 흑마법사 무림에 환생하다!

마왕의 힘을 배워 9클래스의 마법 경지를 넘어서고, 절대의 무공 경지에 들다!

그를 기다리는 건 무림사에 더없을 멸겁의 종말, 새황 오대천의 살혼마신!

FOR
GOD

　독고진과 위지천은 산을 내려왔다. 산허리에서 정상까지 한눈에 들어오는, 산이라 하기도 민망한 '언덕'이었지만 어쨌든 그들은 촌락으로 걸음을 옮겼다.

　"단주님, 어디로 가시는 겁니까?"

　한참을 따라오던 그는 궁금함을 참지 못했는지 독고진을 향해 물었다.

　"흐음, 일단 잡화점을 찾고 있다. 이곳 지리가 대략적으로라도 표기되어 있는 종이 쪼가리라도 구해야겠어."

　분명 그들은 이곳 지리를 잘 알지 못했다. 또한 그들이 하려는 일에는 지리적 지식이 필수적이었다.

하지만 위지천은 잘 이해가 가지 않았다. 잡화점에서 구하는 지도라면 끽해야 한 마을의 약도 정도일 뿐일 텐데, 그 정도라면 반 시진 정도 경공을 써서 돌아다니면 다 파악할 수 있을 만한 범위였다. 오히려 잡화점을 찾아 두리번거리는 것이 더 많은 시간을 잡아먹고 있었다.

"그냥 돌아다니는 것이 더 빠르지 않겠습니까? 이런 작은 마을의 길이 복잡하면 얼마나 복잡하겠습니까?"

위지천의 물음. 하지만 독고진은 고개를 설레설레 저었다.

"아니, 내가 설마 길을 잃을까 봐 지도를 구하려 하겠는가? 내가 구하려는 것은 길을 찾기 위한 지도가 아닐세."

지도라는 물건의 기능 중에 가장 중요한 것이 길을 찾기 위함이라 할 수 있었는데 그것이 아니고서 지도가 필요하다니, 위지천은 더욱 당혹스러워졌다.

"그렇다면 지도를 어디에 쓰실 생각이십니까?"

잡화점을 찾기 위함인지 여전히 고개를 두리번거리는 독고진에게 위지천은 계속 캐묻는다.

지금까지 최소 한 시진가량 아무 말 없이 따라왔지만 그 궁금증이 한번 터지자 봇물처럼 쏟아져 나오는 것이다. 차라리 한 번에 싹 다 물어보고 입 다물고 있는 것이 나으리라 판단한 그였다.

"몇 가지 기물들이 어느 지점쯤에 있는지 한눈에 알 수 있는 지도가 필요한 것이네."

하지만 위지천에게는 아직까지도 그의 말이 잘 이해가 가지를 않는다.

"무슨 말씀이신지……."

괜히 꼬치꼬치 캐묻는 것에 미안함을 느낀 그가 말꼬리를 흐리자 독고진은 실소를 흘리며 답하였다.

"말 그대로일세. 너무 어렵게 생각할 것 없어, 우리가 경공으로 직접 돌아다니면서 이곳의 지리를 익혀낼 수도 있지만, 그렇게 한다면 어떤 기물이 어디에 있는지 정확히 기억해 내기는 힘들지. 단지 '길'만을 기억해 낼 수 있을 뿐이네."

잠깐 숨을 돌린 그는 천천히 말을 이었다.

"내가 지금 마을에서 찾고자 하는 가장 중요한 것은 암시장이야. 그런데 이 암시장이라는 것을 찾아내기 위해서는 구역이란 것의 경계를 대충이라도 알아내야 해. 쉽게 말해 보호세를 받는 사파의 관할 구역을 말하는 것이지. 보통의 경우, 암시장은 세력과 세력의 경계에서 생겨나기 마련이니까."

그제야 이해가 간다는 듯 위지천은 고개를 끄덕였다.

"아… 그럼 구역을 파악하기 위해서 기물들의 정확한 위치가 필요한 거군요. 예를 들어, 투전판이나 기루 같은 것은 같은 구역 안에 두 개 이상 자리할 수 없으니까요."

독고진은 고개를 끄덕였다.

"바로 그거지."

위지천 또한 그 정도의 지식은 가지고 있었다. 무림맹 무력

단체의 단원으로 생활하다 보면 이런 잡다한 것들을 많이 알
게 되기 때문이었다. 아는 것과 응용은 다른 것이기에 이론상
으로만 알고 있는 독고진보다 어떤 면에서는 위지천이 더 나
을지도 모르지만, 독고진은 한 번 더 생각하여 그것을 응용했
기에 위지천보다 한발 앞서 나갈 수 있었던 것이다.

그런데 위지천은 한 가지 궁금증이 더 생겨 버렸다.

"그런데 단주님, 그렇다면 암시장과 오대천이 무슨 관련입
니까? 암시장을 찾는다 해서 오대천의 거점을 알아낼 수 있으
리라는 보장은 없질 않습니까?"

암시장에서는 여러 가지 정보를 다룬다. 하지만 그렇다고
해서 그 정도의 정보력으로 오대천의 꼬리를 잡을 수 있다는
것은 무리라고 보아야 했다. 만일 그 정도로 꼬리가 잡힐 오
대천이었더라면, 이미 무림맹의 정보망에 의해 수십 번도 더
잡혔을 것이었다.

"조금만 더 생각을 해보시게. 수백의 인원이 움직이는 데
따라가지 않을 수 없는 게 무엇이겠나?"

위지천은 주저없이 대답하였다.

"식량이 아니겠습니까?"

그는 단원들과 임무에 나설 때면 몇 끼 굶는 일이 다반사였
다. 처음 몇 끼 정도야 참아낼 수 있지만 이틀가량만 굶어도
눈앞에 뵈는 것이 없을 정도로 정신이 혼미해진다.

위지천은 식량의 소중함을 정말 잘 알고 있을 수밖에 없

었다.

"그렇지. 하지만 그 많은 인원들의 식사를 해결할 수 있을 만한 대량의 식량을 싸들고서 그렇게나 빠른 속도로 잠적할 수 있었을까?"

독고진의 물음에 위지천은 고개를 저었다. 상식적으로 생각해 보아도 그건 아닌 것이었다.

"그럼 그 식량을 해결할 수 있으려면 직접적인 음식 말고 또 어떤 것이 있을까? 가장 간편한 것으로 말이네."

답은 금방 나왔다. 처음부터 생각할 필요도 없는 것이었던 것이다.

"돈이군요."

"그렇지."

빙긋 미소 지은 독고진은 친절하게도(?) 부연 설명까지 덧붙였다.

"그리고 이런 작은 도시에서 가장 커다란 돈이 움직이는 곳은 암시장밖에 없지."

반 각 정도 더 방황하자 그들의 눈에 잡화점이 들어왔다. 그것을 본 독고진는 눈에 이채를 띠었다. 이상하리만치 찾기 힘들었던 잡화점. 괜찮은 물건을 얻을 수 있었으면 하는 바람이었다.

딸랑딸랑—

잡화점의 문을 열자 맑은 종소리 비슷한 것이 울려 퍼졌다. 그에 놀란 두 사람은 신기하다는 듯한 표정으로 고개를 돌려 문 위에 달려 있는 작은 종을 보았다.

'잡화점이라 그런가? 이런 신기한 물건도 있군. 실용적이야.'

위지천 또한 그런 비슷한 생각을 하고 있었다.

"어서 오십쇼!"

잡화점은 그리 넓지 않았다. 그리고 처음 보는 물건에 잠시 정신 팔려 있는 그들을 발견한 주인의 인사가 들려왔다.

"무엇을 찾으십니까?"

그 소리에 자신의 행태를 자각한 독고진은 멋쩍은 표정으로 잡화점 안으로 들어갔다.

"혹, 약도 같은 것이 있습니까? 이곳 악산의 지리가 최대한 자세하게 나와 있는 것 말입니다. 최소한 중요 건물들은 어떤 것이 어디에 있는지 정도는 알 수 있으면 좋겠습니다."

잡화점 주인의 얼굴에 묘한 표정이 떠올랐다. 이런 식으로 구체적인 지도를 찾는 이는 처음 보았기 때문이다.

"잠시만 기다려 보십쇼."

그는 안쪽으로 들어가더니 목재로 된 허름한 서랍장을 뒤적거렸다. 그리고 잠시 후 그가 들고 나온 것은 세 장의 양피지 종이, 그리고 천 쪼가리였다.

"이것들 중 마음에 드는 것을 골라보십쇼."

독고진은 그것들을 하나하나 펼쳐 보았다.

"으음……."

그가 첫 번째로 펼쳐 든 양피지는 만든 지 얼마 되어 보이지 않은 깔끔한 것이었다. 하지만 그의 목적과는 그다지 부합하지 않는 것이었다. 정말 중요한 지명 몇 개만 떡 쓰여져 있을 뿐, 나머지는 그야말로 약도 형식의 '길찾기' 용 지도였다.

그야말로 실용성에 초점을 맞춘 듯하였다.

"이것은 되었고……."

독고진은 중얼거리며 다음 종이를 펼쳐 보았다.

하지만 이것 또한 그에게는 그다지 탐탁지 못한 듯하였다.

'이건 관(官) 위주의 행정도(行政圖)군. 주요 기물이 나와 있기는 하지만 초점에서 살짝 어긋나는데…….'

일단 그는 다음 지도까지 펴보기로 하였다.

스륵―

마지막 지도는 크기가 이전 것들에 비해 네 배 이상은 되어 보이는 커다란 지도였다. 그리고 나머지 두 개와 달리 천으로 되어 있었다.

"호오."

옆에서 그것을 지켜보던 위지천은 작게 탄성을 내뱉었다. 그 크기에 걸맞게 지도에는 비교적 자세한 지형이 묘사되어 있었다. 하지만 독고진에게는 이렇게까지 자세한 지도가 필요하지는 않았다. 무척이나 애매한 상황인 것이었다.

‘뭐, 두 개 다 사는 수밖에 없겠군.’

머리가 아파오려고 하자 간단히 생각해 버린 독고진은 두 장의 지도를 전부 집어 들었다.

“얼맙니까?”

독고진의 물음에 조금 눈치를 살피던 잡화점 주인은 조심스레 입을 뗴었다.

“철전 스무 냥입니다.”

그 말에 위지천은 따지고 들려는 듯 앞으로 나서려 하였다. 지도 쪼가리 몇 장이 철전 이십 냥이나 할 리는 없었기 때문이다. 하지만 독고진은 그를 저지했다. 이런 사소한 것까지 귀찮은 일을 만들고 싶지는 않았기 때문이다.

탁—

독고진은 계산대 위에 은자를 내려놓았다. 그것을 본 위지천과 주인은 놀란 표정이 되었다.

“잠시만 기다리십쇼. 거스름돈을……..”

주인이 쩔쩔매며 거스름돈으로 줄 철전을 찾자 독고진은 손을 들어 보였다.

“아니, 그럴 필요 없소. 그냥 쓰시오.”

말을 마친 독고진은 휑하니 잡화점을 나갔다. 그리고 그것을 보던 위지천은 황당하다는 듯한 표정으로 그를 뒤따라 나간다.

딸랑—

문지방 위에 달려 있던 작은 종이 다시 한 번 울린다. 그것을 보던 잡화점 주인의 입꼬리가 살짝 말려 올라갔다. 그것은 단지 수배의 돈을 벌었기 때문만은 아닌 듯싶었다.

"무림맹이라… 무림맹에서 이런 촌구석엘 왜 왔을까?"

무복에 새겨진 무림맹의 문양을 알아본 듯하였다. 일개 잡화점 주인치고는 해박한(?) 지식이었다.

"후후, 무슨 일인지 몰라도 총단에 알려야겠군."

말투마저 싹 달라진 모습이었다.

중얼거리던 그는 종이를 한 장 꺼내어 들었다. 뭔가를 쓰려는 듯한 모습이었다.

"제법 높은 직책을 가진 녀석처럼 보였는데……."

*　　　*　　　*

"으음… 이게 사실인가?"

단리철은 여러 장으로 묶여 있는 양피지 종이를 천천히 넘기며 읽고 있었으며 그 앞에는 곽나연이 앉아 있었다.

"예, 저희가 조사한 바로는 그렇습니다."

"흐으음……."

단리철은 신음성을 흘리며 연신 종이를 넘겼다. 이미 두어 번은 정독하여 읽은 상태였건만, 뭐가 그리 부족한지 계속 넘겨가며 읽고 있었다.

“하지만 역시 완벽한 것이라고는 말씀드리기가 힘듭니다. 단지 확실한 것은 그 명단 안에 최소 셋 이상의 신맥이 존재할 것이라는 것입니다.”

단리철은 두 눈을 지그시 감았다.

“그건 그렇다 치고… 요즘 독고 가주님은 어떻게 지내시나?”

독고명과 단리철은 친우까지는 아니더라도 어느 정도 안면도 있고 친분도 있는 사이였다.

동년배이기도 하였고 세가가 서로 가깝기도 하기 때문이었다.

섬서의 무림맹을 떠나오기 전까지는 독고가와 그다지 멀지 않은 곳에 지내고 있었기에 가끔이라도 만나 회포를 풀곤 하였지만, 사천으로 오고 나서부터는 통 소식이 끊긴 상태였다.

“요즘이야 무림 전체가 다 혼란스러운 시기 아닌가요. 가주님께선 요즘 세가 일에 바쁘세요.”

“후음… 그렇기야 하겠지. 허허…….”

요즘 들어 단리철은 말을 할 적마다 한숨을 쉬는 버릇이 들기라도 한 듯하다. 그의 입에 한숨이라는 녀석이 달라붙기라도 한 마냥.

“나연이라고 했느냐?”

뜬금없는 단리철의 물음. 나연은 멀뚱한 표정으로 그를 바라보았다.

"예, 맹주님."

그는 나연을 보며 빙긋 웃어 보였다.

"너를 보니 왠지 딸아이가 생각나는구나."

"……."

나연은 순간 가슴이 탁 막히는 듯한 기분이 들었다. 울컥했다 해야 할까? 단리혜가 생각이 나니 겨우 추슬렀던 가슴이 미어질 듯 아파온다.

"후우… 이렇게 딸아이를 생각하고, 또 입 밖에 낼 수 있다는 걸 보면… 나도 이제 마음을 많이 정리한 게지. 하하."

마지막 웃음은 웃음이라기보다는 허탈함이 가득한 탄식에 가까웠다.

하지만 그의 말처럼 그는 아픈 가슴을 많이 추스른 상태였다. 그렇지 않았더라면 이렇게 덤덤한 어투로 딸아이에 관한 이야기를 입 밖에 낼 수는 없었을 것이다.

"전… 이제 나가봐도 되겠습니까?"

나연의 목소리는 미미하게 떨리고 있었다. 감정을 억지로 누르는 듯한 모습이었다.

그 모습을 본 단리철은 빙긋 웃었다. 하지만 그 웃음에는 슬픔이 어려 있었다.

"그래, 나가보거라."

마주 보고 있는 두 남녀의 얼굴은 전혀 닮지 않았지만, 또한 무척이나 닮은 표정을 하고 있었다.

한 사람을 잃은 아픔.

같은 사람을 잃었지만 또한 다른 사람을 잃은 그들이었다.

단리철은 눈에 넣어도 아프지 않을 딸아이를, 곽나연은 일생에 둘도 없을 절친한 친구를.

*　　　*　　　*

"화운루(華雲樓)라… 이름 한번 거창하군."

기루 앞에 선 위지천은 중얼거렸다. 대충 뜻풀이를 하자면 꽃과 구름이 있는 기루라는 의미인데, 그로서는 '기루 주제에' 라는 생각이 든 것이다. 기루, 그리고 기녀들은 어디서나 천대받는 직종. 그러한 생각을 할 만도 한 것이었다.

"후후, 일단 들어가 보자고."

말을 하며 독고진은 기루를 향해 발걸음을 떼었다. 그에 위지천은 어깨를 한번 으쓱하며 그를 따라갔다.

"그러고 보니 홍루(紅樓)에 와본 지도 정말 오래되었지."

"아앗, 손님. 이쪽으로 오셔요."

기루 안은 생각보다 붐볐다. 그 규모로 보았을 때 제법 커다랗기는 하였지만, 동네가 동네인 것을 감안(?)하고 본다면 독고진의 예상을 훨씬 뛰어넘는 손님의 숫자였다.

'흐음… 역시. 뭔가 있기는 있어.'

독고진이 속으로 중얼거리고 있을 때 한 기녀가 와서 독고진의 팔을 잡아끈다.

"오라버니들, 이쪽으로 오시라니까요오."

콧소리를 내며 말하는 것이 적잖이 듣기 싫은 독고진이었지만 일단 참기로 하였다. 그는 이곳에서 얻어야 할 것이 있었기 때문이다.

'하지만 이 팔은 좀 치워줬으면 좋겠군……'

아예 독고진과 팔짱을 끼려고 하는 기녀를 보며 독고진은 확 뿌리치고 싶은 것을 겨우 참고 있었다. 팔꿈치에 스치듯 느껴지는 기녀의 살갗이 여간 부담스러운 것이 아니었다.

"일단 술이나 한잔하고 싶소. 기루 안쪽의 조용한 곳으로 안내해 주시면 고맙겠소."

독고진의 말에 기녀는 고개를 끄덕이며 대답하였다.

"네에, 절 따라오셔요."

그녀는 독고진의 손을 잡아끌어 이층으로 데리고 올라갔다. 그리고 가장 안쪽의 작은 방으로 안내해 주었다.

탁자 앞에 두 사람을 마주 앉힌 그녀는 독고진을 바라보며 입을 열었다.

"어떤 걸로 드릴까요?"

술을 말함일 것이었다.

하지만 그것이 중요한 것은 아니었기에 독고진은 대충 얼버무렸다.

"아무거나, 적당한 걸로 한 병만 가져다주시오."

그에 그녀는 고개를 끄덕이며 말하였다.

"그럼 소홍주(紹興酒)를 한 병 가져다 드리겠어요. 그리고 음식은……."

그녀가 말하려는 찰나 독고진이 저지한다.

"아무거나 괜찮으니 아가씨가 알아서 가져다주시오."

특이하다는 생각은 들었지만 이런 손님이 아주 없는 것은 아니었기에 그다지 이상하다는 생각을 하지 않은 그녀는 고개를 숙여 보였다.

"그럼 금방 올리겠습니다. 조금만 기다려 주셔요."

말을 마친 그녀는 조심스레 문을 닫고 나갔다.

그러자 아무런 말이 없던 위지천이 조심스레 독고진에게 묻는다.

"어찌하실 생각이십니까?"

"으음……."

독고진은 기루에 들어선 순간부터 온몸의 감각을 개방하고 있었다. 자연 중의 기와 동화할 수 있는 경지인 천령인 그는 감각을 개방함으로서 금방 건물의 구조를 알아차릴 수 있는 것이다.

"역시나……."

알 수 없는 이야기를 하자 답답해진 위지천은 다시금 물었다.

"무슨 말이십니까?"

"내 예상이 맞았네. 이 건물은 대로를 사이에 두고 반대편 건물과 이어져 있었어. 지하로 말이지."

그 이야기에 위지천의 두 눈이 커질 대로 커졌다.

"예에? 그렇다면 이 앞에 있을 때 지하 쪽으로 기척이 느껴졌어야 하는 것 아닙니까? 저는 아무것도 느끼지 못했었습니다만……."

그가 놀라는 것도 무리는 아니었다.

위지천은 독고진보다는 못하더라도 초절정의 고수이다. 그런 고수가 바로 아래 파여 있는 땅굴 안쪽으로 사람들이 있다는 것조차 느끼지 못할 리가 없었던 것이다.

"진법이야. 이 안으로 들어오니까 확실히 알겠다. 아까 이 앞에 있을 적에는 막연히 아래쪽에 무엇이 있다는 느낌만을 받았었는데, 이 안에서 살펴보니 맞는 것 같다."

그제야 이해가 간다는 듯 위지천은 고개를 끄덕였다. 기를 숨기는 진법이라면 모르고 있는 한 그러니까 의도적으로 지하에 신경을 쓰지 않는 이상은 잘 드러나지 않는 것이 당연했다.

"으음… 그나저나 진법이라… 이런 촌구석에서 지하에 진법까지 설치해 놓을 줄은 꿈에도 몰랐습니다."

독고진 역시 고개를 끄덕였다. 그가 볼 때 지하에 설치되어 있는 진은 그냥 평이한 진도 아니었다. 완벽히는 아니지만 어쨌든 그의 이목을 잠시라도 속인 진법이다. 평범할 리 없는 것이다.

"이곳에서 정말… 뭔가 하나는 건져 낼 수 있을 듯하군."

중얼거린 그는 조용히 자리에서 일어났다.

"어쩌시렵니까?"

위지천의 물음.

"후후……."

독고진은 작게 웃으며 대답하였다.

"일단 따라오시게."

그리고 한 발짝 움직이던 독고진은 문득 무언가 생각났는지 다시 위지천을 돌아보았다.

"부단주, 은신할 줄 알지?"

"은신술 말입니까? 잘하지는 못합니다만."

무림맹, 그것도 사대 단의 하나인 풍백단의 부단주씩이나 되는 그가 은신술을 모를 리는 없었다. 다만 그 방면은 그의 분야가 아닌지라 조예가 깊지 못할 뿐이었다.

"그냥 할 줄만 알면 되네. 설마 무공의 무 자도 모르는 기녀들에게 들키기야 하겠는가."

그에 위지천은 고개를 끄덕였다. 맞는 말이기 때문이었다.

"기루 곳곳에 무사들이 자리하고 있기는 하네. 하지만 위협이 될 정도는 아니니 걱정할 것 없고… 은신한 후 나만 잘 따라온다면 걸릴 일은 없을 걸세.”

위지천 또한 천천히 일어났다.

“그럼……..”

독고진은 방문을 조심스레 열었다. 그리고 그 순간, 독고진의 신형은 순식간에 사라졌다. 마치 증발이라도 한 듯 허공에서 꺼져 버린 것이었다.

“후, 얼른 따라가야겠군.”

하지만 위지천에게는 독고진의 위치가 느껴졌다. 독고진이 의도적으로 기를 흘렸기 때문이다.

곧이어 위지천의 신형도 사라졌고, 장내에는 다시금 썰렁한 탁자만이 남아 있을 뿐이었다.

독고진은 기루 곳곳에 기척을 감추고 대기하고 있는 무인들 사이를 요리조리 잘 피해 다녔다. 하지만 어느 순간, 독고진의 눈에 살짝 이채가 띤다.

‘호오… 이 정도라면 어느 정도 정제된 기인데… 못해도 특급살수 정도는 되겠어.’

독고진의 삼 장여 앞쪽에 기척을 숨기고 웅크리고 있는 사내. 독고진이 느끼기에 그의 안에 갈무리되어 있는 기는 적지 않은 듯싶었다.

특급살수는 무공의 성취로 따지자면 초절정 정도의 경지에 다다른 이를 말하는 것이었다. 하지만 특급살수와 초절정

고수의 대결에서는 백이면 백, 특급살수가 이길 수밖에 없었다. 그 실력은 같다 하더라도 무공의 특징 때문이었다.

살수는 암살을 함에 있어 자신보다 수배 강한 이를 죽일 수도 있다. 방심하고 있는 적의 뒤통수를 친다는 것이 기회만 잘 살리면 엄청난 이점으로 작용하는 것이다. 암살이 괜히 암살이 아니었다.

어찌 되었든, 그런 면에서 위지천은 그냥 지나갔다가는 이 녀석에게 걸릴 수밖에 없었다. 고민되는 순간이었다.

'이거 어쩌지… 나라면 저 녀석 바로 뒤까지 걸리지 않고 다가갈 수도 있지만… 가만, 그냥 내가 가서 목을 따버릴까? 아니, 아니지. 그냥 혈만 짚어놔도 되는 것을……'

생각을 하며 독고진은 속으로 탄식했다. 무리한 흑마법의 사용으로 인해 깨어난 마성을 다시 억제하지 않고 그대로 놔두었더니 성정마저 그리 변하는 듯싶었다.

"잠시 여기서 대기. 한 치도 움직여서는 안 된다. 은신한 채로 가만히 있어."

갑자기 독고진의 전음이 들려오자 위지천은 당황하였지만 그것을 내색할 수는 없었다. 독고진의 말투로 보아 제법 심각한 듯했기 때문이다.

샤샥―

독고진은 천천히 움직여 기척이 느껴지는 곳까지 올라갔다. 하지만 그 기운에 다다랐다고 생각한 순간.

‘제길, 천장 위잖아. 천장을 뚫어버릴 수도 없는 노릇이고…….’

위기(?)에 봉착한 독고진. 하지만 그의 고민은 그리 오래 가지 않았다.

‘되려나… 잘 모르겠지만, 천장을 뚫고 혈을 짚어볼까?’

상식적으로 말도 되지 않는 소리였다. 천장이 그다지 두껍지 않은 나무판자로 되어 있어서 뚫는 것은 어렵지 않겠지만, 웬만한 이들은 보고도 바로바로 찾아내기 힘든 것이 혈인데 판자로 가로막혀 있는 상태에서 느껴지는 기(氣)만으로 어림 짐작하여 혈을 향해 검을 찔러 버린다는 것은 어처구니없는 발상이 아닐 수 없었다.

하지만 독고진의 행동을 일반인들의 범주(?)에서 생각하는 것은 썩 정신 건강에 좋지 못했다. 당황스럽기 그지없는 장면들이 줄곧 연출되기 때문이었다.

스르릉—

무척이나 조심스레 꺼내었지만 쇠가 맞물리며 낮은 소리를 만들어낸다. 그에 놀란 독고진은 은신하여 있는 사내의 상태를 살펴보았다.

‘아직 눈치 채지는 못한 듯하군.’

흡족한 미소를 지어 보인 독고진은 천천히 움직였다. 손에 들고 있는 검은 검극을 천장으로 향한 채로 검병을 쥐고 있는 형상이었다.

‘이쯤인가?

독고진은 정신을 집중하였다. 만일 실패한다면 그걸로 엄청나게 소란스러워질 것이기 때문이었다.

스윽.

독고진은 검극을 천장에 밀착시켰다.

‘녀석, 정말 한 치 미동도 없군. 그 점이 내게는 오히려 수월하게 작용했지만 말이야.’

독고진은 그 상태로 대기하였다. 잠시 심호흡을 하는 것이었다.

‘됐다!’

그는 속으로 탄성을 지르며 그와 동시에 팔을 쭉 뻗었다.

푹―

무슨 바람 빠지는 것 같은 소리가 들리고,

“큭―”

나직한 신음 소리와 함께 위쪽에서 무언가 소리가 들려왔다.

털썩―

혈이 정확히 짚인 것이다. 조금만 더 세게 쓰러졌으면 나무 판자로 된 천장이 내려앉을 뻔한 것을 독고진은 간신히 막았다.

“이제 다시 따라오시게. 되었네.”

전음을 보낸 독고진은 다시금 움직이기 시작하였고 위지

천 또한 그의 뒤를 따라 움직였다.

'으… 그런데 왜 하필 이런 곳에 지하로 가는 통로가 있는 거냐…….'

남녀의 나신을 구경할 수 있는(?) 그러한 곳까지는 아니더라도, 최소한 평범한 곳에 지하로 가는 길이 있었으면 좋겠다는 것이 독고진의 작은 바람이었다. 하지만 그의 바람은 여지없이 무너지고 말았다. 통로가 있는 곳은 다름 아닌 주방 안쪽의 뒷간 안이었던 것이다.

그나마 위로가 될 만한 것이라면, 뒷간의 문이 열려 있을 때에 빠르게 들어와서 마찰은 피할 수 있었다는 것 정도? 냄새나는 뒷간이 열려 있을 만한 기회는 잘 없다는 것을 감안하면 나름대로 운이 좋은 것이었다.

"썩은내가 나는군요. 빨리 지나가는 것이 어떻겠습니까?"

코를 두 손으로 잡은 위지천이 전음을 보내었다. 조금만 잘못 움직여도 주방의 사람과 부딪쳐 존재가 탄로날 위험이 있었지만, 그러한 위험을 감수하고서라도 그는 코를 막고 싶었는 듯했다.

"그렇게 하지. 후우."

하지만 지하 통로의 바로 앞까지 간 독고진은 다시 한 번 좌절해야만 했다. 통로가 철판으로 막혀 있는 것이었다. 그 안쪽의 기척이 바로 느껴지는 것으로 보아 그렇게 두꺼운 철판은 아닌 듯했지만, 이 철판을 부수고 들어가려면 주방에 있는 이들에게 들키지 않을 수는 없는 것이었다.

"이 앞쪽의 셋… 저 뒷간으로 들어오는 문, 바로 앞까지 보이지? 그 녀석 옆으로 가서 내가 신호를 보내면 순식간에 혈을 짚는 거다. 나는 이 둘의 혈을 짚겠어."

독고진의 전음을 받은 위지천은 고개를 끄덕이고는 독고진이 지목한 이의 옆으로 조심스레 다가갔다.

'으으……'

그는 평생 해보지도 않던 은신을 이렇게 하려니 좀이 다 쑤실 지경이었다. 최대한 절제된 동작으로 움직이는 것도 정말인지 지독한 고역이었다.

"하나……."

독고진의 쌍검이 각각 양쪽의 이들에게로 향했다.

"둘……."

그리고 그는 조심스레 검을 뻗어갔다.

"셋……!"

순간, 위지천과 독고진은 번개처럼 움직였다. 특히 독고진의 동작은 가히 섬광을 연상케 하였다. 둘의 혈을 짚고 순식간에 앞의 문지방까지 가서 문을 걸어 잠글 생각이었기 때문이다.

철컹―

문을 걸어 잠근 독고진은 천천히 은신을 풀었다.

"후우……."

독고진의 입에서 한숨이 살짝 흘러나온다. 그다지 어려운 일을 한 것은 아니었지만 긴장감있게 움직이다 보니 진이 빠지는 것이었다.

털썩―

하지만 위지천은 더욱 심했다. 독고진이 은신을 풀고 어느 정도 긴장이 풀릴 만한 상황이 오자 은신을 풂과 동시에 바닥에 주저앉아 버린 것이었다.

"후후… 아직까지 멀었는데 벌써 그러면 어쩌는가."

독고진의 핀잔에 위지천은 멋쩍은 표정을 지었다. 그리고 그의 시선은 굳게 잠겨 있는 바닥의 철문으로 향해졌다.

"으음… 이것 참… 그나저나 우리가 이곳에 들어왔다는 사실을 바깥에서 알기까지 얼마나 시간이 걸리겠습니까?"

그 말에 잠시 뒷머리를 긁적이던 독고진은 모르겠다는 듯 말하였다.

"그거야 상황에 따라 다른 거지만… 아무리 적게 잡아도 최소 한 시진 정도는 은폐될 수 있지 않겠나?"

위지천은 고개를 끄덕이며 입을 열었다.

"그렇게 되는군요. 그런데 한 시진 내로 일을 전부 마무리 지을 수 있겠습니까?"

"물론."

한 치의 망설임도 없이 답을 하는 독고진을 보며 위지천은 그나마 위안이 됨을 느꼈다.

"이 안에 들어갈 적에도 조심스럽게 들어가야 합니까?"

"그렇지."

독고진의 대답에 위지천은 못마땅한 듯한 표정이 되었다.

"어차피 문도 잠가놨는데 그냥 힘으로 밀고 들어가면 안 됩니까?"

독고진은 피식 웃었다. 위지천의 마음이 이해가 되지 않는 것은 아니었기 때문이다.

"우리가 지금까지 몰래 들어온 이유가 무엇이라 생각하나? 고작 쓸데없는 마찰을 피하기 위해서?"

잠시 철문을 응시한 독고진은 말을 잇는다.

"우리는 저 안에 들어가서 우선적으로 이곳의 가장 우두머리를 찾아내야 하네. 만약 우리가 철문을 부수고 요란하게 들어가면 우두머리는 깊숙이 숨어버리고 말 걸세. 그럼 지금까지의 노력이 전부 수포로 돌아가 버리지 않겠나?"

논리 정연(?)한 독고진의 말에 위지천은 한숨을 내쉬었다.

"휴우. 어쩔 수 없군요. 어차피 해야 할 거라면 빨리빨리 해치워 버리는 것이 낫겠습니다."

독고진은 고개를 끄덕였다. 이제 잠시 쉬었으니 다시 일을 진행해야 했다. 겉으로는 여유가 있어 보이지만, 사실 그들은 여유가 있을 만한 상황이 아니었던 것이다. 그리 대단한 곳이 아니라 하여도 어쨌든 몰래 잠입한 것인데 빨리 일을 해치우고 발을 빼는 것이 현명한 것이었다.

"그런데 저 철판은 어떻게 하실 겁니까? 그냥 부수었다가
는 저 바깥에서는 몰라도 이 안에 있는 이들에게는 바로 발각
될 터인데……."

하지만 독고진은 그다지 대수롭지 않다는 듯한 표정으로
검을 빼어 들었다.

"소리가 나지 않게 베어버리면 되지."

그 말에 위지천은 경악할 수밖에 없었다. 무슨 두부도 아니
고, 검으로 소리 하나 나지 않게 썰어버리는 것이 가능하리라
고는 생각할 수 없었던 것이다.

"그게 말이 됩니까?"

하지만 그의 말을 들은 척도 않는 것인지 아니면 정말 듣지
못한 것인지 독고진의 검은 이미 철판을 향해 내려쳐지고 있
었다. 그것을 본 위지천은 두 손으로 귀를 막고 말았다.

서걱—

하지만 어떻게 된 것인지 위지천이 우려하던 그러한 굉음
은 나지 않았다. 오히려 정말 무 썰리듯 깨끗이 썰린 철판만
이 그의 눈앞에 있을 뿐이었다.

서걱—

다시 한 번 독고진의 검이 움직이고 사각형의 철판의 두 면
이 잘려 나갔다.

"으싸…."

그것을 본 독고진은 검을 검집에 집어넣고는 그 앞으로 다

가갔다.

그때까지도 위지천은 이 믿을 수 없는 광경에 넋을 놓고만 있을 뿐이었다.

독고진의 손이 잘려진 철판의 틈새 사이를 비집고 들어간다.

"흐읍."

그리고 그가 힘을 주자 철판은 무슨 종잇장이라도 되는 마냥 대각선으로 접혀서 위로 올라왔다. 정말 어이가 없는 광경이 연출되고 있는 것이었다.

"멍하니 뭐 하는 겐가? 저들도 곧 천장의 철문이 비정상적인 방법으로 열렸다는 것을 알아챌 걸세. 그전에 최대한 빨리 안으로 잠입해야 한다네."

독고진의 전음이 뇌리에 울리자 그제야 위지천은 정신을 차렸다.

"이제 철문이 뚫렸으니 소리 내어 말하는 것은 삼가야 하네. 어서 따라오시게."

다시금 전음을 보낸 독고진은 깨끗하게 썰려 있는 철판 사이로 몸을 날렸다. 그리고 멍하니 있던 위지천 또한 급히 그 안으로 들어간다.

그 안쪽으로 떨어진 위지천은 생각보다 쑥 들어가는 깊이에 놀라 황급히 팔을 지탱하여 구멍의 아래쪽에서 멈추었다. 사다리같이 되어 내려가기 쉽도록 만든 것이 분명 있는데, 그저 독고진이 하는 대로 따라 한 것을 보면 조금은 바보 같아 보이기도 하는 모습이었다.

'젠장.'

속으로 중얼거리던 그의 뇌리로 독고진의 전음이 들려왔다.

"그쪽에서 나오는 즉시 왼쪽의 관을 잡고 아래로 조심스레 내려오게. 다행히도 그쪽은 창고 비슷한 곳인지 아니면 쓰레기장인지 고물들만 널려 있어서 안쪽에 있는 이들의 관심 밖이라네."

위지천은 독고진이 요구한 대로 차근차근 진행하였다. 그리고 그다지 어렵지 않게 안쪽으로 잠입해 들어올 수 있었다.

'상상했던 것과 크게 다르지 않은 모습이군. 그냥 지하 투전판 같은데?'

위지천의 생각대로였다. 그 안의 풍경은 그냥 그 모습만 본다면 투전판과 다를 것이 없었다.

"이곳의 우두머리인 듯한 녀석은 아마도 저 방 안에 있을 것 같군. 자네 생각은 어떤가?"

어느새 위지천의 옆으로 내려선 독고진은 사내들이 왁자지껄 떠들고 있는 건너편의 방을 가리켰다.

"그런 것 같습니다, 단주. 이곳의 총우두머리까지는 아닐 수 있어도, 단주님께서 원하시는 정보 정도는 충분히 얻을 수 있을 만한 녀석이 안에 있겠군요."

독고진은 고개를 끄덕였다. 그의 생각 또한 위지천과 다르지 않았다.

"그럼 다시 따라오시게. 오히려 이 안이 은신하기는 더 편할 걸세. 이 안쪽은 안전하다는 생각에 무공을 어느 정도 익힌 무인들을 얼마 깔아두지 않은 듯해."

말을 하고는 다시 앞장서는 독고진을 보며 위지천은 엉뚱한 생각을 하였다.

'단주께서 애늙은이가 다 되셨군. 저 말투가 저렇게 어울리시다니 말이야……'

독고진의 말투가 이렇게 된 것은 그가 나이에 어울리지 않게 높은 직책에 앉아 있기 때문일 것이었다. 하지만 하시게 따위의 말투를 쓰는 것을 보고 있자면 묘하게 웃긴 것은 사실이었다.

위지천은 속으로 실실 웃으면서도 독고진을 잘 따라갔다. 독고진의 이야기처럼 오히려 이곳은 은신하기에 훨씬 더 편했다.

문 앞에 도착한 두 사람은 서로를 보며 고개를 끄덕였다.

"안쪽에 몇몇의 기척이 느껴지네. 분명 우두머리가 있을 걸세. 내가 안으로 들어가서 우두머리를 제압하고 몇몇의 혈을 잡으면, 자네는 문을 막고 아무도 빠져나가거나 들어오지 못하게 하시게."

독고진의 주문을 들은 위지천의 표정은 눈에 띄게 밝아졌

다. 그에게 있어서는 이곳까지 들어오면서 행했던 은신술보
다 배 이상 쉬운 일이기 때문이었다.

"알겠습니다."

위지천의 대답을 듣자마자 독고진은 나무로 된 문을 향해
주먹을 내질렀다.

콰아앙—!

엄청나게 커다란 굉음이 장내에 울려 퍼졌고, 모든 이들의
시선이 두 사람이 있는 방향을 향해 모아졌다. 하지만 지금까
지 얼마나 답답하였으면 위지천에게는 이 소리가 가슴이 뻥
뚫리는 소리라고까지 생각되었다.

타탓—

자단목으로 된 듯한 나무문이 힘없이 부서지면서 독고진
은 재빨리 안쪽을 향해 몸을 날렸다. 보지는 않았지만 이미
그의 목표는 정해져 있는 상태였다.

"아, 아니……!"

안에 있던 대여섯의 사내들은 소스라치게 놀라며 의자에
서 일어섰다. 하지만 무슨 말을 꺼내려는 순간, 그들은 전부
독고진에 의해 혈이 짚였다. 정중앙에 있던 한 사내만을 제외
하고는 마혈과 아혈을 모두 짚었는지 사내들은 그 자리에서
쓰러져 버렸다.

"무슨 일이냐?!!"

한편 바깥에서 투전을 하고 있던 사내들은 심상치 않음을

느끼고는 부서진 문을 향해 다가왔다. 하지만 그 앞에는 위지천이 떡하니 버티고 있었다.

"단주께서 허락하시지 않는 한 이 길은 지나갈 수 없다."

도를 빼어 들며 전신의 기를 폭사시키는 위지천. 그리고 초절정고수가 뿌리는 살기를 거의 일반인이나 다름없는 사내들이 받아낸다는 것은 역시나 무리였다.

그리고 안쪽에서 유일하게 혈이 전부 짚이지 않은 사내는 그 광경을 보며 덜덜 떨고 있었다.

"자, 나는 자네들을 해치러 온 것이 아닐세. 그대는 내가 묻는 것 몇 가지만 대답해 주고, 최근에 들어온 정보들을 몽땅 내게 내어주면 되네. 그러면 절대 해가 되는 짓은 하지 않겠네. 약속하지."

『포갓』 5권에 계속…